岩　波　文　庫

32-228-1

デイヴィッド・コパフィールド

（一）

ディケンズ作
石塚裕子訳

岩　波　書　店

Dickens

DAVID COPPERFIELD

1850

DAVID COPPERFIELD.

BY

CHARLES DICKENS.

LONDON:

BRADBURY & EVANS, BOUVERIE STREET

1850

序　文

とうとう仕上げたという感慨冷めやらぬ今の心境にありますと、正式にこの緒言を認《したた》めるに際して、当然あって然《しか》るべき心の落着きを終始なくすことなく、十分距離をおいて本書に相対するというのは、容易《たやす》いことではありません。本書への小生の関心というのは、なにしろつい先ほどまで寄せていたものですし、その強さたるや並大抵のものではありません。さらに、今の小生の気持は満足感と心残り――つまり長いあいだ温めてきた構想をついに完成させた満足感と、数多くの仲間たちとの別れを惜しむ心残り――との間で激しく揺れ動いています。それゆえ、個人的な打ち明け話や私的な感情などで読者諸氏を退屈させてしまうのではないかと懸念しています。

ともかく、この物語に関しては、小生に語り伝えることができる力の限りを、残らず本書の中になんとかうまく尽くそうと努めたつもりであります。

ここで小生がペンをおき、二年間にわたる創作の仕事の結びとすることがどんなに身に切なく堪《こた》えているか、あるいは脳裡に宿る登場人物たちが一団となって筆者の許を永遠《とわ》に旅立っていこうとしている今、筆者があたかも自分の分身を忘却の世界へ追いやろうとしているかのような思いにどんなに苛《さいな》まれているかなど、おそらく読者諸氏は与《あずか》り知らぬことでありましょう。もはや小生にはこれ以上言い足すことなど何ひとつ残っていません。ただ、一つだけ有体《ありてい》に申し上げれば(これもまた大したことではありませんが)、将来、読者諸氏にどれほどこの物語の真実なることを信じていただけようとも、書いた小生以上には強くありますまい。

それゆえ、もう過去には目をくれず、未来に目をやることにします。いずれ再び、月に一度清々《すがすが》しい双葉を芽吹かせる日のくることを心楽しく思い描き、恵みの陽光と雨がデイヴィッド・コパフィールドを刻むこの一葉一葉に降り注ぎ、小生を幸せな気持にしてくれたことをありのままに思い出すのを何よりの喜びとし、この本を閉じることとします。

ロンドンにて　一八五〇年十月

チャールズ・ディケンズ版(一八六七年)への序文

本書初版の序文で、かつて小生はこう記しました。すなわち、とうとう仕上げたという感慨冷めやらぬ今の心境にありますと、正式にこの緒言を認めるに際して、当然あって然るべき心の落着きを終始なくすことなく、十分距離をおいて本書に相対するというのは、容易いことではありません。本書への小生の関心というのは、なにしろつい先ほどまで寄せていたものですし、その強さたるや並大抵のものではありません。さらに、今の小生の気持は満足感と心残り――つまり長いあいだ温めてきた構想をついに完成させた満足感と、数多くの仲間たちとの別れを惜しむ心残り――との間で激しく揺れ動いています。それゆえ、個人的な打ち明け話や私的な感情などで読者諸氏を退屈させてしまうのではないかと懸念しています。

ともかく、この物語に関しては、小生に語り伝えることができる力の限りを、残らず本書の中になんとかうまく尽くそうと努めたつもりであります。

ここで小生がペンをおき、二年間にわたる創作の仕事の結びとすることがどんなに身に切なく堪えているか、あるいは脳裡に宿る登場人物たちが一団となって筆者の許を永遠《とわ》に旅立っていこうとしている今、筆者があたかも自分の分身を忘却の世界へ追いやろうとしているかのような思いにどんなに苛まれているかなど、おそらく読者諸氏は与り知らぬことでありましょう。もはや小生にはこれ以上言い足すことなど何ひとつ残っていません。ただ、一つだけ有体に申し上げれば(これもまた大したことではありませんが)、将来、読者諸氏にどれほどこの物語の真実なることを信じていただけようとも、書いた小生以上には強くありますまい。

こう明言したことは、今日に至るまで寸分たがわず変わらぬ思いでありますから、胸のうちを読者諸氏にさらに打ち明けるといっても、今は一つしか付け加えることはありません。本書が、小生の全著作の中で一番気に入っています。小生は、自分の想像力が生んだどの子供たちにも甘い親であり、小生をおいてそういう家族のことを心から大切に思える人間は他にはいないということは、容易に納得していただけるのではないでしょうか。それでも子供に甘い多くの親の例に漏れず、小生にも心ひそかに可愛い子というものがあります。その子の名前はデイヴィッド・コパフィールドです。

目　次

デイヴィッド・コパフィールド（一）

第一章　ぼくは生まれる

ぼくが、自分の人生のヒーローってことに果たしてなれるのか、それともヒーローの座は別の人間に明け渡してしまうのか、それはこの本を読めば、おのずとお分かりだろう。人生の振り出しを、まず出生から始めるなら、ぼくはある金曜日の夜、十二時に生まれた(そう教えられ、そう信じてきたからだが)と書き記しておくことにしよう。時計が十二時を打ち始めるが早いか、おぎゃあと泣き始めたのだそうだ。

じかにぼくとお近づきになれるわけもない、数カ月も前から、子守りや、近所の知恵袋のおばさん連中は、やたらとぼくに興味を持って、生まれた日と時刻とを考えれば、やれ、まず第一に不遇な一生を送る定めだの、やれ、第二にお化けや幽霊が見える霊感を授かっているだのと、占ってくれた。金曜日の夜半すぎあたりに生まれた幼児には、男女の区別なくみんなに運悪く、この二つの運勢が否《いや》が応でも付いてまわるのだと、信じ込んでいたのだった。

一つ目の方は、今ここで何も言う必要などない。結局、予言が当たりだったのか、はずれだったのかは、何よりもぼくの生い立ち話で明らかになることだからだ。二つ目の方に関しては、そういう受け継いだ能力を、まだほんの赤ん坊の時分に使い果たしてしまったのでないとすれば、今のところその遺産相続にはありついていない、とだけ言っておくことにしよう。ただし、この財産から締め出しを食ったのには、全然不満は感じていない。それに、誰か他の人間が今頃この財産を有難く受け継いでいるのなら、どうぞご自由に心ゆくまで堪能されればよろしい。

生まれてきたときに、ぼくは大網膜（胎児が往々、頭にかぶって出てくる羊膜の一部。昔、これを「幸福の帽子」と称し、水難よけのお守りとした）をかぶって出てきたそうだが、そこで、十五ギニーという安値でこれを売りに出す新聞広告を出したのだという。その頃、船乗りがあいにくと金に事欠いていたのか、それとも信心を欠いていてコルク入り救命チョッキの方がいいと考えたのか、そこは分からないけれども、分かっているのは、申し込み希望はたったの一件、手形売買の仲介関係の代理人からのもので、現金は二ポンド、残りはシェリー酒で払うとの申し出で、しかも、これ以上の値段なら、溺死よけの御利益《ごりやく》は結構です、というのだった。結局、丸々損を出して、広告は撤回ということになった――というのも、シェリー酒といえば、気の毒なことに、ちょうどその頃、母さんの所有していたシェリー酒を売りに出していたところだったからだ――それから十年も後になって、この大網膜の方は、ぼくらの田舎で富くじにかけられることになった。五十人のメンバーが一人頭、各々半クラウンずつ出し、当たりくじを引いた者が五シリング出して、これを手に入れるというものだった。ぼくもその場に居合わせることになったので、自分の体の一部がこんな風に片をつけられていくところを見るというのは、何とも実に居心地が悪かったし、面食らいもしたのを憶えている。たしか、大網膜は手さげかごを持ったおばあさんに当たったのだが、このおばあさん、かごから約束の五シリングを出すには出したものの、しぶしぶもいいとこ、それに、よりにもよって全部半ペニー銅貨だったし、しかも二ペンス半ぶんが足りなかった――それを分からせようとしたが、一向に埒《らち》はあかずじまいで、計算してみせても、やたら時間ばかりとって、こちらがくたびれ果てるだけだった。おばあさんは溺死することもなく、九十二歳でベッドの上での大往生だったのは御利益だとばかり、田舎では人々の記憶からずっと薄れることのない事実となった。ぼくの知るところでは、おばあさんのとびきりの自慢の種というのが、橋の上は別だけど、一生、水の上には出たためしがないのよ、というものだったし、それにティーを飲みながら(ティーにはすこぶる目がなかったので)、遠慮会釈もなく、世界中をあちこち「ふらつき回る」船乗り連中の礼儀知らずには、ほんと頭にきちゃうわね、と死ぬまでこぼしていた。たぶんティーもそうだろうけど、いろいろな有難いものって、こういう船乗りのいかがわしい行為のおかげなんだよ、と説明してやっても、無駄なことだった。ますます迫力満点に、しかもこと反論にかけちゃ、もって生まれた才能が具《そな》わっていたものか、わたしたちも話を「ふらつき回る」のはやめましょう、といつもぴしゃりとやり返してくるのだった。

今は、ぼくも「ふらつき回る」のはやめにして、生まれたところに話を戻すことにしよう。

サフォーク州のブランダストン、あるいはスコットランド流の言い方なら「そこら辺り」でぼくは生まれた。父親の死後に生まれた子供だった。つまり、父さんがこの世の光に目を閉ざしてから半年後に、ぼくの方がこの世に目を開けたのだ。父さんはぼくの顔を一度も見たことがないんだと考えてみると、今でも何だか不思議な気がする。それに、まだほんの幼い頃、教会墓地にある父さんの白い墓を目にして、子供心にあれこれ思ったり、ぼくらのいるささやかな居間は暖炉の火やろうそくの光で温かくも明るくもなっているというのに、父さんの墓だけを真っ暗な闇の中に独りぼっち置きざりにして、しかもこちらは家中のドアというドアにぴしゃりと——時にはほとんど残酷と思えるほどに——すっかりかんぬきを掛け、錠をおろして締め出しているのだと思うと、父さんの墓に対して言いようのない深い哀れみを感じたのをぼんやり思い出し、すると、なんだかもっと不思議な気がしてくるのだ。

父さんの伯母、つまり、ぼくの大伯母さんは、この人のことはじきにもっと話をすることになるのだけれども、ともかくこの人はぼくら一家の重鎮的存在だった。可哀相に、母さんがなんとか恐怖心を抑えられて、いやしくもその名を口に出すときには(そんなことはめったになかったが)、いつもミス・トロットウッドとか、ミス・ベッツィとかと呼んでいた。大伯母さんは年下の男と結婚し、そのご亭主は、すこぶるハンサムだったのだが、どうやら「行ないの立派な人は見目《みめ》もうるわしい」という、通り相場のことわざの意味の方ははずしていた。というのも、どうもミス・ベッツィのことを殴っていた気配がきわめて濃厚だったし、一度などは、金銭上のことで口論となり、このご亭主はカッとして、三階の窓から突き落としてやるんだと、早まった、また誠に思い切った策にまで及んだようだ。こんな風に、性格の不一致が判明すると、ミス・ベッツィは慰謝料を払って亭主を追い出してしまい、双方の合意に基づく別居を実行したのだ。この軍資金を手に、男はインドへ行ったが、代々、家に言い伝えられている勝手な風聞によれば、なんでも、マントヒヒ《バブーン》をお供に、ゾウに乗っているところを見かけたということだ。だが、お供は英国かぶれ《バブー》のインド人か──でなきゃイスラム教徒の貴婦人《ビーガム》だったんだと思う。いずれにせよ、十年も経たないうちにインドから訃報《ふほう》が届いた。これを、伯母さんがどう受けとめたのかは、誰にも分からない。というのも、別れると、あっという間に元の姓に戻ってしまい、はるか遠方にある海岸沿いの寒村に小さな家を買い、たった一人の女中を使うきりで、ずっとそこで独身を通してきたのだ。しかも、以来この方、世間とは毅然として没交渉のまま、まったくの独居生活をしているということだった。

父さんは、おそらく一度は伯母さんのお気に入りだったんだろうと思う。だけど、伯母さんは母さんのことを「ろう人形」だと言って、父さんの結婚にひどくむかっ腹を立ててしまったのだ。本当は母さんに一度も会ったことなどなかったのに、年齢が二十歳《はたち》にもなっていないと知ったからだった。父さんとミス・ベッツィは、二度と顔を合わすことはなかった。結婚したとき、父さんは母さんの倍の年齢だったし、それに体も非常に弱かった。一年後、父さんは亡くなり、さっき話したように、それはぼくの生まれてくる半年前のことだった。

これが、そんな言い方をして差し支えないなら、多事にして重大なるあの金曜日の、午後の状況だった。だから、当時、事態がどうだったか知っていたとか、また実際にこの目や耳で見聞きした証拠に基づいて、次に起きた事の次第を記憶していたとは、断じてこのぼくは言える立場にはないのだ。

母さんは暖炉のそばに坐っていた。けれども健康はすぐれないし、気分はひどく滅入るし、涙ながらに暖炉の火を見つめては、自分自身と父親のいないまだ見ぬ幼な子とのことを深く悲観していた。この子は、二階の引き出しの中にどっさり入っている先々を予感させる祝いのピン（出産の前、妊婦の友人知人たちが針差しにピンを差して祝いの言葉を書き、贈る風習があった）ですでに誕生を大歓迎してもらえたものの、わくわくして喜んでもらえる世間に生まれてきたわけでは全然なかった。いま言ったように、よく晴れ上がった風の強い三月の午後のこと、暖炉のそばにすっかり弱気で悲しげに坐り、母さんは目の前に立ちふさがる試練を乗り越え、果たして生きおおせるのかしらと、このうえもなく先行き不安になっていたのだけれど、そのとき涙を拭《ぬぐ》いながら窓の向こう側に目をやると、見慣れない女の人が庭をこちら側にやってくるのが目に入ったのだった。

もう一度見直してから、あれはミス・ベッツィだわ、と母さんには絶対確実な予感がした。この見慣れない女の人は、庭の生け垣ごしに西日を浴びながら、他の誰とも見紛《みまが》いようのない、いかめしくて真四角に強《こわ》ばった体つきと、落ち着きはらった顔つきとをして、ドアの方へと近づいてきた。

家までやってくると、まぎれもなくご本人である証明をもう一つして見せてくれた。伯母さんはめったに普通の人間のような振舞いはしないんだ、としょっちゅう父さんは漏らしていたからだ。そして今も呼鈴《よびりん》を鳴らすことはしないで、例のさっきの窓へとやってくると、鼻の頭を窓ガラスにぶちゃっと押しつけて、中を覗き込んだのだ。鼻が一瞬すっかりぺったんこになって真っ白くなるほどだったのよ、と気の毒に、母さんはよく言っていた。

母さんはこれにはひどくぎょっとして、それでミス・ベッツィのせいで、金曜日なんかに生まれてしまったんだと、いつもぼくは納得していた。

取り乱した母さんは椅子を離れ、その奥の部屋の隅へと隠れてしまった。ミス・ベッツィは、ゆっくりと怪訝《けげん》そうに部屋を見回していたが、南ドイツ産の木製時計についているサラセン人の自由自在に動く首のように、まず一方の側から始めてずっと目を移し

てゆき、とうとう母さんのところに辿《たど》り着いたのだった。すると、顔を怒《いか》らせて、人を自分の言いなりにすることに慣れた人間のように、行ってドアを開けなさい、と母さんに合図を送ったのだった。母さんはドアの方へと向かった。

「デイヴィッド・コパフィールドの奥さんだわね」と、ミス・ベッツィは言った。こう強調したのも、たぶん喪服をまとい、身重だった母さんに、気を留めたからだ。

「ええ」と、母さんは消え入るように答えた。

「ミス・トロットウッドって」と訪問者は言った。「あなた、たぶん聞いたことがおありになるわね」

母さんは、光栄にも存じ上げております、と答えたものの、でも身に余る光栄ですという心がこもっている風には見えないのに気づいて、ばつの悪さを覚えた。

「それが目の前のわたくしなのよ」ミス・ベッツィは言った。母さんはお辞儀をして、中にお入りください、と招き入れた。

二人は、母さんが出てきた居間へ入っていった。廊下の向かい側にある一番上等の部屋には暖炉に火が入れてなかったからだ——父さんの葬式の後は、実際、一度も火を入れてはいなかったのだ。そして二人はともに腰掛けたが、ミス・ベッツィは一言も口をきかなかった。すると、とうとう母さんの方が、なんとか抑えようとはしたものの抑えきれずに、やっぱり泣き出してしまった。

「あららら」あわててミス・ベッツィが言った。「それはしないでちょうだいな、さあさあ」

それでも母さんは泣きやむことができなかったから、涙が涸《か》れるまで泣いた。

「帽子を脱いで」ミス・ベッツィは言った。「顔を見せてちょうだいな」

母さんは伯母さんのことがとてもこわかったから、思いがけないこの頼みを断わることは、たとえそうしたくたってできはしなかった。それで言われるがままにそうはしたが、何しろいらいらとした手つきだったものだから、髪が(ふさふさでつややかだった)顔のあたりにぱらりと垂れさがってしまった。

「あら、まあ驚いた。あなたまだほんの赤ん坊じゃないの」ミス・ベッツィは叫び声をあげた。

たしかに母さんは年のわりに、見かけはことに幼く見えた。気の毒に、母さんはまるで自分が悪いかのようにうなだれてさめざめと泣きながら、まったくわたしは主人に死なれても子供のままだし、それにこのさき生きて母親になったって、子供のままなのかもしれませんね、と言った。その後、短い間《ま》があって、母さんはひょっとしてわたしの髪の毛に、しかもまんざら無骨とも思えない手つきで、ミス・ベッツィが触ったのではないかしら、という気がふとした。けれども、そうかしらとおずおず見上げてみると、伯母さんはスカートの裾《すそ》をたくし上げて坐っており、両手で片方の膝小僧をかかえていたが、両足とも暖炉の柵の上に載っけて、火をじっとにらみつけていたのだった。

「いったい全体」ミス・ベッツィは出し抜けに言った。「何だってカラスの森《ルッカリー》なわけ」

「家のことでございますか」母さんは訊いた。

「何だってカラスの森《ルッカリー》なわけ」ミス・ベッツィは言った。「せめて、あなたたちのどちらかが、人生ってものにもっと地に足のついた考え方ができて、調理場《クッカリー》にでもしてたら、もうちょっとは要領を得ていたんじゃないの」

「名前は主人のコパフィールドが選びましたの」と母さんは答えた。「家を買いましたときに、主人はあたりにミヤマガラスがいるんだって思い込んでいたものですから」

夕刻の風が庭の隅にそびえ立つ何本かのニレの老木の間を縫って、今し方ざわざわという音を立てたので、母さんもミス・ベッツィも思わずそちらの方に目を向けずにはいられなかった。ニレの木同士は、ひそひそ話をしている巨人のように、お互い弓なりになって、ほんの数秒こんな風に静止していたと思ったら、たちまちあわてふためき出し、まるでさっきのひそひそ話はあまりに極悪非道なもので、心を穏やかにしてはいられないとでも言わんばかりに、その大枝を気でも狂ったようにあちらこちらに激しく揺すぶり、上の高い方の枝のお荷物になっている、風雨にさらされて荒れ放題の古いミヤマガラスの巣は、時化《しけ》の難破船みたいにいにいたぶられていた。

「鳥はどこにいるの」ミス・ベッツィは尋ねた。

「あの——」母さんは何か別のことを考えていた。

「カラスですよ——カラスはどうなっちゃったの」ミス・ベッツィは訊いた。

「ここに越してきてから、全然見かけておりませんの」と母さんは言った。「わたしたち——いえ、主人のコパフィールドが考えたんですが、そりゃあ、かつてはたいそう大きなミヤマガラスの森だったのでしょう。ですけど、巣の方はとっても古いものでしたから、カラスはずっと以前にこの巣からいなくなってしまったのですね」

「いかにもデイヴィッド・コパフィールドらしいわね。頭の天辺《てっぺん》からつま先までデイヴィッド・コパフィールドなのよね。近くにカラス一羽いないってのに家をカラスの森《ルッカリー》などと呼ぶだなんてね、それに巣を見つけたからって、カラスがいるものだなんて鵜呑《うの》みにするところがいかにもね」

「主人のコパフィールドは」母さんはやり返した。「もう亡くなっております。それに主人のことをひどくおっしゃるつもりでしたら――」

気の毒に、母さんは一瞬、伯母さんに暴行殴打を加えるつもりだったのだと思う。しかし、あの夕刻のような対戦に備えて、仮に母さんがどんなに見事な訓練を積んでいたとしても、伯母さんなら片手でやすやすと母さんのことをねじ伏せていたことだろう。ところで現実には、その気焰《きえん》も、椅子から立ち上がるという行動に及んだ途端、露《つゆ》と消えたのだが、つまりそれは、母さんがいともふがいなくもう一度椅子に坐りこむと、そのまま意識が遠のいていったからだった。

意識を取り戻したとき、それともミス・ベッツィが意識を回復させてくれたときか、そのいずれにせよ、母さんは伯母さんが窓辺に立っているのに気づいた。この時までには黄昏《たそがれ》も徐々に暗闇へと色を濃くしていった。だからぼんやりとお互いに見えはしても、暖炉の火の助けがなければ、それもままならなかっただろう。

「それで」ミス・ベッツィは、何気なく外を眺めていただけだったという風を装って、椅子のところに戻ると、言った。「いつが予定日なの」

「わたし、こわくってぶるぶる震えてしまって」母さんはしどろもどろに言った。「何が何だか分からないんです。きっとわたし死んでしまいますわ」

「いえ、いえ、そんなことはないわ。さあ、ティーをお飲みなさいな」ミス・ベッツィは言った。

「あらまあ、あらまあ、飲めばよくなりますかしら」困り果てた様子で、母さんは大きな声を出した。

「もちろん、よくなりますよ」ミス・ベッツィは言った。「ほんの気の迷いですからね。それで娘は何て名前なの」

「まだ、女の子かどうか分かりませんが」母さんは天真爛漫《てんしんらんまん》に言った。

「おめでたい赤ん坊ね」伯母さんは、二階の引き出しにしまってあるお祝いの針差しの二番目のご挨拶を思わず知らず引用して、こう叫んだのだが、赤ん坊とはぼくのことではなくて、母さんのつもりだった。「そうじゃないわよ。お手伝いの娘《こ》のことですよ」

「ペゴティーです」母さんは答えた。

「ペゴティーですって」何だか腹立たしそうに、ミス・ベッツィはおうむ返しに言った。「あらまあ、いやしくもキリスト教の教会に入信して、ペゴティーなどという名前を頂戴した人間がいるだなんて言うんじゃないでしょうね」

「名字の方なんです」母さんは消え入るように言った。「主人のコパフィールドが名字で呼んだものですから。何しろ、わたしと同じ洗礼名だからなんでございますの」

「こっちよ、ペゴティー」居間のドアを開けながら、ミス・ベッツィは大声をあげた。「ティーよ。奥さまのお加減がちょっとよくないの。ぐずぐずしちゃだめですよ」

この家が建ってからこの方ずっと、認定を受けたこの家のお上《かみ》であるぞ、と言わんばかりに命令を下してから、じっと見渡して、聞き慣れない声に驚き、ろうそくを手に廊下をこちらにやってくるペゴティーと鉢合わせしてしまうと、ミス・ベッツィはぴしゃりとドアを閉め、さっきのように坐った。つまり、暖炉の柵に両足を載っけて、スカートの裾をたくし上げ、そうして片方の膝小僧を両手でかかえこんだのだった。

「赤ん坊が女の子かってことを話していたわよね」ミス・ベッツィは言った。「女の子に決まっていますとも。いいですか、わたくしには女の子だって予感がするのよ。さあてと、生まれた瞬間から、この女の子は――」

「たぶん男の子ですわ」無謀にも母さんは言葉をさしはさんだ。

「いいですか、わたくしには女の子だって予感がするのよ」ミス・ベッツィはやり返した。「逆らうもんじゃありません。生まれた瞬間から、この女の子の後ろ楯になってやるつもりなの。わたくしが名付け親になってやるつもりなのよ。だからお願いね、子供はベッツィ・トロットウッド・コパフィールドと付けてちょうだいな。こっちのベッツィ・トロットウッドには人生を踏み誤るなんてことがあってはならないの。可哀相に、一途《いちず》な想いがなぶりものにされてはならないの。きちんと育て上げて、そして信頼をおく値打ちもないような下らない人間に、心を委《ゆだ》ねてしまうなどということがないよう、きちんと護《まも》ってあげなくちゃいけないわ。その面倒はわたくしが引き受けなくちゃね」

話の切れ目ごとに、ミス・ベッツィは頭をぴくりと動かしたが、それはまるで、かつて受けた残酷な仕打ちへの思いが心の中で荒れ狂ってはいるものの、なんとかぎゅっと圧《お》さえつけて、その仕打ちをあからさまに口には出すまいとしているかのようだった。暖炉の火のわずかな光を頼りに観察したかぎりでは、少なくとも母さんにはそう映った。それはつまり、ミス・ベッツィがとてもこわかったうえ、自分自身ひどく居心地が悪かったし、すっかり威圧され、どぎまぎもしてしまったから、母さんは何もはっきり観察することなんかできなかったし、何を言ったらいいのかも分からなかったのだ。

「それで、デイヴィッドはあなたによくしてくれたのかしら」少しのあいだ沈黙し、それで頭のひきつりも徐々におさまると、ミス・ベッツィは尋ねた。「夫婦円満にやっていたの」

「とても幸せでしたわ」母さんは言った。「主人のコパフィールドはそりゃもう、わたしによくしてくれましたの」

「なんですって、甘やかしてだめにしちゃったってことなの」ミス・ベッツィはやり返した。

「こうしてたった独りぼっち、自分だけを頼みにして、もう一度浮き世の荒波に揉《も》まれる身になってみますと、そうですね、実際、甘やかされてきたんじゃないかと思いますわね」母さんはさめざめと泣いた。

「ほら、泣いちゃいけないわ」ミス・ベッツィは言った。「あなたたちは所詮、縁がなかったってことよ。二人の人間にぴったり釣り合う縁なんてものが、いやしくもありうると仮定しての話だけど——。だから訊いてみたのよ。あなた、たしか身寄りがなかったわよね」

「ええ」

「それで家庭教師だったのよね」

「住み込みで幼児の世話をしてましたの。そこのお宅へ主人のコパフィールドが来ましてね。そりゃ、わたしに親切にしてくれましたし、よく引き立ててもくれました。ずいぶん心づかいもしてくれましてね、それでとうとうプロポーズということになり、わたしはお受けし、そんなわけで結婚した次第なんですの」母さんはあどけなく言った。

「はあ、救いがたい赤ん坊だわね」ミス・ベッツィは相変らずしかめっ面《つら》を暖炉の火の方に向けたまま、思いに耽《ふけ》りながら言った。「何か知ってるの」

「何のことでございましょうか」母さんは口ごもった。

「ほら、家を切り盛りするとか」ミス・ベッツィは言った。

「どうもあまり」母さんは答えた。「思うほどにはどうもあまり。ですけど、主人のコパフィールドが教えてくれていましたから」

(「さぞかし、あれはよく知ってましたともね」)ミス・ベッツィは括弧《かっこ》つきで言った。

「――それに一生懸命わたしも覚えようとしましたし、主人も辛抱強く教えてくれましたから、きっと今頃はましになっていただろうと思うんですの。主人が亡くなるなんて忌まわしい不幸さえ起きなければ」ここで母さんは再び泣きくずれ、先を続けられなくなった。

「分かったわ、分かったわ」ミス・ベッツィは言った。

「――家計簿をきちんとつけて、それを主人のコパフィールドと毎晩締《し》めていましたの」さらにこみあげる悲痛に、母さんはもう一度泣きくずれた。

「分かったわ、分かったわ」ミス・ベッツィは言った。「もう泣くのはおやめなさい」

「――家計簿のことでわたしたち、ただの一言もいさかいをしたためしはありませんでしたのよ。ただ、主人のコパフィールドは、わたしが書く3と5の数字が似かよいすぎてるって、それとか7と9の数字のしっぽをくるりと曲げるって、文句を言ったことはありましたけれど」ここで悲しみが再びこみあげて泣きくずれはしたものの、母さんは話し続けた。

「あなた、自分が病気になってしまうわよ」ミス・ベッツィは言った。「そうなったら、いいこと、あなたにも、わたくしが名前を授ける子にもいいことはなくなるのよ。さあ、もう泣くのはよして」

この話の運び方は母さんの気を静めるのに幾分か貢献した。もっとも、ますます加減が悪くなったことが、母さんを静かにさせるのに一番貢献したことではあったが。暖炉の柵に足を載っけて坐っていたミス・ベッツィが時おり、ふいに「はあ」と大声を出すだけで、沈黙の時が流れていった。

「たしかデイヴィッドは自分には年金保険をかけてたわよね」やがて伯母さんは言った。「あなたには何かしてたのかしら」

「主人のコパフィールドは」母さんはやっとの思いで答えて言った。「そりゃもう、思いやりがあってやさしい人でしたから、年金の死後支払いは一部をわたしの受け取りにしてくれていましたの」

「いくらだったの」ミス・ベッツィは尋ねた。

「年百五十ポンドです」母さんは言った。

「あれにしては、まんざら悪くもないわね」伯母さんは言った。

「悪く」は、この時にどんぴしゃりの言葉だった。母さんの具合がひどく悪くなったのだ。だから、ティーの支度をしたお盆とろうそくを持ってペゴティーが入ってきて、母さんの体調がどんなに悪いかをひと目で見てとると――ミス・ベッツィにしても、そこがもっとちゃんと明るかったならば、とっくに気づいていただろうが――、大急ぎで二階の部屋に運んだ。それから緊急の際に医者と看護婦を呼んでくる特使として、母さんには内緒で数日来こっそり家の中に匿《かくま》われていた甥《おい》のハム・ペゴティーを、ただちに使いに出した。

これら連合勢力は、二、三分の間にそれぞれ到着したが、奇妙奇天烈《きてれつ》な感じのする見慣れない女の人が、ボンネット帽を左腕に巻きつけ、両耳には宝石屋の上等の脱脂綿を突っ込んで、暖炉の火の前に坐りこんでいるのに気づいて、ずいぶんぎょっとした。ペゴティーは何も知らないし、母さんも何も話してはいなかったから、まったくこの女性は居間の謎の人物となっていた。しかもポケットから無尽蔵に上等の脱脂綿が現われ、そんな風に両耳にその物品を突っ込んでいるという現実があっても、この女性の威厳のある貫禄を少しも損なうことにはならなかった。

いったん二階に上がって、もう一度降りてきた医者は、どうやらこの見慣れないご婦人と自分とは、何時間か一対一でそこに坐らなければならない羽目になりそうだと観念したのだと思うが、せいぜい礼儀正しく愛想よく努めようと大いに骨を折ったのだった。この医者は男性の中でもひときわおとなしい男で、小柄な男性の中でもひときわ気の小さい男だった。そして部屋を出たり入ったりするのも、場所を取らなくて済むように体を横にして歩いていた。『ハムレット』に出てくる亡霊みたいに音もなく、そしてそれ以上にゆっくりと歩いたのだ。頭をどちらかに傾《かし》げていたが、つつましく卑下しているようでもあり、つつましく他のみんなの機嫌を取っているようでもあった。指図する言葉ひとつ、犬にも浴びせかけないのは言うまでもない。そもそも狂犬に向かってでも、指図する言葉ひとつ浴びせかけられるはずもなかったのだから。こうしてはどうかと、犬にそうっと一言、あるいは半言、あるいは言葉の切れっ端《ぱし》を勧めてみたかもしれない。というのも、歩き方と同じくらい、話し方のほうもとろかったからだ。けれども、どんなことがあろうと、断じて犬に無礼だったためしはなかったろうし、腹を立てたはずもなかったろう。

頭を片方に傾げて、伯母さんをやさしく見つめ、かすかに会釈すると、チリップ先生は、暗に例の宝石屋の上等の脱脂綿のことのつもりで、自分の左耳にそうっと触れて言った。

「局部に何か痛みがおありですかな」

「なんですって」片方の耳の脱脂綿をコルク栓みたいに引っこ抜いて、伯母さんは答えた。

チリップ先生はあまりのぶっきらぼうに肝をつぶしてしまった——後になって母さんに話したところによると——だから、あわてふためかずに済んだのはせめてものことだった。が、先生はやさしく繰り返した。

「局部に何か痛みがおありですかな」

「馬鹿馬鹿しい」伯母さんはこう答えると、たちまちのうちに耳に栓をした。

この後は手も足も出なくなり、暖炉の火をじっと眺めて坐っている伯母さんの姿を、チリップ先生としても、ただ坐って力なくそっと見つめていたのだが、先生はとうとうもう一度二階に呼ばれ、十五分くらい席をはずしてから、やはり戻ってきたのだった。

「それでどう」相手に近い方の耳から脱脂綿を引っこ抜くと、伯母さんは言った。

「それでですね」チリップ先生は答えた。「その、その、ゆっくりと進捗《しんちょく》してはおります」

「ふん」伯母さんは言ったが、ぶるっと全身に身震いしながら、このさげすんだ雄叫びを発していた。そして前のように耳に栓を戻した。

まったくね――まったくね――チリップ先生が母さんに話したところによると、先生は脳震盪《のうしんとう》を起こしたようなものだった。専門的見解だけから言っても、脳震盪状態と言っていいほどだった。けれども、それにもめげず、じっと暖炉の火を見つめて坐っている伯母さんの姿を二時間近く見守っているしか仕方なかったのだが、それでもやがて先生は再び呼び出され、そこでまた席をはずし、そうしてやはり、もう一度戻ってくるのだった。

「それでどう」やはり同じ側の脱脂綿を引っこ抜くと、伯母さんは言った。

「それでですね」チリップ先生は答えた。「それはですね、それは、ゆっくりとは進捗しておるんですよ」

「へええ」伯母さんは言った。しかし、こんなすっとんきょうな声を浴びせかけられちゃ、チリップ先生でも、もはや我慢の限界を超えていた。後になって先生が話したところによると、あの剣幕ときては、実際、意気阻《そ》喪《そう》させられんばかりだった、とのことだった。だから、先生としては、次の呼び出しがかかるまで、たとえ暗闇であろうと、隙間風が強く吹き込もうと、階段のところに坐って待っている方がましだった。

ハム・ペゴティーは、国民学校（貧困者の教育を目的として、英国国教会の基本精神に基づき一八一一年に設立された初等学校）へ通い、とりわけ教理問答《カテキズム》では右に出る者がない、うるさ方だったというから、証人としても当てにしていいだろう。そのハムは、翌日、報告してきたところによると、この一時間後、たまたま居間を覗いたところ、気を揉んで行ったり来たりを繰り返していたミス・ベッツィにたちまち見つかってしまい、逃げ出そうとするのを、むんずと鷲《わし》づかみにされてしまったのだという。その時も、二階から足音や人声は時おり聞こえており、だからいくら脱脂綿を突っ込んでみたところで、音を防ぎきれなかったらしい。というのも、やかましい人声や足音が頂点に達したときに、はらはらと気を揉む伯母さんのうさ晴らしの犠牲者として、明らかにハムはむんずとひっ摑《つか》まえられたからだ。ハムの首根っこを摑んで(まるで、アヘンチンキでも飲みすぎたかのように)、ひっきりなしにあっちこっちと引きずり回し、ことにその頂点の時となると、伯母さんはものの見事にハムを揺すぶったり、髪の毛をもじゃもじゃに引きむしったり、シャツをくしゃくしゃにしてしまったり、挙句《あげく》は、自分の耳と一緒くたにでもしてしまったものか、ハムの耳を塞《ふさ》いだりと、その他にも手荒く邪険に虐待の限りに及んだ。これは、晴れて自由の身になったばかりのハムに十二時半に会ったという、ハムの叔母に当たるペゴティーがはっきり裏書きしてくれているところであり、しかも、ハムは生まれたてのぼくと同じくらい真っ赤な顔をしていたと、断言してもいる。

温厚なチリップ先生というのは、こんな時にはなおさらのこと、悪意のかけらも抱けなかった。手が空《あ》くと、すぐに体を斜めにしてすっと居間に入ってきて、やたらおとなしそうに、伯母さんに言った。

「ええと、私としても、おめでとうございますと申し上げられて、うれしゅうございます」

「何がめでたいのかしら」伯母さんはぴしゃりと言った。

どうにも取り付く島のない伯母さんの態度に、またまたどぎまぎしたチリップ先生は、軽く会釈をして、伯母さんの気を静めようと、にんまりと笑いかけてみた。

「救いがたい男ねえ、何のつもりなの」いらいらして、伯母さんは叫んだ。「口がきけないのかしら」

「どうか落ち着いて」実にもの静かな口調で、チリップ先生は言った。「もう山は越しましたから、どうか落ち着いてください」

ここで伯母さんが、先生を振り回したりせず、また先生に話してもらわなきゃならないことを、なんとか振り回して口に出させようとしなかったのは、奇跡に近いことだと、それからというもの、みんなは考えている。伯母さんは、先生に向かって自分の首を振ってみせただけだけれども、それでも、先生を怖《お》じ気《け》づかすのに十分だったのだ。

「それでですね」勇気を奮い立たせると、チリップ先生は再び話し始めた。「私としても、おめでとうと申し上げられて、うれしゅうございます。いやあ、無事すみましたよ、しかも、実に順調ですよ」

チリップ先生が、えんえんと祝辞の披露に余念のなかった五分間かそこいら、伯母さんの方はなめつくすように、相手をじろじろにらんでいた。

「で、あの娘《こ》の具合はどうなの」片腕に相変らずボンネット帽をからめたまま、伯母さんは言った。

「ええと、それはもうすぐによくなられますよ」チリップ先生は答えた。「このようなご不幸な家庭の事情にあるなかでは、お若いお母さまでもありますし、いや、望むべくもなく、お元気にしておられますよ。もうすぐにでもご面会いただけましょうねえ。その方がよろしいでしょうから」

「それで、あの娘の方は。そっちはどうなの」とげとげしく、伯母さんは言った。

チリップ先生は、ますます小首を傾《かし》げて、愛嬌のある小鳥みたいに、伯母さんを見つめた。

「赤ちゃんですよ」伯母さんは言った。「赤ちゃんの方はどうなっているの」

「失礼ですが」チリップ先生は返答した。「もうご存じかと思っていましたが、男のお子さんですよ」

伯母さんは一言も口をきかずに、ボンネット帽のリボンを摑むと、チリップ先生の頭に一発お見舞いしようと狙いを定め、ボンネット帽を投げ飛ばす素振りを見せはしたものの、結局自分の頭の上にひん曲げて載っけると、ぷいと外へ出て行き、二度と再び戻ってくることはなかった。まるで、不満いっぱいの妖精か、それとも、みんなが占ってくれていた、ぼくには生まれつき見える霊感があるとかいう、例のお化けかみたいに、すうっと伯母さんは消えていってしまって、二度と戻らなかったのだ。

そうだ。ぼくはかごの中に眠り、母さんはベッドに眠っていた。が、ベッツィ・トロットウッド・コパフィールドは夢幻の国、つまり、ぼくがたった今し方までいて、そこから旅してきた途方もなく漠として広い国へと、永遠に赴いてしまったのだ。そして、ぼくらの窓から洩れる明りは、そうした旅人すべてが行く未知の国を、さらに、その人の存在がなければこのぼくも決してこの世には生まれてこなかった父さんの、かつては肉体であった灰と塵《ちり》をくるむ塚の上をも照らしているのだった。

第二章　ぼくは観察する

茫漠とした幼児期を、はるか遠く振り返ってみると、まず目の前にはっきり浮かんでくるのは、綺麗な髪をして若々しい容姿の母さんと、容姿などあったもんじゃないし、目ん玉が真っ黒けだったから、目のあたり一面が黒ずむんじゃないかと思えるほどだったし、頬っぺたも腕もぱんぱんに固くて真っ赤だったから、小鳥だって、リンゴよりこっちの方をつっ突くんじゃないかな、と思ったペゴティーの姿だった。

いま思い出してみると、この二人は少し離れたところで、床の上にかがみ込むか、ひざまずいていたせいで、ぼくには小さく見えたし、ぼくはといえば、この二人の間をよちよちと行き来していたのだ。ペゴティーは、よく人差し指をぼくに差し出してよこしたのだが、それが針仕事で荒れていて、まるでナツメグ用の小型おろし金みたいだった、あの感触も脳裡に刻みついており、現実のその感触と区別がつかないほどだ。

これは空想にすぎないのかもしれないが、みんなが想像している以上に、ぼくらの記憶というものは、たいてい、はるか幼い昔にまでさかのぼれるものだとぼくは思っているし、また、幼児の観察力というのも、多くの場合、すぐれて綿密であり、正確だと信じてもいる。実際のところ、こと記憶力にかけては一目おかれる大人たちも、だいたいは、努力してその力を身につけたというより、子供の頃のをずっとなくさずにきた、と言った方がずっと当たっているだろう。いや、こういう大人たち全般に見受けられる、ある種の清々《すがすが》しさとか、思いやりとか、一途《いちず》にはしゃぐ素質といったものも、やはり子供の時分からなくさずに受け継がれてきたもので、だからなおさら、そのままずっと保ち続けているんだと思う。

こんなことをだらだら書いて、先に進まずあちこち「ふらつき回って」いるのではないかと、ふと不安を感じたりもするが、ある程度は自分自身の体験に基づいて、こういう結論を固めたとも言えるし、それに、この物語で、ぼくが精緻《せいち》な観察力を持った子供だったとか、あるいは子供の頃の記憶力がずば抜けた大人だという風な印象を与えるとしたら、それは明らかにこの二つの気質を両方とも持っているせいだと言いたい。

さっきも言ったが、茫漠とした幼児期をいま振り返って、混沌とした物事の中からくっきりと思い出せるものといったら、まず母さんとペゴティーだ。その他には、いったい何を思い出せるだろうか。えーっと。

雲間からぼくらの家――一番早い頃の思い出の中では、べつだん目新しいものではなく、馴染《なじ》み深いところ――が現われる。一階は、ペゴティーのキッチンがあり、裏庭に通じている。庭の中央には棒が一本立っていて、ハト小屋が上に載っていたが、ハトは一羽もいない。隅の方には大きな犬小屋があったが、やはり犬一匹いない。沢山いるのはニワトリで、ぼくにはひどくでかく映ったが、脅《おど》すような、いかにも獰猛《どうもう》な感じで、あたりをのっそ、のっそと歩いている。雄鶏《おんどり》が一羽、杭《くい》の先に載っかって、コケッコッコーと鳴くが、キッチンの窓から覗くぼくに特に関心があるらしく、そこで、ぼくはおっかなくてたまらなくなり、ぶるぶると震える。横手の通用門の外側にはガチョウが群れ、ぼくがそっちの方へ行くと、長い首を伸ばして、ぼくの後をよたよたと追いかけてくる。夜になると、これがまた夢に出てくるのだ。ちょうど、野獣にぐるりと囲まれた人が、ライオンの夢を見るようなものだ。

そうかと思えば長い廊下が――これがなんとまた果てしなく長く大きく見えたことか――ペゴティーのキッチンから正面のドアまで続いている。この廊下には、暗い納戸《なんど》があって、夜など、ぼくはここの前は駆け足で通り過ぎる。というのも、ほの暗く照らす明りが一つあるきりで、中に人の気配がしないと、樽《たる》や壺《つぼ》や古びた茶入れなどに紛れて、いったい何がいるものやら、分かったものではないからだ。それに、石鹼《せっけん》や、ピクルス、胡椒《こしょう》、ろうそく、コーヒーのにおいが全部ごっちゃになって、かび臭い空気がぷんとドアから洩れている。それから、居間が二つある。一つは夜、母さんとぼくとペゴティー――ペゴティーも一日の仕事を終え、ぼくらだけになると、すっかり水いらずの仲間に加わっていたから――の三人が過ごすところで、もう一つの方は、日曜日になると使う、改まった上等の居間だ。格式はあるけれど、居心地はあまりよくない。この部屋にはどことなく陰鬱《いんうつ》な雰囲気が漂っているように感じる。というのも、ペゴティーがいつか――はっきりいつかは分からないが、ずっと昔だったのは確かだ――ぼくの父さんの葬式のこととか、そのとき喪服を着て集まったお客さんのこととかを話してくれたからだ。ある日曜日の夜のこと、ここでぼくとペゴティーにラザロ（「ヨハネ伝」第十一章一―四十四節）がどのように死者の間から蘇ったかを、母さんが読んできかせてくれている。すると、手がつけられないほどぼくが怯《おび》えきってしまい、仕方なく二人は後でぼくをベッドから起こし、寝室の窓ごしに、厳粛に月の光が照らすなか、死者たちがみな墓の下で永遠の眠りについている森閑《しんかん》とした教会墓地をぼくに見せて、なだめなくてはいけなくなる。

ぼくは、教会墓地の草ほど青々とした草を見たことがない。それに、そこの木々ほど深々とした木蔭を見たこともないし、またそこの墓石ほど静まりかえったところもぼくは知らない。朝早く、母さんの部屋の奥の間にあるベビーベッドの上にぼくはひざ立ちになって外を見ると、そこで羊が草を食《は》んでいる。それから、朝日が日時計を照らすのを見ると、「日時計はうれしいのかな、また時刻を告げられるのが」と心の中で囁《ささや》いてみるのだ。

次は教会のぼくらの座席だ。いやはや、背もたれの高い座席だこと。すぐそばに窓があって、そこからはぼくらの家《うち》が見えるし、現にペゴティーなどは、もしや泥棒に入られていないか、火事になっていないかと、絶えず確かめようとし、朝の礼拝中に何度も何度も目を配っている。けれども、ペゴティーは自分が目をあちこちきょろきょろさせているくせに、ぼくが同じことをしようものなら、むっとするし、それに、ぼくが座席の上に立ち上がると、ちゃんと牧師さんを見ていなくちゃいけませんとばかりに、こわい顔をしてにらみつけるんだ。だけど、そうそう牧師さんばかり見ていられるものでもないから——だって、あの白いものを着ていないときの牧師さんをよく知っているので、

BOOGERS

ぼくがそんなにじろじろ見ようものなら、牧師さんだって、どうしてだろうと不思議がって、ひょっとしたら礼拝を中断して尋ねたりするかもしれない――ぼくとしちゃ、どうすりゃいいんだ。あくびをするなどもっての外だが、だが何かしなくてはならない。母さんを見てみると、ぼくを見て見ぬ振りをしている。側廊にいる男の子の方を見ると、向こうもしかめっ面《つら》をしてよこす。開け放ったドアから袖廊を通して射し込んでくる陽《ひ》の光に見とれていると、そこに一匹のさ迷える羊が――もちろん、罪人のことではなく、マトンの方だ――ひとつ教会に入っていこうと腹をきめかけたところだ。これ以上そっちを見たら、絶対に大声をあげて何か言う気になるだろう。そうなれば、どうなることか。そこで、壁に掛けてある記念碑を見上げて、亡くなったこの教区のミスター・ボジャーズのことを考えてみようとする。長いこと、ミスター・ボジャーズは辛《つら》い病とたたかい、結局、医者も手の施《ほどこ》しようがなかったとき、奥さんの気持はどんなだったろう。やっぱりチリップ先生の往診を頼んだのだけれども、先生にも歯が立たなかったのかな。もし、そうだとしたら、週に一度くらいはそのことを思い出して、どう思うのかな。よそゆきの襟飾《えりかざ》りをしめたチリップ先生から、ぼくは説教壇へと目を移す。あそこはいい遊び場だろうな、それに、誰か別の男の子が階段を上がって攻めにきたら、房のついたベルベットのクッションを頭めがけて投げつけてやる、いやあ、実に見事な城になるなあ。やがて、ぼくの目はうとうととしてくる。そして牧師さんが眠気を誘う歌を最高潮で歌っているのを聞いているつもりが、そのうち何も聞こえなくなり、ついにはドサッという大きな音を立てて座席から転がり落ち、そこでペゴティーに、生きているというよりは死んだような状態で、ぼくは外へと連れ出されるのだ。

さて、今度は家の周りが見えてくる。寝室の格子窓が開け放しで、いいにおいの空気が中に注《そそ》がれ、そうして表の庭の隅にあるニレの木から、ぼろぼろの古いミヤマガラスの巣が、いまだにぶら下がったままだ。空っぽのハト小屋や犬小屋のある中庭をまわって、その奥にある裏庭へとやってくると――たしか、ぼくの記憶では、丈の高い囲いをめぐらし、門には南京錠の掛かっている、それこそまさにチョウチョの縄張りだ。中では、果実が木々にたわわに実り、それからも他の庭ではおよそ目にすることもなかったくらい、それほど実によく熟《う》れている。母さんはいくつか摘みとってはかごに入れ、その間ぼくはそばに立って、こっそりグーズベリーをあたふたと呑み込むと、何事もなかったように素知らぬ顔を決めこむのだ。大風が吹くと、夏はまたたく間に過ぎてゆく。ぼくらは冬の黄昏《たそがれ》どきに、居間で遊んだり、はね回ったりする。母さんが息を切らし、肘掛け椅子でひと休みすると、カールしたつややかな髪の毛を指にからめたり、腰をまっすぐに伸ばしたりしているところを、ぼくはじっと見つめているから、なんとか元気そうに振舞おうとし、しかも、自分が綺麗なのをうっとりと得意に思ってもいる母さんの姿をよく知っているのは、このぼくをおいて他にはいない。

これが一番幼い頃で印象に残っているものの一つだ。このことと、ぼくら二人とも、ちょっとペゴティーには頭が上がらなくて、たいていのことでは、その指図に従ったような気がすること、これが一番最初の持論——もし、こんな言い方をしていいものなら——で、つまり、ぼくが目にしたことから導き出したものだ。

ある夜のこと、居間の暖炉のそばで、ペゴティーと二人きりで坐っていた。ぼくはペゴティーにクロコダイルの本を読んできかせていた。これは、ぼくがやたらはきはきと読んだせいか、はたまた気の毒に、お相手の方が心底興味を惹かれたせいかに違いなかった。なにしろペゴティーは、たしかぼくの記憶では、クロコダイルというのは何か野菜の一種らしいと、そう雲を摑《つか》むように思っていたからだ。本を読むのに飽きると、眠くて居ても立ってもいられないほどだった。けれども、たまたま母さんがその夜、ご近所に出掛けており、帰宅するまで起きていてもいいという大盤振舞いを頂いていたから、ベッドに入るくらいなら、いっそこの場で（もちろんだ）死を選んだことだろう。いよいよ眠気も募り、とうとうペゴティーがふくれ上がって、とんでもない巨人に見え出した。そこで両手の人差し指でもって、ぐいっと両瞼《まぶた》を開けておいて、針仕事をしているペゴティーをじっと根気強く眺めていることにした。糸を縒《よ》るのにいつも愛用しているずんぐりと短いろうそくとか――それが四方八方にひびが入って、なんとまあ古びて見えたことか――ヤードの巻尺のねぐらになっている藁葺《わらぶ》き屋根の小さな家とか、引き開け式のふたに聖ポール大聖堂の絵（なんと、ドームはピンク色だ）が描いてある裁縫箱とか、指にはめた真鍮《しんちゅう》の指貫《ゆびぬき》とか、それに何より、ぼくにはとっても魅力的に映ったペゴティー自身の姿とかを眺めているうちに、どうしようもなく眠くなって、だから一瞬でも物が目に入らなくなったらおしまいなのは、百も承知だった。

「ねえ、ペゴティー」やぶから棒に、ぼくは言う。「お嫁に行ったことないの」

「あらまあ、デイヴィー坊ちゃま」ペゴティーは答える。「なんでまた、そんなことを思いついたんですか」

あまりにびっくりした答え方をしたので、ぼくはぱっと目が醒《さ》めた。それから、針仕事の手を休め、ただ針は、長い糸をピンと引っぱったままにして、ペゴティーはぼくを見た。

「でも、お嫁に行ったことあるんでしょう、ペゴティー」ぼくは言う。「だって、すごく美人じゃないか」

もちろん、母さんとは全然違うタイプだとは思っていたけれども、別のタイプの非の打ちどころのない美人の典型だと考えていたのだ。上等の居間には、母さんが花束の絵を描いた、赤いベルベットの足台があった。その足台の地の色とペゴティーの顔色はまったく同じ色にぼくには思えた。足台の方はつるつるしていたけれども、ペゴティーはざらざらだった。が、それはどうでも構わなかった。

「あたしが美人ですって、デイヴィー」ペゴティーは言った。「あら、いやだ、まさか。でも、どうしてまた、お嫁に行くだなんて、思いついたんです」

「分かんないよ――でも、一度に二人とか三人とかのところにお嫁には行けないんだよね、ペゴティー」

「そりゃ、行けませんとも」打てば響くように、ぴしゃりとペゴティーは返してくる。

「だけど、たとえばお嫁に行って、相手が死んじゃったとするよね、そうしたら、別の人のところにお嫁に行ってもいいんだよね、ペゴティー」

「それなら大丈夫ですよ」とペゴティーの弁。「もし行きたけりゃね。人それぞれの考え方ですからね」

「じゃあ、ペゴティーならどうするの」ぼくは言った。

そう訊いておいて、ぼくは探るように相手の顔を見つめた。向こうも探るように、じっとこちらの顔を窺《うかが》ったからだった。

「そうねえ、あたしだったら」ぼくから目を離し、ちょっと迷った様子を見せてから、元の針仕事にまた取りかかって、ペゴティーは言った。「と言われても、お嫁に行ったことがないし、これからだって行かないでしょうからね、デイヴィー坊ちゃま。だから、この話で言えることといったら、それだけですよ」

「あれ、怒ってないよね、ペゴティー」ちょっと黙りこくって坐ったままでいたが、またぼくは言った。

こりゃ、絶対に怒ったぞと、てっきりぼくは思った。なにしろ、ひどくつっけんどんだったからだ。でも、まったくぼくの勘違いだった。というのも、針仕事を（自分の靴下だったが）わきに置くと、両腕をぱっと大きく広げ、ウェーヴしたぼくの頭をすっぽり中にくるんで、ぎゅっと強く抱き締めたのだから。かなり強烈な抱き締め方だったと思う。なにせ、ペゴティーは丸々としたかなりのおでぶさんだったから、いざ身支度をととのえ、それでちょっとでも力を入れようものなら、いつも服の背中のボタンが二つ三つ、パチンパチンとはじけ散るのだったが、この時ぼくを抱き締めている間も、ボタン二つが居間の向こう側までひゅっと勢いよく飛んでいったのを、ぼくはたしかに憶えている。

「じゃあ、もう少しクロアキンディルの話を聞かせてちょうだいな」名前もまだちゃんと覚えていないくせに、ペゴティーは言った。「だって、まだ半分も聞いてないでしょ」どうしてまた、ペゴティーがあんな妙な顔つきをしたり、あるいはあわててクロコダイルに話を戻そうとしたりしたのか、ぼくにはさっぱり解《げ》せなかった。けれども、ともかくこの奇怪な動物にぼくらは話を戻し、するとぼくもぱっちり目醒め、睡魔などどこへやらになった。砂の中のクロコダイルの卵はお日さまの熱でもって孵化《ふか》させることとして、ぼくらはそこから逃げ出したし、敵は扱いにくい図体だもんで、素早く切り返すことなどできないから、こちらは左、右、と絶えず方向を変えて巧みに裏をかいてもやった。とうとう原住民たちがやるみたいに、クロコダイルを追いつめていって、水の中に飛び込むと、先の尖《とが》った棒っきれをクロコダイルの喉元《のどもと》めがけて押し込むのだった。

要するに、ぼくらはクロコダイル軍団から激しい一斉攻撃を受けた。少なくとも、このぼくは受けた。でも、ペゴティーの方はどうも怪しいものだった。だって、その間ずっと物思いに耽っていたようで、顔やら腕のあちこちに針をチクチク刺していたからだ。

さて、クロコダイルの話が尽きてしまうと、今度はアリゲーターの方の話を始めたところで、庭の呼鈴《よびりん》が鳴った。ぼくらがドアのところに飛んでいくと、なんだかぼくにはいつになく綺麗に見えたが、母さんが立っていた。見ると、先週の日曜日、一緒に教会から歩いて帰ってきた、見事な黒髪に頬ひげをはやした男の人がそばにいる。

戸口で母さんがかがみ込んで、ぼくを抱き締め、キスをしたら、その男の人は、このぼくが君主さまより——とか何とか、そんなことを——はるかに恵まれた坊やだね、と言った。もちろん、気がついているが、そんな言葉はずっと後になって分かった知識だから、ここではちょっと助け舟を出したままでのことだ。

「それ、どういうこと」母さんの肩ごしに、ぼくは尋ねた。

男の人はぼくの頭をなでてはくれたが、ともかく、ぼくはこの人というよりは、低音の太い声が、好きになれなかった。それに、ぼくの手にそっと触れようとした母さんの手を、この男の手がさわろうとしているのに——いや、実際にさわったんだ——ぼくは焼き餅をやいたんだ。だから、躍起になって、その手を払いのけた。

「まあ、デイヴィーったら」母さんは諫《いさ》めた。

「おやおや、へえ」男の人は言った。「お母さん子なんだから、無理もないさ」

こんな色つややかな母さんの顔を、ぼくは見たことがなかった。お行儀が悪いわと、そっとたしなめてから、ショールにぴったりぼくを抱き寄せ、そして、男の人の方を振り返ると、ご丁寧にわざわざ送ってくださってありがとうございます、と礼を言った。言いながら、手を差し出して、その手を男の人が握ったとき、母さんはちらっとぼくを見たような気がした。

「じゃあ、「おやすみなさい」だね、坊や、いい子だ」男の人はこう言ったが、その前に、頭を俯《うつむ》けて――ああ、ぼくは見ちゃった――母さんの小さな手袋の上に唇を寄せたんだ。

「おやすみなさい」ぼくは言った。

「さあ、世界一の友達になろうな」笑いながら、男の人は言った。「ほら、握手だ」

右手は母さんの左手に握られていたので、ぼくは反対側の手を差し出した。

「あれ、それじゃ、逆の手だよ、デイヴィー」男の人は言った。

母さんは、ぼくの右手を前に引っぱり出そうとしたものの、ぼくとしては、さっき言った理由で、絶対に握手なんかしてやるものかと固く心を決めていたので、断じてそうはしなかった。ぼくが反対の手を出したら、心をこめて、それで握手してくれ、坊やは度胸があるねと男の人は言って、帰っていった。

その時、こちらがドアを閉めないうちに、男の人が庭のところで、くるりとこちらを振り返ると、不吉な黒い目で、最後にもう一度ぼくらに一瞥《いちべつ》をくれたのだった。

言葉ひとつ掛けず、指一本動かさなかったペゴティーが、あっという間に戸締りを済ますと、みんなで居間へと入っていった。いつもの習慣どおりじゃなく、つまり、暖炉の火のそばの肘掛け椅子のところには行かないで、母さんは、部屋の反対側の隅っこにいたまま、鼻歌をうたっているのだった。

「——今夜はさぞお楽しみだったんでしょうね、奥さま」手にろうそくを持ったまま、部屋の真ん中に樽みたいにでんと直立不動に突っ立って、ペゴティーは言った。

「本当にありがとう、ペゴティー」浮き浮きした声で、母さんは答えた。「そりゃ、もう、今夜はとっても楽しかったわ」

「一人二人でも、よその方と会いますと、いい気分転換になりますものね」ペゴティーはそれとなく言った。

「そりゃもう、とってもいい気分転換になるわね、まったくそのとおりね」母さんは答えた。

ペゴティーは相変らず部屋の真ん中に仁王立ちしたままだし、母さんは母さんで、また鼻歌をやりだしているうちに、ぼくはうとうとと居眠りし出した。もっともそんなに熟睡したわけではなく、話している中身は分からなかったものの、絶えず二人の話し声は聞こえていた。ふと、このしゃっきりしない気分のうたた寝から醒めかけると、ペゴティーと母さんが二人とも涙を浮かべて、話し込んでいるところだった。

「旦那さまでしたらきっと、あのような方はお嫌いだったでしょうね」ペゴティーは言った。「誓ってはっきり、そう申し上げますわ」

「まあ、なんてこと」母さんは叫んだ。「頭がおかしくなりそうよ。このわたしみたいに、哀れよね、使用人に苛《いじ》められている娘っているかしら。それに、あら、どうしてわたしったら自分のことを娘なんて言うのかしら、変よねえ。お嫁に行ったことがなかったみたいよねえ、ペゴティー」

「もちろん、お嫁に行ったじゃありませんか、奥さま」ペゴティーは答えた。

「じゃあ、どうして、よくもまあ」母さんは言った——「いえ、よくもまあって、そういう意味じゃないのよ、ペゴティー。でも、どうしてそんな度胸があるのかしらってことよ――つまり、あなたもよく分かっているでしょうけど、この家を一歩でも外に出たら、頼る友とて一人もいないこのわたしだというのに、こんなにわたしの気分を害させるようなひどいことがよく言えたものねえ」

「ほら、そこのところがいけないんです」ペゴティーは答えた。「だから、だめだと申し上げているんです。いけません、それはだめです。いけませんとも。どうあっても、だめなものはだめです。いけませんったら」――断固としてこう強調したとき、てっきりぼくは、ペゴティーがろうそく立てを投げつけたものと思っていた。

「ああ、もう、癪《しゃく》にさわるわね」これまでにも増してボロボロと涙を流しながら、母さんは言った。「そんな失礼な言い方をされちゃ。まるで何でもかんでもまとまって決まっちゃったみたいに、どうしてそうどんどんまくしたてられるの、ペゴティー。だから、何遍も何遍も言っているでしょう、ひどい人ねえ。ごく世間一般のきちんとしたお付き合いで、それ以上の一線は何も越えちゃいませんって。気があるって言うのかしら。じゃあ、どうすればいいの。そりゃ、人間なんて愚《おろ》かなものだから、気持を抑えられないことだってあるわよ。それが悪いことなの。じゃあ、お訊きしますけど、わたし、どうしたらいいのかしら。このわたしに、頭の毛を剃《そ》って、顔を真っ黒にでもしろって言うの。それとも、火とか、熱湯とか、それとも何かで火傷《やけど》でもして、ただれた醜い顔になれって言うの。きっと、ペゴティー、あなたなら言いかねないわね。きっと、あなたなら、手を叩いて大喜びするんでしょうよ」

さすがのペゴティーも、こうまでくそみそに言われると、ぐさりと胸に堪《こた》えたようだった。

「あら、いい子ね」ぼくの寝ていた肘掛け椅子のところにやってきて、抱き締めると、母さんは言った。「まあ、デイヴィーちゃん、わたしの大事な宝物、この世で一番いとおしい坊やのことを、愛情がないみたいな、奥歯に物がひっかかったような言い方をするなんてねえ」

「誰もそんな言い方しちゃいませんよ」ペゴティーは言った。

「あら、言ったじゃないの、ペゴティー」母さんは答えた。「そういう言い方したの、ちゃんと分かっているくせに。あなたの話から、他にどう取りようがあるっていうの、意地悪ね。だけどね、この子のために、この前の四半期支払いのときだって、新しい日傘を買わなかったの、あなただってよく知っているじゃないの。古い緑のはもうすっかりボロボロで、房だって一つ残らず毛が抜けちゃってるの、ペゴティー、あなた知っているはずよ。そうじゃないとは言わせませんよ。」そして母さんは愛想よくぼくの方を向いて、ぴったり頬っぺたをすり寄せてくると言った。「ねえ、デイヴィー、わたしって、いけないママかしら。わたしって、意地悪で、むごい、身勝手な、悪いママかしらねえ。ほら、そうだっておっしゃい、坊や、「はい」っておっしゃいな。そうしたら、ペゴティーが可愛がってくれるわよ。それにペゴティーの方が、ママよりずっとずっと可愛がってくれるわよ、デイヴィー。ママは、坊やのこと全然可愛がってないんですものねえ」

この言葉に、みんな一斉にわぁーっと泣き出してしまった。三人の中で、ぼくの声が一番大きかったと思うが、でも三人とも、間違いなく本物の涙を流していたんだ。ぼくは胸も張り裂けんばかりに悲しかったから、生まれて初めて、母さんのやさしさが傷つけられたことにカッとなって、ぼくはペゴティーのことを「獣《けだもの》」と呼んでしまったかもしれない。今になって思えば、可哀相に、このお人好しにしても深く心を痛めていたのだろうし、あの時には、ボタンなどもう一つも残ってはいなかったに違いないからだ。なぜって、母さんと仲直りした後、今度は肘掛け椅子のそばにひざまずいて、ぼくと仲直りしたとき、あのパチンパチンと破裂する、ちょっとした一斉射撃が起きていたからだ。

ぼくらはすっかり気分も滅入ったまま床についた。泣きじゃくっていたせいで、長いこと寝つけなかった。しかも一度、強いのが突きあげてきて、泣きじゃくると、思わずぼくはベッドの上で飛び上がったのだが、すると母さんが掛け布団の上に腰掛け、前かがみになって、ぼくのことを覗き込んでいるのだった。その後は、母さんの腕の中に抱かれてぼくは寝入り、そのままぐっすりと眠ったのだった。

あの男の人に再び会ったのが、次の日曜日だったか、それとも、ずっと後になってもう一度やってきたものか、その辺のところは思い出せない。どうも日時の方ははっきりしたことが言えない。けれども、たしかに教会にもあの男の人はちゃんといたし、その後、一緒に歩いて帰ってもきた。それに、居間の窓にある見事なゼラニウムの花が見たいからと、わざわざ中にまで入ってきた。ぼくには、この男の人がさほど花に気を留めている風はないと思ったのだけれども、帰る前に、どうか少し花を頂けませんか、と母さんに頼んだのだ。母さんは、どうぞお好きなのをお取りくださいと言ったが、男の人が、それはちょっとと断わったので——どうしてなのか、ぼくにはさっぱり分からなかったけれども——そこで母さんがわざわざ一つ摘んであげて、男の人に手渡したのだった。この花は生涯、決して、決して手放したり致しませんよ、などと男の人は言ったのだが、ぼくは、こいつ、馬鹿じゃなかろうか、一日か二日で散っちゃうのを知らないのかなあ、と思った。

ペゴティーは夜、これまでほど一緒にはいなくなってしまった。母さんは随分とペゴティーを立ててやっていた——尋常ではない、とぼくには思えたが——だから、三人ともまるで絵に描いたような、申し分のない仲良しだった。けれども、やはり、これまでとは違ってきて、一緒にいても気づまりだった。時どき、ペゴティーはたぶん、母さんが近頃、箪笥《たんす》の中にある綺麗なドレスを全部とっかえ引っかえ、ちゃらちゃらと着込んでいるのとか、足繁《しげ》く、あのご近所に遊びに出掛けていくのとかをけしからんと考えているんだろうと、ぼくはそんな風に想像はしていたものの、それがどうしてなのかを、自分の納得のいくようには説明がつかないでいた。

だんだんぼくも、真っ黒い頬ひげの男の人に会うのにどうやら慣れてきた。だが、好きになれないのは最初と変わりなかったし、やっぱり、不安な気持から、依然として焼き餅もやいた。けれども、子供心に本能的に嫌悪感を覚えるとか、ペゴティーとぼくとで母さんのことはちゃんと面倒をみるから、誰の助けもいらないといった漠然とした思いのほかにも、何かそこに理由があったとしたって、それは、仮にぼくがもっと大人だったら分かり得た、といったような理由ではなかったのは確かだ。第一、そんなことは、全然頭に浮かびもしなかったし、浮かびそうにもなかった。いわば、ぼくは断片的に、短く切れ切れには観察できたものの、集まった多くの断片をつなぎ合わせて網《あみ》をこさえ、その中に誰かをひっ摑まえるなどということは、まだ当時のぼくには及びもつかぬことだった。

ある秋の朝のこと、母さんと前庭に出ていたら、ミスター・マードストンが——その頃にはもう名前が分かっていた——馬に乗って、通りかかった。手綱《たづな》を引いて馬を止めると、母さんに挨拶し、ロウストフトへ帆船でやってきている友人たちを訪ねていくところだと話して、楽しそうに、もし坊やが馬に乗りたけりゃ、鞍《くら》の前に乗っけてやるよ、と声を掛けてくれた。

空気は澄みきって、心地よかったうえ、馬の方も遠出には大変乗り気らしく、庭の出入口のところでしきりにいないたり、蹄《ひづめ》で地面を搔いたりしていると、ぼくも矢も楯もたまらず行きたくなった。そこで、二階に連れていかれ、ペゴティーにおめかしさせてもらうことになった。その間、ミスター・マードストンは馬から降り、手綱を腕にかけたまま、野バラの垣根の外側をゆっくりと行ったり来たりし、それに歩調を合わせるように、母さんの方も垣根の内側をゆっくりと行ったり来たりしているのだった。今でも思い出すが、ぼくの部屋の小さな窓から、ペゴティーと一緒に、この二人の様子をこっそりと盗み見していた。二人は、ゆっくりとぶらつきながら、二人の間にある野バラを食い入るように観察している風だったのだが、すると、たった今まで天使と見紛《みまが》うような気分でいたペゴティーが、あっという間にご機嫌斜めに豹変《ひょうへん》し、そこでがむしゃらにぎゅっと、しかも逆の方にぼくの髪の毛を梳《と》かしたのを、今でもよく憶えている。

ミスター・マードストンとぼくはじきに出発し、道路の縁《へり》の緑の草の上を馬は速歩で駆けていった。片腕で軽々とぼくを抱いていてくれたので、いつもの不安感はなかったように思うものの、この男の人の前にじっと坐っていると、時どきは振り返って相手の顔を見上げないわけにもいかないだろうな、と心を決めたのだった。やはり、浅はかな黒い目をし――どう表現したらいいのか言葉が見つからないけれども、いくら覗き込んでも、深みというものがないのだ――しかも、うわの空のときには、光の加減からか、ちょっとの間、ひとしきり藪睨《やぶにら》みの醜い表情を見せるのだった。何度か、ちらっと振り返っていくうち、相手の顔が厳《いかめ》しくなっていったので、いったい何をそんなにじっと思いめぐらしているんだろうと、ぼくは不思議に思った。こんなにすぐ近くで眺めると、これまで思っていた以上に、髪の毛も頬ひげの方も、もっとずっと真っ黒くて濃かった。下あごはがっしりと角ばっていたし、毎日きちんとあてているのだろう、太くて真っ黒いひげ剃りの跡がぽつぽつと目についたが、そこでふとぼくは、半年前、近くにやってきた旅回りの、ろう人形の見世物のことを思い出した。均整のとれた眉《まゆ》、色鮮やかな白と黒と茶の混じりあった肌の顔を——ああ、あいつの顔色も思い出も、こん畜生め——あれ、怪しいぞとにらんでいたというのに、ついつい、これはすごくハンサムだと思わないではいられなかった。可哀相に、母さんだって、きっとそんな風に思っていたに違いないんだ。

ぼくらは海岸沿いのホテルに入っていった。すると、ホテルの部屋で、男の人が二人、葉巻をくゆらせていた。二人とも各々、椅子を少なくとも四つはつなげて寝そべっていたのだが、それにしてもぶかぶかのざっくりした上着を羽織っていた。片隅には外套や船用合羽《がっぱ》の山と、それから旗が一つ、これがごっちゃになって堆《うずたか》く積み上げられているのだった。

ぼくらが入っていくと、二人はいかにもかかったるそうに、ごろんと体を丸めて起き上がると、言った。「やあ、マードストン、てっきり死んじまったものと思ってたぜ」

「いや、いや、どうして」ミスター・マードストンは言った。

「で、このガキは誰なんだ」ぼくを捕まえて、一人の男が言った。

「これが、デイヴィーさ」ミスター・マードストンは言った。

「デイヴィーって、どこのどいつだ」男は言った。「ジョーンズか」（デイヴィー・ジョーンズとは、伝説上の海の悪霊。船乗りの付けたユーモラスな名称）

「コパフィールドだよ」ミスター・マードストンは言った。

「なんだって、あの色っぽいミセス・コパフィールドの、足手まといか」男は叫んだ。「あの若くて綺麗な未亡人だろう」

「おい、クィニオン」ミスター・マードストンは言った。「頼むぜ、気をつけてくれよ。誰かさんは、これでなかなかの切れ者なんだから」

「誰のことだい」笑いながら、男は訊いた。

ぼくは素早く顔を上げた。なにしろ、知りたくてたまらなかったからだ。

「いや、シェフィールドのブルックスのことだよ」（シェフィールドは刃物の名産地。ブルックスはそこの有名な刃物商。デイヴィッドが切れ者であることとひつかけてある）ミスター・マードストンは言った。

　ぼくも、それがシェフィールドのブルックスのことだと聞いて、ほっと一安心した。なにしろ、最初はてっきり自分のことだと思ったからだ。

　シェフィールドのミスター・ブルックスの評判には、何かすごく可笑《おか》しなことでもあるみたいだった。なにしろ、その名が出るたびに二人の男はゲラゲラと心底笑っていたし、ミスター・マードストンも、やっぱり、やけに面白がっていた。ひとしきり笑いが続いてから、クィニオンと呼ばれていた男が言った。

「で、今度の事業の件じゃ、シェフィールドのブルックスのご意見はどうなんだい」

「そうだな、目下のところ、ブルックスはさほど全容を摑んではいないようだね」ミスター・マードストンは答えた。「だが、概して、好意的じゃないんだろうね」

　これには、どっと笑いが湧き起こり、そこで、ミスター・クィニオンは、じゃあ、呼鈴を鳴らしてシェリー酒でも持って来てもらって、ブルックスのためにひとつ乾杯でもしようぜ、と言った。実際に呼鈴を鳴らし、酒が着くと、ぼくにはほんのちょっとクッキーを添えてくれたが、口をつける前にぼくを立ち上がらせ、「シェフィールドのブルックスを呪《のろ》って乾杯」と言わせたのだった。この乾杯の音頭は拍手大喝采を頂戴し、それに、腹をかかえての大笑いとなったので、釣り込まれてぼくも笑ったら、これを見て、ますますみんなは死ぬほど笑いころげるのだった。要するに、ぼくらはみんな十分に楽しい思いをしたのだ。

それからぼくらは絶壁の上を散歩し、草の上に坐ったり、望遠鏡でいろんな物を見たりした――これを目にあてがわれたとき、本当は自分じゃ何も見えなかったのだけれども、見えている振りをした――それからまたホテルに引き返して、早めの昼食を食べた。外にいる間も二人の男はひっきりなしに葉巻を吹かしていた――あのざっくりした上着に染み込んだにおいからぼくが思うに、ひょっとして連中、あの上着が仕立て屋から最初に家に届けられたときからずっと吹かしっぱなしに違いないんだ。それから、帆船に乗り込んだことも忘れてはならない。三人してキャビンに降りていくと、あたふたと何か書類を調べていた。開いていた天窓から、ぼくが下を覗き込むと、みんな、その作業におおわらわだった。この間、ぼくは、やたら大顔なのに、やたらちっちゃい、つやのある帽子をちょこんと赤毛の上に載っけていた、実に感じのいい男の手に預けられていた。この人は、胸に大文字で「ヒバリ《スカイラーク》」と書いてある、横縞のシャツかチョッキを着ていた。てっきりぼくは、これがこの人の名前で、船の上で暮らしているから、表札を出しておく表のドアもないので、それで代わりに胸に書いてあるものとばかり思い込んでいた。けれど、ぼくがスカイラークさんって呼んだら、そいつは船の名前さ、と教えてくれた。

ぼくが一日じゅう観察したところでは、どうもミスター・マードストンは、他の二人の男より落ち着いて、しっかりしているようだった。二人はやたら賑やかだったし、呑気な感じだった。二人の間では気兼ねなく軽口をたたいていたが、ミスター・マードストンに対してはめったにやらなかった。だから、あの人は、どうも二人より頭の回転も速いし、冷静であり、どうやら二人は、ぼくが感じたのと同じような気持で、あの人に一目置いていたように、ぼくには見受けられるのだった。ミスター・クィニオンが話をしていたときも、ミスター・マードストンの気に障ってはいまいかと確かめでもするかのように、ちらちらっと横目を使って気を配っているのに、一、二度ぼくは気づいた。一度などは、ミスター・パスニッジ(これがもう一人の男の人の名だ)が調子に乗ってはしゃいだときも、ミスター・クィニオンはわざわざ足を踏んでやって、マードストンを見ろ、と目で暗黙の注意をしてやっていた。見れば、ミスター・マードストン、こわい顔をして、じっと黙りこくったまま坐っているのだった。今になって思い返してみれば、あの日は一日中ミスター・マードストンはニコリともしなかった。もちろん、あのシェフィールドの冗談は別だが——ちなみにあの冗談は、あの人自身が言い出しっぺだったのだ。

ぼくらは夕方早めに家に帰った。とてもよく晴れわたった夕べだったので、母さんとあの人はまた野バラのそばを散歩し、ぼくの方はティーを頂くようにと、中に入れられた。あの人が帰ってしまうと、母さんはぼくに、一日じゅう何をしていたの、それにみなさんはどんなことをおしゃべりしたり、どんなことをしていたのかしら、といちいち訊いてくるのだった。そこでぼくは、母さんのことで噂していたとおりのことを伝えてあげると、母さんはアハハと笑い出し、そんな下らないことを言うなんて、まあ、なんて失礼な人たちでしょうねえ——内心じゃ、うれしがっているのは一目瞭然だったが——とぼくに言った。あの時だって、今と同じに、ぼくには一目瞭然だったんだ。頃合を見てぼくは、シェフィールドのブルックスさんって、知ってる、と母さんに尋ねてみた。が、答えは、知らないとのことで、ただ、ナイフやフォーク類の商売をしている製造業者じゃないかしらねえ、とのことだった。

母さんの顔は——変わり果てたと記憶する理由もあるし、それに消えてなくなってしまったことも重々承知してはいるけれども——雑踏の街の中で、ふと何気なく目についてしまう顔のように、今でもたちまちぼくの目の前にくっきりと浮かんでくるというのに、それがもうないんだと、どうしてぼくに言えるというんだ。あのあどけなく可憐《かれん》な母さんの美しさが、あの時の晩がそうだったように、今もぼくの頬にその香りの余韻をとどめているというのに、それがもう失《う》せてしまったと、どうしてぼくに言えるというんだ。ぼくの思い出のなかから、母さんの姿が蘇ってくるのは、こんな風な面影ばかりで、しかも、その若さあふれる愛くるしさは、ぼくより、いや、誰よりもずっとそのままで変わらずに、あのとき心に焼きつけたとおり、今もまだしっかりと後生大事にしているというのに、その母さんが変わってしまったなどと、どうしてぼくに言えるというんだ。

この会話を交わしてから、ぼくがベッドに入ると、母さんはぼくにおやすみなさいを言いにきてくれたのだが、その時の母さんの姿をそのままぼくはここに書いている。ベッドのそばに、はしゃいだようにひざまずくと、頬杖をついて笑いながら言った。

「みなさん、なんて言ったんですって、デイヴィー。もう一度話して。もう、信じられないわ」

「『色っぽい――』」ぼくは話し始めた。

すると母さんは、ぼくの唇に手を当てて、遮《さえぎ》ってしまった。

「全然色っぽいわけないじゃないの」笑いながら、母さんは言った。「全然色っぽいはずがないもの、ねえ、デイヴィー。そんなの分かりきっているのに」

「ううん、でも、そうだったもん。『色っぽいミセス・コパフィールド』だってね」ぼくは頑として繰り返した。「それに『綺麗だ』ってもね」

「あら、まさか、まさか、全然綺麗なわけないじゃないの」またもや、ぼくの唇に指を当てて、母さんは遮った。

「だって、そうなんだもん。『若くて綺麗な未亡人』だってね」

「まあ、なんて馬鹿な人たちなの、失礼な人たちよねえ」笑って、顔を覆いながら、母さんは叫んだ。「まあ、なんてふざけた人たちじゃないこと、ねえ、デイヴィー――」

「そうだね、ママ」

「ペゴティーに言っちゃだめよ。ほら、だって、あの人たちに腹を立てちゃうかもしれないでしょう。ママだって、ほら、すごく腹を立てているんだもの。でも、やっぱりペゴティーの耳には入れたくないのよ」

もちろん、ぼくは約束した。そして、ぼくらは、お互いに何度も何度もキスをし、それからじきにぼくは寝入ってしまった。

こんなに時を遠く隔てた今となっても、これから話すことになる、びっくり仰天の思い切った話をペゴティーから持ちかけられたのは、すぐ次の日のことだったような気がする。けれども、実際は、おそらく二カ月くらい後のことだったのだろう。

ある日の夜のこと(母さんは例によってこのまえ同様、外出していたが)、ぼくらは例によってこのまえ同様、靴下と、ヤードの巻尺と、短いろうそくの残りと、聖ポール大聖堂の絵の描かれたふたの裁縫箱と、クロコダイルの本とに囲まれて坐っていると、ペゴティーが、ちらちらと何度かぼくの顔を窺ってから、何か話でもあるというのか、口をあんぐりと開けはするのに、さっぱり声にならないのだった——だから、てっきりぼくは、ただのあくびなんだろうと思ったし、そうでもなきゃ、ぎょっとしていたところだったが——やがて、なだめすかすように、こう切り出した。

「ねえ、デイヴィー坊ちゃま、ちょっと二週間ばかり、ヤーマスにいる、このペゴティーのね、兄さんのところへ一緒に遊びに行きませんか。きっと楽しいと思うの」

「ペゴティー、ペゴティーのお兄さんって、いい人なの」とっさにぼくは尋ねた。

「まあ、そりゃもう、いい人もいいところですよ」両手をかざしながら、ペゴティーは叫んだ。「それに、ほら、海もあるし、大きな船もちっちゃな舟もあるし、それに漁師だっているし、浜辺だってありますからね。あと、一緒に遊ぶんだったら、アムもいるし――」

ここで言っているのは、第一章に出てきた、ペゴティーの甥《おい》のハムのことだが、英文法をちらっと覗きでもしたみたいに、アムと呼んだのだ。

こんな風に、かいつまんでお楽しみをずらりと紹介されて、すっかりぼくは上気していた。そこで、それはたしかにさぞ楽しいだろうけど、でも母さんが何て言うかな、と答えた。

「あら、それなら、一ギニー賭けてもいいわね」ぼくの顔をまじまじと見ながら、ペゴティーは言った。「行かせてくれますとも。じゃあ、よかったら、お帰りになったらすぐにでも、お訊きしましょうね。さあ、これでどう」

「でも、ぼくたちがいない間、母さんはどうするの」この難問を解決しようとばかり、小さな肘をテーブルについて、ぼくは言った。「母さん、一人じゃ、やっていけないもの」

その時、なぜかペゴティーが突如として靴下の踵《かかと》に穴を見つけ出したんだとしても、きっとそれは針の穴ほどのちっちゃなもので、だから、何もいちいち繕《つくろ》うほどのことはなかったに違いない。

「あのねえ、ペゴティー、母さんは一人じゃやっていけないんだってば、いいかい」

「あらまあ、そうだったわ」やっとまたぼくを見て、ペゴティーは言った。「ご存じないのね、お母さまは、二週間ほどグレイパーさんのお宅にお泊りに行かれるんですよ。それにグレイパーさんのお宅には、お客さまが沢山お見えになるんですって」

なんだ。そういうことなら、ぼくも喜びいさんで行こう。ぼくは、母さんがミセス・グレイパーのところから(この人が、例によって外出していく先の、ご近所のお宅だったからだ)帰ってくるのを、今か今かと待ちわびた。この素晴らしい計画を実行する許しが果たして出るのか、確かめたかったからだ。ところが、いざふたを開けてみれば、思ったほど驚いた様子も見せず、すぐこの話に応じてくれ、その日のうちに段どりすべてがまとまった。しかも、滞在中のぼくの食費と宿泊費はきちんとこちらからお出しします、というのだった。

じきに出発する日がやってきた。本当にあっという間に来たので、高まる期待に胸ふくらませる一方で、地震とか火山の噴火とか、そのほか自然界の激動でも起きて、ひょっとしたらこの旅が流れてしまうんじゃないかと、半ば不安にすらなっていたぼくにとっても、またたく間だった。ぼくらは運送屋の荷馬車で行くことになったが、それは朝食の後に出発する予定だった。だから、前の晩から身支度を済ませ、帽子もかぶり、靴もはいたままベッドで眠ってもいいという許しが貰えるものなら、どんな大枚を叩《はた》いてもいいと思ったほどだ。

こんな風に軽妙な書き方はしているものの、思い返してみれば、幸せなわが家だったというのに、どうしてあの時、あんなにしきりと離れたがったのだろうか、それにまた、考えてみれば、永遠に手放すことになる大事なものだったというのに、どうしてあの時、ちらっとも胸騒ぎを覚えなかったんだろうかと、こういう思いに、ぼくは今になっても苛《さいな》まれているのだ。

ただ、いま思い出してもうれしいのは、運送屋の荷馬車が門のところにやってきて、母さんがぼくにキスをして、そのままそこに立っていたとき、母さんへのいとおしさ、そしてこれまで一度も振り返ってみたことなどなかった、住みなれた家へのいとおしさが思わずこみあげてきて、ぼくはわっと泣き出してしまったことだ。そして今、つくづくうれしく思うのは、母さんも泣いてくれて、その胸の鼓動がぼくの胸にはっきりと感じられたことだ。

いま思い出してもうれしいのは、運送屋の荷馬車が動き出したとき、門のところから母さんが駆け出してきて、馬車をもう一度引き止めると、最後のキスをしてくれたことだ。そして今、しみじみ思いめぐらして、うれしさを嚙《か》みしめるのは、母さんが自分の顔をあげると、ぼくの顔をぴったりと引き寄せ、キスしてくれた、あの時の一途な愛情だ。

ぼくらは、道にたたずむ母さんを後に残していったが、すると不意に、ミスター・マードストンが母さんのいるところに近寄ってきて、ほろりと情に流されているのを諫めてでもいる風だった。荷馬車の日除《ひよ》けの下からぼくは振り返っていて、あの人にいったい何のかかわりがあるというんだ、と不思議に思った。もう一方の側から、やっぱり振り返っていたペゴティーも、やがて荷馬車に引っ込めてよこした顔の表情がありありと物語っていたように、たいそうご不満らしかった。

じっと坐ったまま、しばらくペゴティーを見つめていたが、心の中では、こんな立場に仮に置かれたとしたらと、空想をめぐらしていた。それはつまり、御伽噺《おとぎばなし》に出てくる少年みたいに、ぼくのことを棄てるのにペゴティーが雇われていたとしても、あのはじき飛ばしたボタンを辿《たど》れば、ぼくはまた家に帰りつけるのかなあ、と。

第三章　境遇が変わる

運送屋の馬はきっとこの世で一番のろまな馬だったんだ。それに荷物の宛先人どもを待たせてやるわいと言わんばかりに、顔をうつむかせて、よたよた歩いてもいた。本当のところ、この考えに、馬は聞こえよがしにヒッヒヒッヒッと笑っているような気がしたけれども、運送屋は咳《せき》が抜けないだけだと言っていた。

運送屋も自分の馬と同じように顔をうつむかせ、馬を駆っていても、どちらか一方の手は膝の上に収まっていたし、眠そうに前につんのめる癖があった。「駆る」と言ってはみたものの、荷車の方は馬が何もかもやっていたから、運送屋がいなくたって、ちゃんとヤーマスに行っていたと思う。それに話をすると言ったって、口笛一辺倒の男で、話す気なんてさらさらなかったからだ。

ペゴティーは膝の上にバスケットどっさりの食料を載っけていて、仮に同じ乗り物でロンドンに遠出したとしても、終点まで持ちこたえられるほどだった。ぼくらはたっぷり食べて、たっぷり眠った。いつだってペゴティーはバスケットの取っ手にあごをのせたまま眠っていたが、その握りしめた手をゆるめることは絶対になかった。それと、現にペゴティーのいびきを聞くまでは、およそか細い女の人というものに、こんないびきがかけるものとは、とうてい信じられなかった。

ぼくらはわき道をあちこち、ずいぶん寄り道をした。宿屋《パブ》にベッドの台を届けるのに相当時間を取られたし、他の家々にも寄ったので、ぼくはすっかり疲れた。だからヤーマスが見えたときは、ほっとした。川の向こう側一面に大きく広がる沈み込んだ荒野に目をやって感じたのは、なんだかぐじゃぐじゃっと湿っぽそうだなあということだった。それと、地理の本に書いてあったように、地球が本当に丸いんだとしたら、なんであんなに真っ平《たい》らなところがあるのかなあと考えずにはいられなかったのだけれど、ヤーマスは南北どっちかの極地に位置しているのかもしれない、それで説明がつくんだと考えた。

少しずつ近づいていくと、近隣の景色全体が、空の下ずっと低いところでまっすぐな一本の線となって広がっていた。ぼくは、小さな丘の一つでもあれば、この景色もましになっていたかもしれないね、それに陸地が海からもう少し離れていて、トースト・パンを浸したお湯みたいに、町と海の水とがこんなにごっちゃになっていなければ、もっとよかったのにね、とペゴティーに言ってみた。だけどペゴティーはいつもよりか語気を強めて、物事はあるがままに受け取らなくてはいけませんよ、それにあたしとしては、自分のことを、ヤーマス特産の燻製《くんせい》ニシンって呼ぶのを誇らしく思っているんですからね、と言った。

街(ぼくにはもの珍しいものだった)に入っていくと、魚や瀝青《ピッチ》や槇皮《まいはだ》やタールのにおいがしたし、船乗りがあちこち歩き回っていたり、荷車が石畳の上を上下にコットン、コットンと音を立てているのを見たりしたら、こんなに賑わっているところをどうも誤解していたような気がしてきた。そこでペゴティーにそのとおりに言ってみると、うれしがらせるぼくの言葉にご満悦で聞きいり、ヤーマスは全体として、世界で一番素晴らしいところなのは(もっとも、生粋の燻製ニシンに生まれつくという幸運を手にした人たちにとってのことだろうが)よく知られてることよ、と言った。

「あら、アムだわ」ペゴティーは金切り声をあげた。「見違えるほど大きくなったわね」

つまり、ハムが宿屋でぼくらを出迎えてくれて、古くからの知合いみたいにいやに馴れ馴れしく、気分はどうです、とぼくに訊いてきたのだった。あちらさまがこっちのことを承知合点しているほど、こっちはあちらさまを存じ上げてはいないのに、と最初は思った。なぜって、ぼくが生まれた夜からこの方、ぼくの家にはごぶさた続きのままなので、当然あちらさまはこっちが存じ上げないものを知っているってわけだからだ。だけどぼくをおぶって家に連れていってくれたおかげで、ぼくらはぐんと親密になった。今や背丈は六フィートで体格がよく、猫背で、がっしりした一人前の男となってはいたが、はにかみがちの少年っぽい面差《おもざ》しや巻毛の金髪で、柔和な感じの人に見えた。出立《いでた》ちはズックの上着と、実際には中に足が入っていなくても、それだけでちゃんと立っていられそうなほどばりばりに堅いズボン姿、それと、帽子の方は正確にはかぶっていたとは言えなかった。つまり古びた建物みたいに、頭の天辺《てっぺん》を何か真っ黒いものがちょこんと隠していただけなのだから。

ハムは背中にぼくをおぶり、片手にぼくらの小さな旅行かばんを一つ提《さ》げ、ペゴティーはもう一つの小さな旅行かばんをぶら下げ、ぼくらは木の屑《くず》が散らばる小道や小さな砂丘をくねくね曲がり、ガス工場や縄工場、船大工の仕事場、造船工の仕事場、船舶解体業者の仕事場、槇皮詰めの仕事場、索具倉庫、鍛冶《かじ》屋の炉、そしてこういった場が雑然と入り組んだところを通り過ぎていくと、遠くで見えていた例の沈み込んだ荒野に、とうとう出くわしたのだった。と、その時ハムが言った。

「あそこがわが家なんです、デイヴィーさん」荒野を見渡せるかぎり、四方八方にじっと目を凝らしてみた。それから海や川の方を見やってもみたのに、家一軒見てとることはできなかった。たしかにさほど遠くはないところに、黒い艀《はしけ》か、それとも何かすでに年季奉公を終えたような舟が一隻あって、陸地に乗りあげ、煙突のかわりにか、鉄の通風筒を突き出して、実に気持よさそうに煙を出してはいた。けれど、こと住まいという点では、ぼくの目に入るものは他には何もなかった。

「まさか、あれじゃないよね」ぼくは言った。「あの船みたいに見えるの」

「あれですとも、デイヴィーさん」ハムは答えた。

ここに住むんだと、うっとりロマンチックな夢見心地の想いに浸るのと較べれば、たとえアラジンの宮殿だの、白い怪鳥の卵だのにしたって、目じゃなかっただろう。わきには愛嬌あふれるドアがくり抜いてあったし、屋根もかかっていたし、小さな窓もいくつかあった。だけど何よりも摩訶《まか》不思議と夢見心地の気分にさせてくれるのは、これが本物の舟で、何百回となく紛れもなく海へと漕ぎ出していたのが、まさか陸地で中に人が暮らすことになるとは夢想だにしなかっただろうってことだ。これがぼくをすっかり虜《とりこ》にしてしまった。もし、もともと人が住むつもりのものだったら、小さいとか不便だとか、淋しいとか感じたかもしれない。だけど、そういう用途向けの設計は一切していないから、完璧な棲み家になっているんだ。

中は小綺麗に掃除してあったし、できるかぎり片づけてもあった。テーブルが一つと、南ドイツ産の木製時計や簞笥《たんす》があり、簞笥の上には輪ころがしをしている、まるで軍人かと思える子供と、パラソルをさした婦人が散歩している絵の描かれたお盆があった。お盆はころげ落ちないように聖書を突っかいにしていたが、もしお盆がころげ落ちたら、聖書の周りに寄せ集めてあった沢山のカップと受け皿、それとティーポットはみんな粉々に砕けていただろう。四方の壁には、聖書を題材にした、安っぽい彩色を施した絵がいくつか掛けてあって、ガラスを嵌《は》めた額縁に収まっていた。だからそれからというもの、行商人が扱っているこういう代物を目にすれば、ぼくは必ずたちまちのうちに、ペゴティーの兄さんの家の室内をすっかり思い浮かべられた。赤い服をまとったアブラハムが青い服をまとったイサクを生贄《いけにえ》に捧げるところ（「創世記」第二十二章九節）と、黄色い服をまとったダニエルが緑色のライオンの穴に放り込まれるところ（「ダニエル書」第六章十六節）が一番の圧巻だった。ささやかな暖炉の上の棚にはサンダーランドで建造された小帆船セアラ・ジェーン号の絵が、本物の木製の小さな舵《かじ》をつけて飾ってあったが、これはつまり木工細工と合体した芸術作品であり、世の中広しといえども、特にうらやましいかぎりのひと財産に違いないと思った。天井の梁《はり》に何本か留め金が下がっていて、何に使うのかその時は分からなかった。それから置き戸棚や箱やその手の利器もいくつかあって、腰掛けの代用をして椅子の不足を補っていた。

　敷居をまたぐと、ぼくはひと目でこれを何もかもすっかり見てとった――ぼくの理論によれば子供にはよくあることなんだ――そしてペゴティーは小さなドアを開けて、寝室にぼくを案内してくれた。そこは生まれて初めて見る実に完璧で願ってもない――舟の船尾にある――寝室だった。昔は舵を嵌めこんでいた跡の小窓が一つ、それと壁に釘《くぎ》で打ちつけてある、ぼくの背丈にぴったりで、牡蠣《かき》殻細工で縁どりしてある姿見と、もぐり込むのにちょうど十分な広さの小さなベッド、テーブルの上には青いマグカップに海草の花束が生けてあった。壁は牛乳みたいに真っ白な水漆喰《しっくい》が塗ってあり、パッチワークの掛け布団はあまりに色鮮やかなので、目がひどくチカチカした。楽しさ満点のこの家で、特に気になったことは魚のにおいだった。鼻に突き刺すほどだったので、ハンカチを取り出して鼻を拭《ぬぐ》うと、まるでロブスターをくるんでもいたようなにおいがした。そこでこの発見をこっそりペゴティーに伝えると、間髪《かんはつ》を入れず、兄さんがロブスターとカニとザリガニを商《あきな》っているからなの、と教えてくれた。なるほど後になってから、ポットや薬缶《やかん》がしまってある小さな木造の小屋の中で、この生き物たちがぐちゃぐちゃに混じり合って、しかもいったん手に入れたものは全部、何が何でも摑《つか》むのをやめるもんかという感じのまま、山と積み上げられているのを目撃することになった。

ぼくらは白いエプロンをつけたとても礼儀正しい女性の出迎えを受けたが、四分の一マイルぐらい先からドアのところで待ち構えて、膝を折って深い敬礼をしていたのを、ハムの背中におんぶされながらぼくは見ていた。さらに青いビーズのネックレスをした、はっとするほど綺麗な（あるいはぼくにはそう思えた）少女も出迎えてくれたけれども、ぼくが申し出てもキスさせてくれようとせず、逃げて隠れてしまった。ところで、夕食は豪勢にカレイの煮込みと、溶かしバターをつけたジャガイモ添え、ぼくには骨付き肉《チョップ》もつけてくれたが、食べ終えたとき、いかにも人の好《よ》さそうな顔をした毛むくじゃらの男の人が帰ってきた。ペゴティーのことを「姐《ねえ》ちゃん」と呼んで、頰っぺたにチューッと心をこめたキスをしたから、ペゴティーのおおよその態度からして、この人はまずペゴティーの兄さんに間違いないだろう。そして実際にそうだった――じきに一家の主《あるじ》のミスター・ペゴティーだと紹介されたからだ。

「ようこそ、おいでくださった」ミスター・ペゴティーは言った。「がさつな連中ばかりとお思いかもしれんが、根はいい奴らで、何でも喜んで致しますぜ」

お礼を言い、こんな楽しいところに来られて、本当にぼくは幸せ者です、と答えた。

「お母さんは元気ですかい」ミスター・ペゴティーは言った。「さぞかし、お元気なんでしょうなあ」

大丈夫、母は願ってもないほど元気ですし、どうぞよろしくとのことです――これはぼくが失礼にならぬよう気を回した創作だったが――とミスター・ペゴティーに言った。

「そりゃもう、奥さんには感謝しておりますがなあ」ミスター・ペゴティーは言った。「そうさなあ、二週間もの長丁場、こいつや」妹の方にうなずきながら、「ハムやちびのエミリーと一緒にここでうまいことやっていってくだすったら、おいらたちみんなの自慢の種になるってことでさ」

こんな風に親切な歓待の挨拶をして一家の主人役の務めを果たしてしまうと、ミスタ

ー・ペゴティーは「水じゃ、おいらの泥は落ちねえんだ」と言いながら、薬缶一杯のお湯を持って体を洗いに出て行った。じきに、綺麗さっぱり見目姿の方はぐんとよくなって戻ってはきたものの、赤ら顔の方はどうもロブスターやカニやザリガニと通じるものがあるんだなあ——つまりどす黒いまんまお湯に突っ込んでいるのに、真っ赤になって出てくるっていう点——と考えずにはいられないほどだった。

ティーが済んでドアを閉め、何もかもぬくぬくと寝られる支度がととのってみると（夜は冷えるし、今は霧模様）、およそ人間に想像がつくうちでも、これ以上に心地よい隠れ家はあり得ないと思えた。海で風がますます荒れ狂っているのを耳にできたし、霧が外の荒涼とした平原をすっぽりと覆っているのも分かったし、暖炉の火を見ながら、付近にはここを除いて家が一軒もなくて、しかもここは舟なんだと考えたりすると、もうたまらなく魔法にかけられているみたいだった。ちびのエミリーは人見知りもすっかりなくなり、ぼくと並んで一番小さくて一番低い置き戸棚の上に坐っていたが、これは二人分にちょうど十分な大きさで、炉すみにぴったり嵌《は》めこんであった。白いエプロンをしたミセス・ペゴティーは暖炉の向かい側で編み物をしていた。針仕事をしていたペゴティーは、いつもの聖ポール大聖堂が描かれた裁縫箱とろうそくのかけらとを従えて、他の家の屋根の下なんかどこも知りませんと言わんばかりに、いたってくつろいでいた。最初にオール・フォアのトランプ遊びを手ほどきしてくれたハムは、汚れたこのカードでトランプ占いのやり方を思い出そうとして、めくる札のどれもこれもに魚臭い親指の跡を押しつけていった。ミスター・ペゴティーはパイプをくゆらせていた。これは腹を割った話をする、またとない機会到来だとぼくは感じた。

「ペゴティーさん」とぼくは言ってみる。

「なんです」とミスター・ペゴティーは答えてくる。

「おじさんの子をハムって名前にしたのは、方舟《はこぶね》みたいなのに住んでいるからなの」（「創世記」第六章。ノアの息子の名がハム）

ミスター・ペゴティーはこの思いつきをなかなか奥深いと考えている風だったが、こう答えた。

「いいや、おいらは名前なんか付けたためしはないね」

「じゃあ、誰が付けたの」質問攻撃の第二弾を、ミスター・ペゴティーにぶっつけながらぼくは言った。

「それはだなあ、奴の父さんだよ」ミスター・ペゴティーは言った。

「てっきりおじさんがお父さんだと思ってたのに」

「おいらの兄貴のジョーが父親なんだよ、奴のな」ミスター・ペゴティーは言った。

「死んじゃったの、ペゴティーさん」気を回して間をおいてから、それとなく言ってみた。

「溺れ死んだんだ」ミスター・ペゴティーは言った。

ミスター・ペゴティーがハムのお父さんじゃないことにすごくびっくりして、ひょっとしたらそこにいる人たちの関係も勘違いして呑み込んでいるんじゃないかと思い始めた。知りたくてたまらなくなったので、ミスター・ペゴティーに白黒をつけてもらおうと決めた。

「エミリーちゃんは」ぼくはそちらをちらっと見て言った。「ペゴティーさんの子供なんでしょう」

「いいや、おいらの義理の弟のトムがあれの父親だよ」

行きがかり上退《ひ》けなくなった。「――死んじゃったの、ペゴティーさん」もう一度、気を回して間をおいてから、それとなく言ってみた。

「溺れ死んだんだ」ミスター・ペゴティーは言った。

この話題の本筋に戻るのは容易じゃないと感じたけれど、まだ真相に迫っていなかったから、ともかく行きつくところまでとことん探り当てなければなるまい。それでぼくは言った。

「ペゴティーさんには子供は一、人、も、いないの」

「いないとも」ぷすっと笑って答えた。「おいらは独りもんだぜ」

「えっ、独りものですって」びっくりしてぼくは、エプロンをつけて編み物をしていた人を指さして言った。「じゃ、あの人は、ペゴティーさん、誰なの」

「ガミッジさんだよ」ミスター・ペゴティーは言った。

「ガミッジですって、ペゴティーさん」

だけどここにきて、ペゴティーが――つまりぼくん家《ち》のペゴティーのことだが――もうこれ以上訊いてはいけませんとおっかない合図をよこしたので、床につく時間になるまで、黙りこくったみんなをただじっと坐って見ているしかなかった。それからペゴティーはぼくのささやかな船室でこっそり、ハムもエミリーもみなし児の甥《おい》と姪《めい》で、親が亡くなって貧しさにさらされていたところを、ここの主《あるじ》が子供の時分にそれぞれ養子に引きとったこと、ミセス・ガミッジの方は同じ漁船に乗っていた相棒が貧乏のどん底のうちに死んで、その未亡人だと教えてくれた。兄さんは自分だって貧乏しているのよ、でも純金みたいに純真で、鋼《はがね》みたいに頼りがいのある人だからなのよ、と言った。——これはペゴティーの比喩表現だ。いやしくも兄さんが荒っぽい気性を見せたり、こん畜生呼ばわりするたった一つの種《たね》があるとすれば、兄さんのこの義侠心《ぎきようしん》のせいであって、誰かがこれに触れようものなら、右手でテーブルをバシッと強く叩いて(一度などは本当にテーブルが割れてしまったのだが)、二度とそいつを口にしやがったら、錨《いかり》をぶっちぎって永遠におさらばしてやるからな、この「ゴームドめ」と恐ろしい罵声を浴びせかけるのだと教えてくれた。ぼくの質問に答えて、この「ゴームド」という恐ろしい動詞の受身形の語源を言い当てることは、誰にも到底できないのだけれども、腰を抜かすほど厳しい呪いのセリフだと、みんなは了解しているらしいのだ。

ぼくをもてなしてくれた人のやさしさがよく分かったし、女の人たちが舟の反対側の端にある、ぼくのと同じような小さな部屋に寝にいくのや、さっき天井から下がっているのに気づいていた留め金に、ハムと主《あるじ》がハンモックを二台吊るしている音に、次第にとろとろ眠くなってきたことも手伝って、極楽気分で聞きいっていた。睡魔がゆっくりと忍び寄ってくるなか、海で風がひゅうひゅう唸《うな》り声をあげ、獰猛《どうもう》に平原めがけて押し寄せてくる気配なのが聞きとれたので、夜中に巨大な高潮が起きるんじゃないかとぼんやり不安を抱いたりもした。だけど結局のところ、自分は舟の中にいるのだし、それに何か起きたところで、ミスター・ペゴティーのような人は同じ舟に乗り合わせて悪い人ではないのだから、と思った。

けれど、朝が来たこと以外べつだん悪いことは何も起きなかった。牡蠣《かき》殻の姿見に朝日が照りつけると、ぼくは矢も楯もたまらずベッドから飛び起き、ちびのエミリーと海岸へ小石を拾いに飛び出していった。

「君はすごく船には慣れてるんだろうね」エミリーに言った。別にこの手のことを何か考えていたとは思えない。ただ何か言うのが女性への礼儀だろうと思ったし、ちょうどその瞬間、ぼくらの方に近づいていたきらきら光る帆船の小さくて美しい姿を、そのぱっちりとした瞳の中に映し出していたので、このことを言おうと頭に閃《ひらめ》いたのだった。

「全然」首を横に振ってエミリーは答えた。「海はこわいもん」

「こわいだって」だんだん度胸をつけ、たいそう偉そうに大海原を見つめて、ぼくは言った。「ぼくは、こわくないよ」

「ええ、でも惨《むご》いのよね」エミリーは言った。「あたしたちのところの人、何人にもすごく惨いことしたの、見たんだもん。あたしん家《ち》ぐらいの大きさの舟を引き裂いたのを見たんだもん、何もかもずたずたによ」

「まさか、その舟じゃなかったんだよね」

「父さんが溺れ死んだのが、ってことかしら」エミリーは言った。「ううん、あの舟じゃないの。あたし、その舟は見てないもん」

「じゃあ、お父さんのことも」ぼくは尋ねた。

ちびのエミリーは首を横に振った。「憶えてなんかないもん」

これはぴったりの共通点じゃないか。すぐにぼくも父さんに会ったことがないこと、母さんと二人きりでずっとこのうえもなく幸せに暮らしてきて、今も幸せだし、これからも幸せに暮らしていくつもりであること、それから、家の近くの教会墓地に父さんのお墓があって、大きな木の木蔭になっていて、その太い枝の下を、気持のいい朝にしょっちゅうぼくは歩き回ったり、小鳥たちがさえずるのを聞いていたことなどの説明を始めた。だけど同じみなし児でも、ぼくとエミリーとでは違うところもいくつかあるようだった。つまりお父さんよりも前にお母さんに死なれていたし、お父さんのお墓もどこかの海の底深くに沈んでいること以外、どこにあるのか誰にも見当がつかなかったりしたことだ。

「それに」貝殻や小石を探しまわりながら、エミリーは言った。「あなたのお父さん、ちゃんとしたお育ちの立派な方で、お母さんだって立派な奥さま《レディ》なんでしょう。あたしの父さんは漁師で、母さんも漁師の娘、それに伯父さんのダンだって漁師だもの」

「ダンってペゴティーさんのことだよね」ぼくは言った。

「ダン伯父さん――ほらあそこのね」エミリーは、あごで船倉庫を示しながら言った。

「うん、そのつもりさ。すごくいい人だよね」

「いい人ですって」エミリーは言った。「もしあたしがひょっとして立派な奥さま《レディ》にでもなれたら、ダイヤのボタンつきの空色の上着と南京《なんきん》木綿のズボンに深紅のベルベットのチョッキ、それから三角帽子に大きな金時計、銀のパイプ、おまけにたんまり箱詰めしたお金をつけて、プレゼントしてあげるもん」

ペゴティーさんなら、きっとこの宝の山に十分価するよね、とぼくは言いはした。ただ白状すると、小さな姪が感謝して、どうぞと申し出てくれた衣裳を着たミスター・ペゴティーがゆったりくつろいでいる姿なんか想像するのは至難の業《わざ》だし、それに特に三角帽子というお見立てはいただけない。だけどこの感想は胸にしまっておくことにした。

ちびのエミリーは立ち止まって空を見上げ、プレゼントする品々を一つ一つ挙げていたけれど、まるで華麗な夢想でもあるかのようだった。ぼくらは貝殻や小石集めに再び取りかかった。

「君は立派な奥《レ》さま《ディ》になりたいのかい」ぼくは言った。

エミリーはじっとぼくを見つめ、微笑《ほほえ》んでうなずいた。「そうよ」

「なりたくってたまらないわ。そうしたら、あたしたちみんな偉い人になれるもん。あたしも、伯父さんもハムもガミッジさんも。そうなれれば、時化《しけ》になっても気にしなくたっていいもん――あたしたちのためにじゃないのよ、これはつまり。もちろん貧乏している漁師さんたちのためによ。そしたら、けがをすることになったって、お金で助けてあげられるもん」

これなら納得できるし、まんざらあり得ない想像図というわけでもないんだと思えてきた。そんなこと考えてるなんて、ぼくはうれしいなと言うと、ちびのエミリーは自信を得たとばかり、恥ずかしそうに言った。

「今でも、海がこわくないって思ってるのかい」

安心していられるほど海は静かだった。けれど、もし格好の大波があわてふためいて押し寄せてくるのが見えていたら、エミリーの溺れ死んだ親戚《しんせき》のことを思い出し、ぞっとして逃げ出していたのはまず間違いない。それでもぼくは「へっちゃらさ」と言った。そしてさらに続けた。「こわいなんて言ってるけど、君こそこわそうに見えないじゃないか」――というのも、ぼくらは古い桟橋《さんばし》か、木造の歩道か何かの上をぶらぶらと歩いていたけれども、エミリーはぼくよりずっと端の方を歩いていて、今にも転げ落ちるんじゃないかとひやひやしていたからだ。

「こんなのはこわくないもん」ちびのエミリーは言った。「でも風が吹いて目が醒《さ》めると、ダン伯父さんやハムのことを考えて、ぶるぶる震えてしまうの、助けてくれって叫んでいる声が絶対に聞こえてくるんだもん。だから立派な奥《レ》さま《ディ》になりたくてたまらないの。でもね、どうってことないのよ、こんなのは。ちっともね。ほら、見て」

ぼくの横をすっと離れたかと思うと、ぼくらが立っていたところから張り出し、しかもかなり高い位置で深い海に突き出ている不揃いの板の上を、それも手すりも何もないのに、ぱっと軽やかに走っていった。この出来事はぼくの記憶に深く焼き付いているので、もしぼくがデッサン画家だったら、あの日の光景を、つまりぼくには忘れようにも忘れられない表情を浮かべて、はるか海をめがけ、破滅へと(ぼくにはそう見えた)ちびのエミリーが突進していったあの姿を、そっくりそのまま正確に描けただろう。

軽やかで大胆、ひらひらと舞うようなその小さな姿態は、振り向くと、無事ぼくのところに戻ってきた。そこで気を揉《も》んで、つい口に出してしまった叫び声を、ぼくはすぐに笑いとばした。近くには人っこ一人いなかったのだから、どっちみち無駄なことだったけれども。しかし、あれからというもの、大人になって何回か、いや何回となく考えてみる機会があったけれども、それはふだんは隠れているいろなことが世の中にはありうるものだが、あの子が不意に無茶な行動に走って、狂気を帯びた表情ではるか遠くを見つめていたのには、危険へと手繰《たぐ》り寄せていってしまう何か慈《いつく》しむ力が働いて、つまり娘の命はその日を限りに閉じてもよかろうと、死んだ父親の方としてはそれも無理はないだろうが、自分のそばに誘《いざな》っていくということがあったのではないか。あれからというもの、考えてみる機会があったのだけれども、それはもしエミリーのこれから先の人生がひと目でぼくに明かされ、それも子供でも十分に分かるように明かされるものだったとしても、さらにはそれがぼくの手の動きいかんにかかっていたとしても、果たしてぼくはエミリーを救ってあげるために手を挙げて押しとどめるべきだったのだろうか。あれからというもの、自分自身に疑問を問いかけてみる機会が――長い間ではなかったが、でもたしかにあったのだけれども、それは、ぼくの眼の前であの朝、頭の上まですっぽり水に浸《つ》かってしまった方が、ちびのエミリーにはよかったのではないだろうか。そしてそれに対して、そう、そのとおり、その方がよかっただろう、という答えが出てきたのだった。

これは先走りが過ぎたかもしれない。たぶん書き急ぎすぎだ。けれどこれはそのまま置いておくことにしよう。

ぼくらは長いことぶらぶら歩いて、面白そうなものをあれこれ溜めこみ、そして浜に打ち上げられたヒトデを手厚く海に返してやった。――いまだにその種族のことはとんと知識不足のままだから、そうしてやったことで、あちらが当然ぼくらに対してかたじけないと感じてくれたか、それとも逆効果だったのかは決められない。――そうこうしてミスター・ペゴティーの家へと帰路につくことになった。ぼくらはロブスター小屋の陰で立ち止まって、無邪気なキスをしてから、朝食をしに、体は快調だし楽しいしで、ぽかぽか火照《ほて》って中へと入った。

「まるで二羽のマーヴィッシュの雛《ひな》だな」ミスター・ペゴティーは言った。この辺の方言で、まるで二羽のツグミの雛のようだ、という意味だと教えられ、これをほめ言葉と受け取ることにした。

たしかにぼくは、ちびのエミリーに恋してしまった。後の人生で、最良の愛を実感できたときよりも、ずっと純粋にずっと私心なく、この赤ん坊みたいな子をあるがままに誠実に、やさしく高潔に、そして気高く愛した。おそらくはぼくの想像力が働いたためだろうが、青い目をしたおちびちゃんの周りに何かを作り上げてしまい、御霊《みたま》となり、すっかり天使に祭り上げてしまったのだった。太陽が燦々《さんさん》と照る朝、小さな翼を広げてぼくの眼の前から飛び立っていったとしても、当然予期していたことのように、そんなものと認めてしまったことだろう。

ヤーマスのどんよりとして浸食の進んだ荒野を、ぼくらは何時間も何時間も仲良く歩きまわったものだった。時間もまた、大人になれないで、いつも遊びほうけている子供のままであるかのように、その日その日がぼくらのそばをじゃれついて過ぎていくのだった。ぼくはエミリーに、大好きだよと言った。それから、君もぼくのことを好きって言ってくれなくちゃ、短剣で自害せざるを得ない羽目になっちゃうんだから、とも言った。エミリーはぼくのことを、大好きよと言ってくれ、その言葉をぼくは疑いもしなかった。

身分の差を意識するとか、若すぎるとか、ぼくらの行く手に立ち塞《ふさ》がるその他の障害など、ちびのエミリーもぼくも全然頓着しなかった。なぜって、未来なんかなかったから。年齢が若くなることなど考える必要がないように、ぼくらは年をとることを考える必要なんかなかった。ミセス・ガミッジとペゴティーは、ぼくらがよく小さな置き戸棚の上に仲良く並んで腰掛けていた夕べのひととき、「本当に、惚れ惚れするねえ」と感心して、しょっちゅう小声で囁《ささや》き合っていた。パイプの煙の後ろでミスター・ペゴティーはぼくらに微笑《ほほえ》みかけ、ハムはと言えば、にやにや笑って見つめるだけで夜を過ごし、他には何もしなかった。みんな可愛いおもちゃか古代ローマのコロセウムの模型をいじくってでもいるのと同じような楽しさを、ぼくら二人に見つけて悦に入っていたんだと思う。

ほどなく、ミスター・ペゴティーと一つ屋根の下で暮らす境遇は、人がさぞと想像するほど、ミセス・ガミッジには必ずしも居心地のよいものではないということが分かった。どちらかというとミセス・ガミッジは鬱々《うつうつ》として、いらいらしたところがあり、こんな狭い所帯じゃ、他の人たちも居づらくなるほど、しょっちゅうめそめそ泣いていた。とっても気の毒な気はしたが、もし、ミセス・ガミッジが都合よく一人になれる個室があって、気分を一新できるまでそこにいられたら、ずっとしっくりいっただろうにと思うことが幾度もあった。

ミスター・ペゴティーは「意欲満々亭」という名の酒場《パブ》に時おり出掛けていった。ぼくらが着いて二日か三日目の夕方に外出し、そしてミセス・ガミッジが南ドイツ産の木製時計を見上げると、八時と九時の間になっていて、あそこに決まってるんだから、それにあたしゃ、朝から行くって分かってましたよ、と言ったので、このことを知ったのだった。

ミセス・ガミッジは一日中ふさぎ込んではいたが、お昼前、暖炉の火がくすぶったときには、わっと泣き出してしまった。「どうせあたしゃ、亭主に先立たれ、先々も先さまもないはみ出し者ですよ」火がくすぶるという嫌になる事態が起きたとき、ミセス・ガミッジが口にしたセリフだった。「それに何だってかんだってあたしに楯突《たてつ》くんだからね」

「あら、じきに火は元どおりになりますよ」ペゴティーは言った――また、ぼくん家《ち》のペゴティーってことだ――「それに嫌になっちゃうのは、このあたしたちだって同じですからね」

「あたしの方がずっと身にしみて嫌なんです」ミセス・ガミッジは言った。身を切るような木枯しが吹き荒《すさ》ぶ底冷えのする日のことだった。暖炉のそばのミセス・ガミッジの指定席は、椅子ももちろん一番くつろげるものだったし、そこでは他の誰よりも暖かだろうし、他の誰よりも居心地がよかろうとぼくには思えたのだけれど、その日は特等席が全然お気に召さないようだった。やれ寒いだの、背中に時どきお見舞いにやってくる隙間風を「ぞくぞくする」だのと絶えずこぼしていた。果てはこれをだしに涙を流し、もう一度「どうせあたしゃ、亭主に先立たれ、先々も先さまもないはみ出し者ですよ、それに何だってかんだってあたしに楯突くんだからね」と言うのだった。

「本当に底冷えがしますね」ペゴティーは言った。「誰だってみんな冷えるって思っていますとも」

「あたしの方が他のどなたさんよりずっと身にしみて冷えるんですったら」ミセス・ガミッジは言った。

夕食もこんな感じだった。つまり立派なお客さまとしてぼくは何でもいの一番に料理を勧められたが、すぐその次がミセス・ガミッジだったのだ。魚は小さかったし骨だらけ、ジャガイモも少し焦げていた。これにはみんながっかりだったことを、ぼくらもみんな認めてはいた。けれどミセス・ガミッジは、あたしの方が他のどなたさんよりずっと身にしみてがっかりなんだったらと言い、もう一度涙を流し、ひどく苦々しげに例のお決まりのセリフをご披露したのだった。

やがて、だいたい九時頃にミスター・ペゴティーが帰宅したとき、運に見放されっぱなしのミセス・ガミッジは、指定席で、このうえもなく哀れでみじめったらしく編み物をしていた。ペゴティーの方は浮き浮きと仕事をしていた。ハムはでっかい水中用の長靴につぎを当てていたし、ぼくはすぐそばにいるちびのエミリーとみんなに本を読んできかせていた。ミセス・ガミッジは絶望のため息をつく以外一言もしゃべらず、ティーの時から一度も目を上げることはなかった。

「やあ、みんな」自分の席に着くと、ミスター・ペゴティーは言った。「何してたんだ」

ぼくらはみんな何かしらしゃべるか、気持を目で表わすかして、主《あるじ》にお帰りなさいを言った。ただミセス・ガミッジだけは編み物を続けながら、首を横に振るだけだった。

「あれ、どうしたのさ」両手をパシッと叩いて、ミスター・ペゴティーは言った。「元気出せよ、母ちゃん」(ミスター・ペゴティーは、おい、ぐらいの親しい呼びかけのつもりだった。)

ミセス・ガミッジは元気を出せる様子ではなかった。古ぼけた黒い絹のハンカチを取り出して目を拭《ぬぐ》った。けれどポケットにしまおうとはせず、そのままにしてもう一度目を拭い、またしまわずじまいにしておいて、次に使う準備をしていた。

「どうしたのさ、母ちゃん」ミスター・ペゴティーは言った。

「別に」ミセス・ガミッジは答えた。「「意欲満々亭」に行ってたんでしょう、ダニエルさん」

「ああ、うん。今夜はちょっと「意欲満々亭」で油を売ってたんだ」ミスター・ペゴティーは言った。

「申し訳ありませんね、あそこへ追い立てたのは、あたしだわね」ミセス・ガミッジは言った。

「追い立てるだってえ。追い立てなんて必要ないさ」ミスター・ペゴティーはてらいなく笑って答えた。「行くときはすたこらさっさってなもんさ」

「すたこらさっさ」ミセス・ガミッジは首を横に振り、目を拭って言った。「ほんと、ほんと、すたこらさっさだわね。申し訳ありませんね、そんなにすたこらさっさと逃げ出すのは、あたしのせいだわね」

「あんたのせいだって。あんたのせいじゃないさ」ミスター・ペゴティーは言った。

「そんな下らんこと、ちょっとでも考えてくれんなよ」

「いいえ、いいえ、あたしのせいなんだ」ミセス・ガミッジは大声で言った。「あたしゃ、自分がなんぼのものかよく分かっているんだから。百も承知だよ、どうせあたしゃ、亭主に先立たれ、先々も先さまもないはみ出し者だってことはね。それに何だってかんだってあたしに楯突くばかりじゃないのさ、あたしの方もみなさんに楯突いてんだからね。そうなんだよ、そうなんだ、あたしゃ、他のどなたさんよりもずっと、くよくよ物を身にしみて考え込むし、それを表に出してしまいもするんだからね。これがあたしの運の悪さってわけなんだよ」

坐って、この話にじっと聞き入りながら、ミセス・ガミッジは自分以外の家の人も何人か巻き込んでは、その運の悪さを広げてるんじゃないか、とぼくは考えずにはいられなかった。だけどミスター・ペゴティーは一言だってこんな言い返しはせずに、お願いだから元気を出してくれよ、とミセス・ガミッジにもう一度頼んで、答えただけだった。

「こうなれたらって人間には、あたしゃ所詮なれやしないんだよ」ミセス・ガミッジは言った。「正反対なんだよ。自分がなんぼのものかよく分かっているよ。次から次への苦労の種で、楯突く人間になっちまったんだよ。自分の苦労が身にしみて堪《こた》えてるから、楯突く人間になっちまったんだよ。苦労を苦労と思わなきゃいいんだろうけど、だって身にしみて堪えるんだからね。気を強く持って、へっちゃらになれればいいんだけど、どうしてもできないんだもの。この家中をあたしゃ気詰まりにしちまったんだね。無理もないよね、一日中、あんたの妹さん、それにデイヴィー坊ちゃんも気詰まりにさせちまってるんだものね」

ここにきて、ぼくは突如やさしい気持になごみ、すっかり心を痛めて、大声を出した。

「そんなこと、そんなことないですったら、ガミッジさん」

「そんなことしてていいわけないのよね」ミセス・ガミッジは言った。「恩を仇《あだ》で返してるんだもの。どうせあたしなんか、救貧院に入って死んだ方がいいんだよ。あたしゃ、亭主に先立たれ、先々も先さまもないはみ出し者ですよ。ここじゃ楯突かない方がずっといいに決まっているもの。もしも何もかもがあたしに楯突いて、あたしの方も自分自身、楯突いていかなきゃならないってんだったら、いっそ教区の世話になって、楯突かさせてちょうだい。ダニエル、あたしゃ救貧院に入って死んで、ひと思いにやっかい払いされた方がましなんだよ」

ミセス・ガミッジはこう言い放つと、引き揚げて床についた。いなくなってから、ミスター・ペゴティーは、懐の深い同情だけで、他には嫌な顔ひとつ見せず、ぼくらをぐるりと見渡して、まだ息づいているその同情の気持をくっきり表情に浮かべ、うなずきながらつぶやいた。

「死んだあいつのことを考えてるのさ」

ミセス・ガミッジがじっと心に留めてきたらしい、死んだあいつって、いったい何なのかぼくにはさっぱり分からなかったが、とうとうペゴティーがベッドまで送り届けてくれたとき、亡くなったミセス・ガミッジの旦那さんのことだと説明してくれた。それから、兄さんはああいった場合、それは本当に本当だともと思い、いつだって知らず知らず哀れを誘われてしまっているのだ、とも教えてくれた。その夜ハンモックに寝てしばらく経ってから、ミスター・ペゴティーが繰り返しハムに言っているのを、ぼくは自分の耳で聞いた。「可哀相に、あいつのことを考えてるのさ。」その後もぼくらが泊っていた間、ミセス・ガミッジが同じようにふさぎの虫に参っているときはいつも(三、四回はやられていた)、相も変らず情状酌量してあげ、そしてまた相も変らずやさしさにあふれた同情を寄せて、同じことを繰り返すのだった。

こんな風に二週間はまたたく間に過ぎていったが、潮の干満の変化以外には何も変わることはなかった。もっとも潮の干満の変化で、ミスター・ペゴティーの出たり入ったりの時間、それに従ってハムの就業時間も変わってはきたが。仕事のないとき、ハムは時どきぼくらと一緒にぶらぶら歩いて、小舟や大きな船を見せてくれたし、一度か二度は舟を漕ぎ出してもくれた。どうしてなのかは分からない、だけどほとんどの人が認めてくれるところとは思っているが、つまり一連のかすかな印象が、特に子供時代の思い出に関しては一つ所に、他よりもずっと鮮明な思い出となって焼きついているものだ。ヤーマスという名を聞いたり読んだりするたび、ぼくはいつも、日曜日のあの朝、海岸でのこと、教会の鐘が鳴って、ちびのエミリーがぼくの肩に寄りそい、ハムは物憂げに小石を海に放り投げ、太陽は海のはるか彼方、濃い霧の間を縫ってちょうど現われ出たところで、何艘かの船が影ででもあるかのようなその姿をぼくらに見せてくれたのを思い出すのだ。

とうとう家に帰る日がやってきた。ミスター・ペゴティーやミセス・ガミッジとの別れは我慢できた。だけど、ちびのエミリーと別れる切ない胸の痛みはずきずきと堪《こた》えた。ぼくらは腕を組んで運送屋が泊る宿屋へ向かい、それから道々、手紙を書くよと約束もした(その約束は後になって、「貸間あり」という手書きのよくあるアパートのビラよりも、ずっと大きな文字で果たすことになったが)。この別れに、ぼくらは悲しみに打ちのめされた。仮にぼくの人生でぽっかりと穴があくことがあったとすれば、それはあの日のことだった。

さて、遊びに行っていた間じゅう、またわが家のことはごぶさたで、ほとんどか、すっかりと言っていいほど思いつきもしなかった。だけどいったん家の方へと振り向いた途端、それまで見向きもしなかったことに、若者特有の良心が非難がましく責めたて、断固としてそっちの方角を指し示しているように思えた。それに気分がふさぎこみもしたため、なおさらのこと、そこが自分のねぐらであって、母さんはぼくを慰めてくれる味方なんだと感じたりもしていたのだった。

先へ先へと進むにつれて、この思いは切迫感を帯び、それで近づけば近づくほど、通りすがりのものがお馴染《なじ》みのものになればなるほど、着いたらすぐにも母さんの腕の中に飛び込んでいくんだと、わくわくする気分も募っていった。だけどペゴティーは、こういう有頂天の気持を分かちあってくれるどころか、(そりゃ、やんわりとだったけれど)なんとか抑えようとしていたし、困り果ててぷりぷりしているようにも見えた。

けれどもペゴティーにはお気の毒ながら、ブランダストンのカラスの森《ルッカリー》のわが家は運送屋の馬のお気に召すままに現われるのであり――そして現に現われたのだった。なんともよく憶えているが、今にも雨が降り出しそうな、どんよりとした空模様の、寒くて薄暗い午後のことだった。

ドアが開くと、うれしくて興奮のあまり、泣き笑い半々状態で、てっきり母さんが現われると期待していた。だけどそれは母さんじゃなくて見知らぬ召使いだった。

「あれえ、ペゴティー」哀れにぼくは言った。「まだ母さんは家に帰っていないのかい」

「いいえ、いいえ、デイヴィー坊ちゃま」ペゴティーは言った。「お戻りですとも。ちょっと待ってくださいな。デイヴィー坊ちゃま、それから説明して差し上げますね」

ペゴティーは、すっかり取り乱しているのと、馬車から降りるときのいつもの無様《ぶざま》をさらしているのとの板ばさみから、しめ縄飾りみたいに宙ぶらりんになっていた。けれどそう言ってあげるには、ぼくの方がぼんやりとして妙な気分にすぎた。いったん降り立ってしまうと、ペゴティーはぼくの手を摑んで、どうかしらという風にキッチンへと連れていき、そうしてドアを閉めたのだった。

「ペゴティー」ぼくはひどくこわくなって言った。「どうしたの」

「なんでもありませんよ、とんでもない、デイヴィー坊ちゃま」明るさを装って答えるのだった。

「何かあるんだね、きっとそうだね。母さんはどこなの」

「お母さまはどこって、デイヴィー坊ちゃま」ペゴティーは繰り返した。

「そうだよ。どうして門まで出迎えてくれなかったんだろう。それに、どうしてぼくらはここに入ってこなきゃならなかったんだい。ねえ、ペゴティー」ぼくは、目に涙があふれ、このままひっくり返ってしまうんじゃないかと思った。

「まあ、おいたわしい、坊ちゃま」ぼくの手を握って、ペゴティーは叫んだ。「どうしたんです、話してごらんなさい、坊ちゃま」

「死んだんじゃないよね、母さんまで。ああ、死んだんじゃないよね、ペゴティー」

まさか、とびっくり仰天するほどの大声を張り上げると、へなへなと坐りこんで、ハアハアと息切れし出し、ぎょっとさせるわねえ、とペゴティーは言うのだった。

ぎょっとしたのを払い除《の》けてあげようとしてか、それとも然《しか》るべくもう一度ぎょっとさせてあげようとしてのことか、ぼくはペゴティーをぎゅうっと抱き締めてあげてから、真ん前に立ちはだかった。そして気を揉みながら、問いただすようにまじまじと見つめたのだった。

「そうですよね、もっと前にお話ししておくべきでしたね」ペゴティーは言った。「でもいい機会が見当たらなくて。たぶん機会をこしらえるべきでしたのにね。でも、ほんとんとこ——これはペゴティーの言葉遣いでは、ほんとうのところの代わりなのだが——そうする気にはなれなかったんですよ」

「先を話してよ、ペゴティー」以前にもましてこわくなって、ぼくは言った。

「デイヴィー坊ちゃま」手を震わせながらボンネット帽のリボンをほどいて、息もつかずにペゴティーは言った。「どうかしら、お父さんが出来るっていうのは」

ぼくはわなわなと震え、血の気が退《ひ》いた。何かが——いったい何なのかもどうしてなのかも分からないが——教会墓地のお墓とか死んだ人の蘇生とかと結びついて、体によくない風のように、ぼくに触れたようだった。

「新しいお父さんですよ」ペゴティーは言った。

「新しいお父さんだって」ぼくは繰り返した。

ペゴティーはとっても堅いものを呑み込んででもいるかのように息を止め、手を差し出して言った。

「会ってみてくださいな」

「ぼく、会いたくなんかないよ」

――「それと、お母さんにも」ペゴティーは言った。

しりごみするのをやめにして、上等の居間へとぼくらは直行したが、ペゴティーは下がり、ぼくだけが残った。暖炉の片隅に母さんが坐り、もう片隅にはミスター・マードストンが坐っていた。母さんは仕事の手を休めて、あわてて立ち上がった。だけど、おずおずとだったと思う。

「さあ、クレアラ」ミスター・マードストンが言った。「落ち着きなさい。気持を抑えなさい。常に気持を抑えなさい。デイヴィー坊や、元気かい」

ぼくは握手をした。一瞬どっちつかずの状態になったけれども、母さんのところに行ってキスをすることにした。母さんもキスをしてくれ、そっと肩をなでてくれてから、坐って仕事に戻った。ぼくは母さんを見ることができなかったし、あの人を見ることもできなかった。あの人がぼくら二人をじっと見つめているのが、ぼくにははっきりと分かっていたからだった。そこでぼくは窓の方へ行って、寒さですっかりうなだれている外の木立《こだち》を眺めていた。

こっそり居間を抜け出せる機会が見つかると、ぼくはそっと二階に上がっていった。懐かしいぼくの寝室は様変わりしていて、ずっと離れたところで寝ることになっていた。前のまんまのものを何か見つけ出そうと下にぶらぶら降りていったが、結局のところ、それほど何もかもがすっかり変わり果ててしまったようだったのだ。そこで中庭をうろつくことにしたが、そこからもぎょっとして早々に退散することになった。なぜって、空っぽなはずの犬小屋にはでっかい犬がおさまり――ちょうどあの人みたいに、低くて太い吠え声で、黒い毛をしていたが――そしてぼくを見つけると、怒り狂って、いきなり飛びかかってきたんだ。

第四章　屈辱を受ける

ベッドを移された部屋が、仮に証言してもらえる、人の感情の分かる生き物だったとしたならば、今日にだって――今いったい誰があそこで眠っているのだろうか――ぼくがどんなにひしゃげた気持を引きずってその部屋へ行ったかと、ぼくに有利な証言をしてくれるよう頼んだかも分からない。階段を上がっている間じゅうずっと、中庭の犬がぼくの後ろから吠え続けているのを聞きながら、ぼくはその部屋へ向かっていった。そしてうつろによそよそしく部屋を眺めたけれども、部屋の方もぼくをうつろによそよそしく眺めていたのだった。ぼくは小さな手を組んで腰をおろし、そして物思いに耽った。

変てこなもののことをあれこれ考えていた。それはつまり、部屋の形や天井の傷、壁紙のことや、見通すと景色がでこぼこしたり波打ったりする窓ガラスのひび割れ、それから三本脚でぐらぐらして、何か不満ありげな洗面台なんかだ。これには亡き夫のしがらみにとらわれたミセス・ガミッジのことをついつい思い出してしまったが。ぼくはずうっと泣き通しだった。けれども、ひどく寒気がして気分が滅入っていたことには気づいていたのに、なんで泣いているんだろうとは、たしかに考えてみもしなかった。やがて心細さを噛みしめながら、ちびのエミリーにたまらないほど恋してしまったこと、そして仲を引き裂かれてここにやってきたのに、ここではあの子の半分ほども、誰もぼくのことを必要としていないし、気にもかけちゃくれないんだと考え始めていた。こう思うとひどくみじめったらしくなったので、掛け布団の隅っこで丸くなって、泣きながら眠ってしまった。

ぼくが目を醒《さ》ましたのは、誰かが「ほら、ここにいるわ」と言って、火照《ほて》った顔から布団を剝《は》ぎとったからだった。母さんとペゴティーがぼくを捜しにきて、二人のうちのどっちかがこうしたのだった。

「デイヴィー」母さんは言った。「どうしちゃったの」

母さんがぼくにこんなことを訊くのはすごく変だと思ったから、「別に」と答えた。ぼくは寝返りを打って、本音を語っていたわなわなと震える唇を隠すために顔を伏せたんだと思う。

た。


「デイヴィー」母さんは言った。「デイヴィーったら、さあいい子ね」

　いい子ねと、ぼくのことを言ってくれたことほど、そのとき母さんが口にした言葉の中でじーんと胸に堪《こた》えたことはなかっただろう。母さんがぼくを起き上がらせようとしたとき、ぼくは涙を布団で覆い隠して、片方の手で母さんをぐいっとはねのけたのだった。

「これがあなたのやり口だったのね、ペゴティー、むごい人ね」母さんは言った。「何もかもそうに決まっているわ。こんなことして良心が咎《とが》めないのかしら。わたしやわたしの大切な人に息子を刃向かわせるように仕向けたりして。どういうつもりなの、ペゴティー」

　気の毒に、ペゴティーは両手を挙げ、目も見上げて、夕食後にいつもぼくが後について繰り返していた、やさしくかみ砕いたお祈りの文句もどきで、それに答えただけだった。「神さま、どうかコパフィールドの奥さまをお赦《ゆる》しくださいますように、そしてくれぐれも、たったいま口にされた言葉を、奥さまが決して心から後悔することがありませんように」

「わたしを苦しめるのはもうたくさんよ」母さんは大きな声をあげた。「新婚ホヤホヤなのよ、天敵だってやさしい気持を起こしてくれて、ささやかなわたしの心の安らぎや幸せをうらやんだりはしないでしょうにね。デイヴィー、いけない子ね。ペゴティー、なんてむごい人なの、ああ、もう」ぼくら二人の方をかわるがわる向きながら、すねて意地っ張りな風に母さんは叫んだ。「まあ、なんて世知辛《せちがら》いのかしらねえ、人は誰でもとびきり幸せな人生を送れる権利があるっていうのに」

ぼくは手が触れるのに気づいたが、母さんのでもペゴティーのでもないと判断できた。そこでぼくは素早くベッドのわきに立った。それはミスター・マードストンの手で、相変らずぼくの腕に置いたまま言うのだった。

「これはどうしたことだい、クレアラ。君は忘れてしまったのかい――しっかりするんだよ、さあ」

「本当にごめんなさい、エドワード」母さんは言った。「とても楽しくやっていくつもりだったのに、そりゃもう、いらいらさせられちゃって」

「へえ」あの人は答えた。「聞くに堪えないねえ、こんなあっという間にとは、クレアラ」

「もう今からこんなにされるんじゃ、ひどいのよ」口を尖らせて母さんは言った。「それにしても――滅茶苦茶ひどい――と思わなくって」

あの人は母さんを自分の方へ引き寄せると、何か耳許に囁《ささや》き、キスをした。ぼくには分かったのだ。母さんがあの人の肩に顔を寄せ掛け、腕はあの人の首筋に触れているのを目の当たりにしたとき、人の言いなりになる母さんの性格をあの人は自分の好きなように変えてしまえるんだということが、その時ぼくには分かったのだ。実際あの人はそうしてしまったのだけれど。

「さあ、下に行っていなさい」ミスター・マードストンは言った。「デイヴィーとおれは一緒に降りていくから。おい君」母さんが部屋から出て行くのをじっと見守り、うなずき、微笑《ほほえ》みながら行かせてしまうと、あの人は顔を曇らせ、ペゴティーの方を向いて言った。「君は奥さまの名前を知っているのかな」

「あたしが長いことお仕えしてきました奥さまですから」ペゴティーは答えた。「当然でございましょう」

「そのとおりだね」あの人は答えた。「だけど、二階に上がってくるとき、君が家内のじゃない名前で呼んでいたのを耳にしたようなんだが。いいかい、おれの名前になったんだよ。忘れんでくれ」

不安そうにぼくをちらちら見ながら、ペゴティーは返事もせず、深々とお辞儀をして部屋を出て行った。出て行けと要求されているのが分かっていたし、留まる口実も見当たらなかったんだろうと思う。ぼくと二人きりになったとき、あの人はドアを閉めて、椅子に坐り、自分の前にぼくを立たせると、ぼくの目をまじまじと凝視した。ぼくも劣らずまじまじと相手を凝視し、あの人の目に惹きつけられていた。あんな風に顔を突き合わせ、差しで向かい合ったのを思い出すと、今でも胸が高鳴りドキドキしているのが聞こえるような気がする。

「デイヴィッド」ぎゅっと唇をすぼめて細くしながら、あの人は言った。「強情な馬か犬をおとなしくさせるのに、おれがどうすると、おまえは思う」

「さあ」

「ひっぱたく」

いくぶん息を殺した小声であの人は答えはしたけれど、黙りこくっていても、息づかいの方はもっともっと速くなっていたと思う。

「縮み上がらせ、痛い目に遭わせてやるんだ。こいつは自分に言いきかせてるんだが、「あいつを黙らせてやる」ってね。それに体中の血という血を全部犠牲に流させたとしてもだ、そうしてやるんだ。おい、おまえ、顔についてるのは何なんだ」

「ほこりです」ぼくは言った。

それが涙の跡なのは、ぼくにもあの人にも重々分かりきっていたことなのだ。だけどたとえ二十回尋ねられ、しかもそのたびごとに二十回ぶん殴られて、そのためちっちゃなぼくの胸が張り裂けてしまっても、本当のことは言わなかったと思う。

「ガキのわりにはずいぶん知恵がまわるな」あの人特有の真顔に笑いを浮かべながら言った。「それに、いいか、おれのこともよく分かっただろう。顔を洗ってこい。それからおれと降りていくんだ」

ミセス・ガミッジみたいだとぼくが言っていた洗面台を指さして、あの人は、すぐ言うことを聞けと頭で合図した。ぐずぐずしようものなら、平気でぼくを殴り倒していただろうと、その時ほとんど疑いもしなかったし、今ならもっと疑いの余地はない。

「ねえ、クレアラ」ぼくが言いつけどおりにしてしまうと、相変らず片手でぼくの腕を摑んだまま、居間に連れこんで、あの人は言った。「君、もういらいらさせられることもないだろうよ。われらが若者の気まぐれも、じきによくなるからさ」

ああ、もうだめだ。その時、たった一言でも思いやりのある言葉をかけてもらえたら、生涯もっとみがきのかかった人間になれたかもしれないし、たぶん別の人間にはなっていただろう。たった一言、勇気づけ、真相を説明してくれる言葉を、子供の無知に同情を寄せる言葉を、お帰りなさいの一言を、ここがわが家なんだよと安心させてくれる一言をかけてもらえたら、偽善的なうわべだけではなくて、心からずっとあの人に従うようになったかもしれないし、あの人を大嫌いにならずに尊敬するようになったかもしれない。ぼくがあんなに怯《おび》え、よそよそしく部屋に突っ立っているのを見て、母さんは可哀相にと思ってくれただろうし、それに、ぼくがじきに椅子の方へこっそり近づいていくと、もっと物哀しい目でじっとぼくを追っていたからだ――ぼくの歩き方に子供らしいのびのびしたところがないのを、たぶん淋しく思いながら――けれども何も口に出すことはなく、その時は過ぎていった。

ぼくらは三人きりで一緒に夕食をとった。あの人は母さんをとても好いているようだった――だけどそうだからといって、ぼくは一向にあの人を好きにはなれない――母さんもあの人をとても好いていた。二人が話していることから、どうもあの人の姉さんが一緒に住むためにやってくるらしく、しかもそれが今夜の予定なんだ。そのとき知ったのか後になって知ったのかはっきり憶えていないけれども、あの人は直接には商売にたずさわってはいないが、曾祖父の代から一家が関係している、ロンドンのあるワイン商会の株を持っているんだか、その利益から上がる配当金を毎年受け取っているんだかで、あの人の姉さんも同じような利権を持っているということらしいのだ。いずれにせよ、このことはここに書いておこうと思う。

夕食後、暖炉のそばにみんなで坐り、ぼくはといえば、この家のご主人さまのお気に障るといけないから、こっそり抜け出す勇気もないけれど、なんとかペゴティーのところへ逃げ出せないかと思案していたとき、馬車が庭の方の門に着き、訪問客を出迎えにあの人は出て行った。母さんは後を追った。ぼくはおずおずと母さんに従おうとしていた。と、母さんは薄暗がりの居間のドアのところでくるりと振り返ると、以前と同じようにぼくをぎゅっと抱き締めてくれて、新しいお父さんを好きになって、ちゃんと言うことを聞いてちょうだいね、とつぶやいた。まるでいけないことのように、母さんはあたふたとこっそりだったけれど、やさしくそうした。そして後ろから手を差し出して、ぼくの手を握りしめてくれたが、それはあの人が庭に立っているところに近づくまでのことだった。母さんはぼくの手を離し、代わりにあの人の腕に手を巻きつけたからだ。

到着したのはマードストンの姉さんで、陰気くさい人だった。顔も声も弟そっくりで、同じく浅黒くふさふさの眉毛をしており、でかい鼻の上でくっつきそうになっていたが、まさか女じゃ頬ひげをたくわえるわけにもいかないから、その分を上の方にずらしたみたいだった。頑丈で堅い黒いトランクを二個持っていたが、ふたには堅い真鍮《しんちゅう》の鋲《びょう》でイニシャルが打ってあった。御者に代金を支払ったとき、堅い鋼《はがね》の財布からお金を取り出し、腕にぶら下げていた牢獄さながらの、重い鎖のついたハンドバッグに例の財布を納めてしまうと、嚙み切るようにパクッと口を閉じたのだった。当時、マードストンの姉さんのように何もかも金属だらけの人をぼくは見たことがなかった。

大歓迎の嵐を浴びて居間に連れてこられ、そこで正式に母さんのことを新しく親しい身内と認めたのだった。それからぼくのことを見て言った。

「あれ、あなたの息子さんかしら」

母さんは、そうですと認めた。

「普通はあたし」マードストンの姉さんは言った。「男の子は好かないのよね。はじめまして、坊や」

こう弾みのつく状況で、ぼくは至って気分がいいし、あなたもそうだといいですね、と答えた。マードストンの姉さんはこの冷淡で取り澄ました慇懃《いんぎん》無礼《ぶれい》な態度に、にべもなく一言でぼくを始末してくれた。

「行儀作法がなってませんね」

はきはき明快にこれを口にしてしまうと、今度はあたしの部屋に案内してもらえるかしら、と言うのだった。その時からぼくには、この部屋が恐ろしくて煙たい場所になったのだった。そこであの黒い二個のトランクが開いているところや、錠が掛かっていないのを一度も見たためしがないし、それに(というのも、あの女《ひと》の不在のときに一度か二度ぼくはこっそり覗き込んだことがあるのだけれども)、マードストンの姉さんが盛装するとき、やたらと飾り立てる無数の小さな鋼の足鎖や鋲なんかは、だいたい、ぞっとするほど、姿見にずらりと並べてひっかけてあるのだった。

ぼくが見当をつけた限りでは、この女《ひと》は永住するためにやってきたのであって、二度と出て行くつもりはなかった。翌朝、母さんの「手助け」を始め、一日じゅう納戸を出たり入ったりして、いろんなものを整頓しては、これまできちんと整理してあったものをひっかき回していた。マードストンの姉さんのことで、まず最初に気づいた驚くようなことは、召使いが屋敷のどこかに男を匿《かくま》ってるはずとの勘繰《かんぐ》りに絶えず取り憑かれていた点だった。この妄想のせいで、実に時ならぬ時に地下の石炭小屋にもぐり込んでみたり、暗い戸棚のドアを開けたら開けたで、ほら捕まえてやったわと信じ込んででもいるんだろうが、必ずといっていいほど、またぴしゃっと閉めるのだった。

マードストンの姉さんにはおよそ軽やかなところは一つもなかったけれど、こと目醒《めざ》めにかけては、申し分のない早起き鳥のヒバリだった。家の誰かがカタッと動き出す前に、もう起きていた(それにぼくはいまだにそう思っているんだけど、絶対、例の匿われた男を捜していたに違いないんだ)。ペゴティーの説では、片目を開けたままで眠っているということだったが、これにはぼくは同意できなかった。なぜって、この説が披露されてから、自分で実際に試してみたけれども、できっこないって分かったからだ。

到着したさっそく翌朝のこと、マードストンの姉さん、起床すると、コケコッコーの夜明けとともに呼鈴《よびりん》を鳴らしたのだった。母さんが朝食に下に降りていって、ティーを入れようとしたとき、あの女《ひと》は母さんの頬っぺたを唇でポンとつついた。これはあの女《ひと》にとって一番キスに近いものらしいのだ。それからこう言うのだった。

「さあ、クレアラさん。あたしがここにやってきたのは、いいですか、あなたの苦労を一切合財、あたしにできることなら何でも引き受けてあげようと思ったからなの。あなたって可愛らしすぎるし、思慮が足りないでしょ」――母さんは顔を赤らめたけれど、笑って、こういう性質をさほど嫌がっている風でもないようだった――「だからあなたがしなきゃならない仕事は、所詮あなたにゃ荷が重すぎるの。それを全部あたしにまかせなさい。いい子だから鍵をすっかり預けてくれれば、この手のことは何もかも、今後はあたしが面倒みようじゃないの」

その時からというもの、マードストンの姉さんは、昼は昼で自分の小さな例の牢獄バッグの中に、夜は夜で枕の下に鍵をしまいこんでしまったのだ。だからぼくにも母さんにも鍵は無縁になってしまった。

母さんが自分の権限を全面的に譲り渡すのに、抗議の声を露《つゆ》ほども出さず黙認していたというわけでもなかった。ある夜のこと、マードストンの姉さんが弟に家事に関する計画を詳しく説明し、それにあの人も同意を示したとき、母さんは突然わっと泣き出して、わたしにも相談してくだされぱいいのに、と言ったのだった。

「クレアラ」ミスター・マードストンは手厳しく言った。「クレアラ、君には驚くね」

「ええ、あなたが驚くってておっしゃったって結構よ、エドワード」母さんは大きな声をあげた。「それに、しっかりしろっておっしゃったって、もちろん結構よ。あなたご自身、それがお好きじゃないくせに」

この「しっかり」こそ、ミスター・マードストンとその姉さんの二人とも、これぞ最高の美点なりという態度をとっていたものじゃないか、とぼくとしては言いたいところだ。もし仮に求められたとしても、当時ぼくがこれをどこまで理解していたか言葉で言い表わすことができたかどうかは分からないが、それにしても、この二人に具わっているのは横暴の別名、つまりある陰険でおごりたかぶった鬼の気性の別名だと、はっきりとぼくなりに理解していたのだった。今これをきちんと口に出して述べようとすれば、さしずめ信念というものになろうが、それはこういうことだった。ミスター・マードストンはしっかりしていた。だから、周りの誰もミスター・マードストンほどしっかりしていてはならないのだ。周りの他の誰も絶対しっかりしていてはいけない。というのも、誰も彼もみんな、あの人のしっかり加減に屈しなくてはならないからだった。ただ、マードストンの姉さんだけが例外だった。この人はしっかりしていて構わないけれど、それは血筋だからで、だから構わないといっても弟より一段下で、弟に準ずる程度でのことなのだった。母さんもしっかりしていて構わないし、あるいはそうしなきゃいけないのだった。だけどこの二人のしっかり加減に耐えて、そしてこの世には他にしっかりしたものなどありはしないのだと、しっかり信念を抱く程度でのことしか許されないのだった。

「なんてひどいんでしょう」母さんは言った。「このわたしの家《うち》で――」

「このわたしの家で、だと」ミスター・マードストンがおうむ返しに言った。「クレアラ」

「わたしたちの家ってつもりでしたの」明らかに怯えながら、母さんは口ごもった――「何が言いたいのか、あなたにお分かりいただけますわね、エドワード――あなたのお家だというのに、こと家事の問題で、わたしには何ひとつ言葉をさしはさめないんじゃ、ひどすぎませんかってことですの。わたしたちが結婚する前だって、ちゃんとわたしやってきましたのよ。証明できますわ」母さんはさめざめと泣きながら言った。「ペゴティーに訊いてください。口出しする人がいなくたって、きちんとうまくわたしにもやれていたかって」

「エドワード」マードストンの姉さんが言った。「もうやめにしましょう。あたし、明日出て行くことにしますから」

「ジェーン・マードストン」弟は言った。「黙るんだ。本当はわきまえてるくせに、おれの性格が分かんないみたいな風なこと、よくもずうずうしくあてこすれたもんだよなあ」

「もちろん」気の毒に、母さんはひどくわりの悪い立場に立たされ、涙をぽろぽろ流しながら続けた。「わたし、どなたにも出て行ってもらいたくはありません。どなたかが出て行くなんて、とても辛《つら》くてみじめになるでしょうから。そんなにはお願いしませんから。無茶は言いません。ただ時にはわたしにも相談してもらいたいだけなんです。わたしのこと助けてくださる方どなたにも大変感謝しますもの。ただ形だけでもいいですから、時には相談してもらいたいだけなんです。以前はわたしがちょっと世事に疎《うと》くてお嬢さんぽいの、うれしそうにしてらしたじゃないの、エドワード——たしかにあなた、そう言ったわ——でも今はそれがお嫌《いや》のようなのね、あなたってなんて難しい人なんでしょう」

「エドワード」マードストンの姉さんが繰り返した。「もうやめにしましょう。とにかく明日出て行くことにしますから」

「ジェーン・マードストン」ミスター・マードストンはどなりつけた。「黙ってくれないか。どうしてそういうことを」

マードストンの姉さんは牢獄バッグから囚人の出所というわけで、ハンカチを解放すると、これで目頭を押さえるのだった。

「クレアラ」母さんを見つめながら、あの人は続けた。「君には驚いたよ。唖然とするね。そうだよ、おれは世事に疎くてすれてない娘《こ》と結婚して、人間性を鍛え上げてやり、ぜひ必要な、しっかりとした手堅さや決断力をいくらかでも吹きこんでやろうと考えて、満足感に浸っていたのさ。なのにジェーン・マードストンがご親切にもだよ、こういう真剣な思いを手助けしてやろうとやってきて、おれのために家政婦みたいな真似だって引き受けようじゃないのって言ってくれてるのに、見下げ果てたしっぺい返しを食らっているんだとしたら――」

「ああ、どうか、どうか、エドワード」母さんは泣いていた。「恩知らずだって、わたしのこと責めないでください。わたし、絶対、恩知らずなんかじゃありません。誰もこれまでわたしのことをそんな風に言った人はありませんから。そりゃ欠点はうんとありますけど、それだけはありませんから。ああ、ねえ、お願い」

「いいかい、ジェーン・マードストンが」母さんが話し終えるまで待ってから、あの人は続けた。「見下げ果てたしっぺい返しを食らったとき、おれの気持は興醒めして変わっちまったんだよ」

「お願い、どうかそんなことおっしゃらないで」母さんはとても哀れに泣きついた。「ねえ、いや。エドワード、そんなこと聞くの、とっても耐えられません。わたしって人間がどれほどのものだとしても、情の深い人間なんです。ええ、情の深い人間ですとも。情が深いってことに自信がなきゃ、こんなこと口にはしません。ペゴティーに訊いてみてくださいな。絶対、情が深いって、太鼓判を押してくれますから」

「か弱いところを、いくらお店広げて披露してくれたところでだ、クレアラ」ミスター・マードストンは答えて言った。「おれは痛くも痒《かゆ》くもないんだよ。君が息切らすのが落ちさ、徒労だよ」

「どうか、仲直りさせていただきたいの」母さんは言った。「よそよそしく、心も通わないなかで、どうして暮らせましょう。本当にすみませんでした。なるほどわたしには欠点がどっさりありますものね。だから、エドワード、とっても思いやりがあるのよね、あなたの強いお力でわたしの欠点を直してくださろうなんてね。ジェーン義姉《ねえ》さん、もう何にも不服は言いませんわ。出て行くなんて考え、お起こしになったら、わたし、落胆してしまいますもの――」母さんは感きわまって、先を続けることができなくなった。

「ジェーン・マードストン」ミスター・マードストンは姉に向かって言った。「おれたちのぎすぎすしたやりとりは滅多にないことだよな。今夜に限って、こんな珍しいことが起きてしまったのは、なにもおれのせいじゃないさ。誰かさんに釣られて、ついうっかり巻き込まれてしまったんだ。だからと言って、姉さん、あんたが悪いんでもないよ。姉さんだって、誰かさんに釣られて、ついうっかり巻き込まれてしまったんだからな。さあ、お互いこんなこと忘れちまおうじゃないか。さあてと、これは」こんな実に太っ腹なことを言ってから、あの人は付け加えた。「ガキには似つかわしくない場面だ――デイヴィッド、寝るんだ」

涙が目にいっぱいあふれて、ドアがぼくにはあんまり見えなかった。母さんの辛い気持が気の毒でたまらなかったんだ。だけど手探りしながらそこを出て、ペゴティーにおやすみなさいを言い、そしてろうそくを受け取る元気もなかったので、手探りしながら暗闇の中を、二階のぼくの部屋へ上がっていった。一時間かそこいら経ち、ペゴティーがぼくを捜しにやってきて目が醒めると、具合が悪くなって母さんが床についたことと、マードストン姉弟だけが起きていることを教えてくれたのだった。

翌朝、いつもより早めに下に降りていくと、母さんの声が聞こえてきて、居間の外に釘づけになってしまった。母さんはマードストンの姉さんに一生懸命にペコペコへりくだってお赦《ゆる》しを願っているところだったのだが、例の女王さまはそれをお聞き届けになり、仲直りは無事完了したのだった。それからというもの、どんな事柄であれ、いやしくも母さんが自分の意見を差しはさむのは、まずマードストンの姉さんにお伺いを立ててからか、それとも絶対確実な手立てを講じて、マードストンの姉さんの意向がどんなものか必ず突きとめてからのことだったのを、ぼくはちゃんと知っていた。それにマードストンの姉さんが癇癪《かんしゃく》を起こしては(こんな風に、本当はしっかりなんかしてはいなかったんだが)鍵を取り出して、まるでそっくりそのまま母さんに預けてしまおうという気にでもなったかのように、ハンドバッグに手を伸ばすと、必ずや母さんがぎょっと怯えきっていたのを、ぼくはちゃんと見ていた。

マードストン一族に流れる陰険な血は、マードストン一族の信仰心にも陰鬱《いんうつ》な影を落としていた。それは厳格きわまりなく、猛《たけ》り狂った怒りだった。この手の信仰に染まってしまったのも、ミスター・マードストンのしっかりとして厳しかったことからすれば必然の成り行きだったんだと、ぼくはあれからずっと考えている。だって、ちょっとでもきっかけを見つけては誰にでも滅茶苦茶きつい処罰をふっかけて、これでもかと圧迫し、何が何でも放免してやるものかといった具合だったからだ。これはともかく、ぼくらが教会に行ったときのあのこわい形相《ぎょうそう》だとか、教会の雰囲気までもが一変してしまったこととかをよく憶えている。いま一度いやな日曜日が巡ってくると、死刑囚のための礼拝に連れてこられた監視付きの捕虜みたいに、一列縦隊に行進して、ぼくはいつもの座席に着くのだ。棺衣をリフォームしてこさえたように見える黒のベルベットのドレスを着たマードストンの姉さんは、いま一度ぼくの後ろにぴったりくっついている。それに続くのは母さんで、そのお次は御亭主だ。昔のようにはペゴティーはもういない。マードストンの姉さんは応唱聖歌では口をもぐもぐさせているというのに、こと恐れおののく言葉にくると、俄然、残忍さむき出しに声を強めるのを、いま一度ぼくは聴くことになるのだ。いざ「哀れな罪人よ」と唱える段になると、まるで会衆全員の名前を指して呼んででもいるかのように、この姉さんの大きな黒い目が教会中をぎょろぎょろと動き回るのを、いま一度ぼくは見ることになるのだ。このご両人にはさまれた母さんはといえば、絶えずこのどちらかが低い雷鳴みたいに右か左の耳許でゴロゴロつぶやき声を立てている最中、おずおずと唇を動かしているところを、いま一度ぼくは時たま目にすることになるのだ。年老いた高潔のわが牧師さまがひょっとして間違っていて、マードストン姉弟の方が正しいということがあるのだろうか、また、天国にいる天使という天使がこぞって、死の使いの天使だということが果たしてありうるのだろうかと、いま一度ぼくは不意に不安に駆られることになるのだ。ぼくが仮に指一本動かしてみたり、顔の筋ひとつ弛《ゆる》めてみようものなら、いま一度マードストンの姉さんは祈禱書《きとうしょ》で突つきにかかり、ぼくのわき腹はちくちく痛むということになるんだ。

そう、そしていま一度、家に歩いて帰る途中、近所の人が母さんとぼくとを見ては囁き合っているのに気づく。三人が腕を組んで歩いているのに、ぼくだけが後ろからぶらぶらついていくと、この手の視線をいま一度追ってから、ぼくは、母さんの足どりはかつて見慣れていたのに較べて、まったくのところ軽やかじゃなくなってしまったんじゃないかなあとか、華やかな美しさも、まったくのところ、ほとんど色褪《あ》せてしまったんじゃないかなあとか思いめぐらすのだ。ぼくら、つまり母さんとぼくが、かつて一緒に歩いて家に帰っていたところを、果たしていま一度ぼくほどに、近所の人たちの方は思い出すことなどあるのだろうかと思うのだ。そしてやるせなく憂鬱《ゆううつ》な一日を、ぼくはずっとそんな下らないことを思いめぐらしながら過ごしてしまう。

時おり、ぼくの寄宿学校行きの話が出た。マードストン姉弟が言い出しっぺで、もちろん母さんはこれに同意を示した。けれども、この問題の決着は何もついていなかった。

それまでの間、ぼくは自宅学習をしていた。

この自宅学習は忘れようにも、ぼくには忘れられない。先生役の母さんはほんの名ばかりで、いつも同席していたミスター・マードストンとその姉さんとが、実際のところ仕切っていた。そして、これはぼくら二人には命取りとなるのだったが、例のはき違えたしっかりとした厳格さを母さんに鍛え込む、またとない機会としたのだった。その目的があったから、ぼくは家に留め置かれたんだと思っている。母さんとぼくが二人きりで暮らしていた頃、もともとぼくは勉強が好きだったし、自発的に勉強していたからだ。母さんの膝もとでアルファベットを習っていたかすかな記憶もある。今だって、初等読本の肉太の黒文字を眺めていると、頭をひねりたくなる珍しい形の文字や、それにひきかえOとかQとかSとかいったやさしくて気立てのよさそうな文字が、昔と寸分たがわずぼくの目の前にもう一度現われてくるような気がする。けれどもアルファベットの文字がぞっとするとか、どうも好かないといった感じは少しも蘇ってこない。それどころか、クロコダイルの本に行きつくまでは、花に囲まれた小道を、母さんのやさしさあふれる声や接し方に励まされて、ずっと歩み続けてこられたように思う。だけどこの後を引き継いだ厳格さ一本槍の勉強は、ぼくの安らぎには致命的打撃であり、日々重くのしかかる苦役と惨禍となってしまったことを憶えている。それはすごく長たらしく、すごく大量にあって、すごく難しかった――その幾分かはぼくには完全に理解不能だったから――そして気の毒に、母さん自身もだったと思うが、ぼくもだいたいは、やはりこれにはたじたじとなってしまった。

どんな風だったか思い出して、ある朝に戻ってみることにしよう。

朝食の後、本と練習帳と石板を持って、上等でない方の居間に入っていく。と、机に向かった母さんは、ぼくの勉強の用意をして待ってはいるものの、窓際の安楽椅子に腰掛けたミスター・マードストン（もっとも、本を読んでいる振りはしているが）や、母さんの近くに坐って、鋼色《はがねいろ》のビーズを糸に通しているマードストンの姉さんが、今や遅しと待ち構えているのに較べれば、物の数でもない。このご両人を目の当たりにするだけで、ぼくには途方もない重圧になるわけで、だから計り知れない骨折りをしてなんとか頭の中に叩きこんできた言葉だというのに、気づいてみれば、そろいもそろって全部するりと抜け落ち、どこか分からないところに行ってしまっている。ちなみに抜け落ちた言葉はいったいどこに行ってしまうんだろう。

一冊目の本を母さんに手渡す。それは文法の本のこともあれば、歴史か地理の本のこともある。母さんに手渡しながら、最後のあがきの一瞥《いちべつ》を本のページにくれ、そして、たったいま覚えたてのうちに、声に出して超特急でまくし立てるのだ。と、一言つっかえる。ミスター・マードストンが顔を上げてくる。と、また一言つっかえる。今度はマードストンの姉さんが顔を上げてくる。ぼくはカッと真っ赤になり、すると雪崩《なだれ》を打ったように次々六個もつっかえて、とうとう止まってしまうのだ。母さんが勇気を振りしぼって、ぼくに本を見せてくれないかなあと思うけれど、母さんにその勇気はなく、そっと言うのだ。

「ああ、デイヴィー、デイヴィー」

「おい、クレアラ」ミスター・マードストンは言う。「この子にはしっかりした態度をとりなさい。「ああ、デイヴィー、デイヴィー」なんて言っちゃだめだ。そりゃ、幼稚ってもんだよ。勉強がちゃんと自分の頭に入っているのか、入っていないのか、だ」

「頭に入ってやしませんよ」マードストンの姉さんも高飛車に口をさしはさむ。

「どうやら頭に入っていないようですね」と母さんは言う。

「じゃあ、分かってるわよね、クレアラさん」マードストンの姉さんが言い返してくる。

「本をもう一度渡して、頭に入れさせるのよ」

「ええ、もちろん」母さんは言う。「そうしようと思ってたところですもの、ジェーン義姉《ねえ》さん。さあ、デイヴィー、もう一度やってみましょうね、それにぼうっとしてちゃだめよ。」もう一度やってみる、という一つ目の方のお指図のとおりには行動できても、二つ目の方はうまくいかない。なぜってぼくはすっかりぼうっとしてしまっているからだ。さっき進んだところにもいかないうちから、前はきちんと言えたところでつっかえてしまい、やめて考え込む羽目になった。だけど勉強のことは考えていないし、考えられもしない。マードストンの姉さんの帽子についている網レースは何ヤードあるんだろうかとか、ミスター・マードストンの部屋着の値段はいくらだろうかとか、全然ぼくの知ったことでもなけりゃ、関わりたいともさらさら思わないようなくだらないことを、つい考え込んでしまっているのだ。ミスター・マードストンはじれったいという様子を見せたが、それこそ長いこと、ぼくが今か今かと待ち設けていたことで、マードストンの姉さんの方も同じ様子を見せる。母さんは二人の方をおもねるようにちらっと見て本を閉じると、他の勉強を済ませてからぼくが仕上げて返却することになる未払い学習残高として、これをわきに置くのだ。

すぐに未払い学習残高の山が出来あがり、雪だるま式にふくれあがっていく。大きくなればなるほど、ぼくの頭の方もますますぼうっとしてくる。事態はどうにも望みなく、何か馬鹿げた泥沼に嵌《は》まってのた打ち回っているような気がしてくる。そこで、這《は》い出ようとするのはきっぱり諦めて、運命に身をまかせようとしてみる。ぼくがへまをやらかし、思わずぼくの顔と鉢合わせするとき母さんが見せるあの絶望の様子ときたら、まったく憂鬱になってしまう。けれどもこの惨憺《さんたん》たる勉強で最大の見せ場は、母さんが(誰にも見られていないと思って)唇を動かして、ぼくにヒントをくれようとしたときのことだ。たちまちマードストンの姉さんが待ってましたとばかり、太い声で警戒警報を発令する。

「クレアラさん」

母さんはぎくっとして顔を赤らめ、ほんのわずか照れ隠しの笑いを浮かべる。と、ミスター・マードストンが椅子からとび出して、本を摑《つか》むとぼくに投げつけるか、本で横っ面《つら》を殴るかし、それからぼくの両肩をひっ摑んで、部屋から追っ払ってしまうのだ。たとえ勉強が済んでも、身の毛もよだつような算数という形で、さらに最悪の事態と相成るのだ。これはぼくのために捻《ひね》り出したもので、ミスター・マードストンが口頭で言い始める。「チーズ屋に行って、一つ四ペンス半でダブル・グロスターチーズを五千個買ったとしたら、支払いはいくらだ」――マードストンの姉さんがこっそり、うっふっふと大喜びしている様子が見える。何の結論にも一縷《いちる》の光明にもぶち当たることなく、チーズの山のことを考えて、夕食までぼくは悶々《もんもん》とするのだ。その頃までには石板の粉が体中の毛穴に詰まって白黒混血児《ムラート》状態になってしまっているが、パンを一切れ貰って、チーズの山の方は助けの手をさし伸べられ、やっと解決とはなるものの、寝るまでずっと、面《つら》よごし呼ばわりされることになる。

今こんなに時が経って思い返しても、つきに見放されたぼくの勉強は、だいたいのところ、こんな感じだったと思う。マードストン姉弟がいなけりゃ、ぼくだってもっとうまくやれただろう。だけどこのマードストン姉弟のぼくに対する重圧ってやつは、いたいけな雛鳥《ひなどり》をにらんではすくませる二匹のヘビの魔術のようだった。午前中かなりの太鼓判を押されて終わってみたところで、得るものといったら夕食以外にさして目ぼしいものは何もなかった。なにしろ、マードストンの姉さんはぼくが苦行をしてないのを見るなんて、とうてい耐えられなかったのだ。だから、うかつにも暇な素振りでも見せようものなら、打てば響くとばかり、「クレアラさん、なんたってお勉強が一番じゃないかしら――あなたの息子を勉強させておやりなさいな」とあの女《ひと》の弟の注意をぼくに引きつけてしまうのだった。これですぐさま別の新しいやっかいな勉強をさせられる羽目になるって寸法だった。同い年の子供たちと遊ぶということも、ほとんどなかった。なにしろマードストン一族の陰気くさい神学に照らせば、子供というものはうじゃうじゃ集まる毒ヘビの群れであって（もっとも、キリストの弟子たちの真ん中にお手本として立たされた子供が、たしか一度いたのだったが（「マタイ伝」第十八章二節））、お互いに害毒を流し合っていくのだそうだ。

　こんなあしらいが六カ月か、それ以上続いただろうか、その当然の結果として、ぼくはむっつりして、きりりとしたところのない偏屈な子供になっていった。母さんから日ごとますます爪弾《つまはじ》きにされ、遠ざけられてるんだという気持が、一段とそんな風に自分を追いこんでしまったのだった。今にして思うと、ぼくの居場所を一つ見つけることがなかったら、脳味噌は完璧にいかれるところだっただろう。

　それはつまりこうだ。二階の小部屋に父さんがささやかながらも集めた本を残してくれていて、（ぼくの部屋の隣だったから）ここに自由に出入りできて、しかも家の誰からも全然邪魔されることがなかったのだ。この幸せな小部屋から、ロデリック・ランダムやペリグリン・ピクル、ハンフリー・クリンカー（以上、英国の小説家スモーレット（一七二一－一七七一）の小説の主人公の名前）、トム・

ジョーンズ（英国の小説家フィールディング（一七〇七―一七五四）の小説の主人公の名前）、ウェークフィールドの牧師（英国の小説家ゴールドスミス（一七二八―一七七四）の小説の主人公の名前）、それにドン・キホーテやジル・ブラース（フランスの小説家ルサージュ（一六六八―一七四七）の小説の主人公の名前）にロビンソン・クルーソーが、ぼくのお相手をしてくれるために、次から次へと素敵なもてなし役となって現われ出てきたのだ。この連中のおかげで、空想の力とか、その時間と空間を超えたぼくの中の希望の光といったものをずっと絶やさずに済んだのだ――この連中やそれから『千一夜物語』や『妖精物語』（サー・チャールズ・モレル前大使なる人物の手によるペルシャの物語集として一七六四年に英訳されたが、実はジェームズ・リドレーの創作であった）なんかだが――どれもぼくに危害を加えることはまったくなかった。というのは、この連中のなかには、たとえどんな害を持つ者があったとしても、ぼくに向けられたものではなかった。本当にそんなことには、てんで思いもよらなかったのだ。現実の、もっと無理難題の方にくよくよ頭を悩ませたり、へまをしでかしたりと、その真っ只中だったから、実際のところ、どうやってこういった本を読む時間ができたものか、そっちの方が今のぼくには驚きなのだ。ささやかな悩みを背負いながらも(当時のぼくには重大な悩みだったが)、自分は大好きな登場人物の役に扮し――ぼくは実際にやった――そうかと思うと、極悪非道の悪党の役は全部マードストン姉弟に押しつけてやることで――こっちもぼくは実際にやった――あんなに元気づけられたというのは、今のぼくには興味深いことだ。一週間ずっとトム・ジョーンズ(ただし子供の、いたってあどけないトム・ジョーンズだ)になりきったこともあった。一カ月の間、休みなしに自分なりのロデリック・ランダム像を地で行ったことも本当にあったと思う。例の本棚にあった冒険記や旅行記を数冊——今ではなんて本だったかも忘れてしまったが——むさぼるように面白く読んだし、それに来る日も来る日も、古い靴型の芯《しん》を武器に見立てて身を固めては、家でのぼくの縄張りを歩き回って——野蛮人に取り囲まれ、高価な代償とひきかえに自らの命を売り渡そうと決意する危機に瀕した英国海軍船長何とかに、まぎれもなくなりきっていたのを思い出すこともできる。船長はラテン語の文法書で横っ面を殴られても、威厳を失うということは決してなかった。ぼくの方はだめだった。だけど船長は船長で英雄であって、世界中の、死に絶えたものも今でも通じるものも、ありとあらゆる言語の、ありとあらゆる文法書をもってしてもとうてい太刀《たち》打《う》ちできやしないのだった。

これがぼくのたった一つしかなくて、しかもぼくの変わらぬ慰めだったのだ。このことを考えていると、夏の夕べ、子供たちが教会墓地で遊んでいる一方で、ぼくはと言えばベッドの上に坐って、まるで死ぬまでそうしているみたいに、読書し続けている光景がいつも脳裡《のうり》に浮かんでくる。近所のどこの納屋も、教会のどの墓石も、教会墓地を行きかうどの足どりも、こういった本と結びついて何らかの連想がぼくの頭の中で働き、本の中で有名になっている土地の代用をしてくれていた。トム・パイプス（小説『ペリグリン・ピクル』の登場人物）が教会の尖塔を登るのを見たものだったし、リュックサックを背負ったストラップ（小説『ロデリック・ランダム』の登場人物）が休憩して、くぐり戸に寄りかかって休んでいるところも目撃したものだったし、トラニオン提督（『ペリグリン・ピクル』の登場人物）がぼくらの村にある小さな居酒屋の談話室で、ミスター・ピクルと例のクラブを開いていたのも、ちゃんと知っているんだ。

さて、ぼくばかりでなく読者のみなさんにも、子供の頃のこの点の話にさしかかると――現に今さしかかってしまったわけだけれども――、いったいぼくがどんな子だったかがお分かりいただけたことだろう。

ある朝、本を手に居間に入っていくと、母さんは不安そうな様子で、マードストンの姉さんは実にしっかり毅然として見え、そしてミスター・マードストンは鞭《むち》の先っぽに何かを巻きつけているところだった――よくたわみ、しなやかな鞭で、ぼくが入っていくと巻きつけるのをやめて、それから鞭をひらりと宙に浮かすと、空《くう》でヒューヒューと鳴らした。

「いいかい、クレアラ」ミスター・マードストンは言った。「おれだって、しょっちゅう鞭打たれたんだからなあ」

「もちろん、そうだったわ」マードストンの姉さんは言った。

「そのとおりですわね、ジェーン義姉《ねえ》さん」口ごもりながら、従順に母さんは言った。「だけど——だけどこれがエドワードのためになったって、思ってらっしゃいますの」

「それじゃ、エドワードに害を与えたってことかな、クレアラ」いかめしく、ミスター・マードストンは尋ねた。

「そこのところよね」マードストンの姉さんは言った。

これに対して母さんは、「そのとおりですわね、ジェーン義姉さん」と答え、それ以上何もしゃべらなかった。

この会話にはぼくが直接関係しているなと不安に思ったし、ミスター・マードストンの視線がぼくに止まったので、探りを入れることにした。

「さあ、デイヴィッド」とあの人は言った——そしてそれを言っているときに、例のじろっとした視線をもう一度ぼくは見たのだった——「おまえ、今日はふだんよりも、ずっと用心深くやれよ。」鞭をもう一ぺんひらりと宙に浮かすと、もう一ぺん空でヒューヒューと鳴らし、準備万端ととのえた。そして食い入るように見つめて鞭をわきに置き、それから本を取り上げたのだった。

手始めとして、これはぼくの心の平静を試す結構な薬となった。勉強して詰め込んだというのに、言葉が一語一語どころか、いや一行一行どころでもなく、丸ごと一ページするりと抜け落ちてしまうのが分かった。そこでなんとかつなぎとめておこうとはしたのだが、こう言っちゃなんだけど、スケートをはいて、何ひとつ止めるものもなく、ともかくつるつるとただ滑り抜けていってしまったようなものだった。

出だしからつまずいたが、その後は目も当てられなくなっていった。きちんと下調べはしてあるんだからと思って、むしろ、さあどんなもんだいと意気揚々として部屋に入ったというのに、まったく水の泡となったことが分かるのだ。本はどれも次から次へと落第の山積みを堆《うずたか》くするばかりで、マードストンの姉さんはその間じゅうずっとぼくらをしっかりと見張っていた。それからとうとう五千個のチーズの計算問題へと辿り着いたとき(思い出してみれば、チーズから鞭に鞍替えしたのはあの日のことだった)、母さんはわあっと泣き出した。

「クレアラさん」警報発令時の声で、マードストンの姉さんは言った。

「わたし、体の具合がひどくよくないみたいですの、ジェーン義姉さん」母さんは言った。

鞭を手にすると、ミスター・マードストンが立ち上がりながら、しかつめらしくあの人の姉さんに目くばせしたのをぼくは見ていたが、あの人はこう言った。

「そりゃしかし、ジェーン姉さん、今日デイヴィッドがかけた心配や苦しみに、クレアラがよくよくしっかりと耐えられるなんて、まず思えないよ、修行僧でもないとな。クレアラはそりゃ格段に強くもなったし、ましにもなったさ、だけどまず期待過剰ってもんさ。さあ、デイヴィッド、おまえとおれが二階へ行くとしようか、おい」

あの人がぼくをドアから連れ出そうとすると、母さんがぼくらの後を小走りに追ってきた。マードストンの姉さんは、「クレアラさん、あなたってよくよくの馬鹿じゃないの」と言って、止めにかかった。そのとき、ぼくは母さんが両耳を塞《ふさ》ぐのを見たし、母さんの泣き声も聞いた。

あの人はゆっくりといかめしく二階のぼくの部屋へと連れていった――お裁きを執行する改まったこれみよがしのこの行進に、あの人が嬉々としているのは確かだった――そうして目的地に着くと、不意にぼくの頭を脇の下に捻《ね》じり固めしたのだった。

「マードストンさん、あのねえったら」ぼくはあの人に叫び声をあげた。「勘弁してください。お願いだから、ぶたないでちょうだい。勉強、一生懸命覚えようとしたんだけど、あなたやあなたのお姉さんがそばにいると、うまく覚えられないんだもの。本当にできないんだもの」

「できないのかな、本当に、デイヴィッド」あの人は言った。「じゃあ、やってみようじゃないか」

万力でも摑むみたいに、しっかりとぼくの頭をひっ摑んでいたものの、なんとかぼくはあの人の体にしがみつくことで、ほんの一瞬その手を止めさせ、ぶたないでと頼んだりもした。その手を止められたのもほんの束の間《つかま》のこと、というのも次の一瞬には、ぼくはきつく鞭でぶたれ、と同時にぼくの口を押さえつけていたあの人の手を、ぼくは歯にはさんで、がぶりと嚙みついてしまったのだった。このことを考えると、今でも歯が浮くようで不愉快きわまりない。

すると、死んでしまうまで鞭打とうとでもするかのように、あの人はぼくのことを打った。鞭で打たれる音にもまして、ぼくはみんなが二階へ駆け上がってきて、大声をあげているのを聞いた——つまり母さんが泣きわめき——ペゴティーも泣きわめきしているのを聞いたのだ。そしてあの人は部屋の外へと消え、外側から部屋に鍵が掛けられた。それからぼくはといえば、体は火照って熱っぽいし、傷だらけでずきずきと痛みもするし、子供のたわいのないものだけど怒りにうち震えて暴れ、床《ゆか》の上に転がっていた。

心が落ち着いてみると、家中がなんともしんと異様なほど静まりかえって音もなかったことを、今でもよく思い出す。ひりひり痛いのと、カッカする怒りが冷めてくると、自分がなんととんでもない奴だったかとの反省の気持が湧いてきたことが、今でもよく蘇ってくるんだ。

長いこと、耳を澄まして坐っていたけれど、カタッとも物音ひとつしなかった。床からのろのろと這い上がり、鏡に自分の顔を映してみれば、自分でもぞっとするほど腫《は》れあがり、真っ赤になってふた目と見られぬ代物だった。ミミズ腫れはひりひりうずくし、つっぱってるから、動こうものなら痛くて痛くて、また泣き声が口をついて出た。けれどこんなものはぼくが覚えた罪悪感に較べれば、なんてこともなかった。仮にぼくが極悪非道の犯罪者になったとしても、たぶんこれほど罪の意識に胸が深くふさがることはなかっただろう。

あたりが暗くなり始めたので、窓を閉めることにした(だいたいのところ、ぼくは頭を窓敷居に載っけて寝ころがり、泣いたり、うとうとしたり、物憂げに外を眺めたりを繰り返していたのだ)。そのとき鍵が回って、パンと肉と牛乳を持ったマードストンの姉さんが中に入ってきた。一言も口をきくこともなく、これをテーブルの上に置き、その間ずっと、しっかりのお手本と言わんばかりにきいっとぼくをにらみつけてから出て行ったが、ちゃんとドアには鍵を掛けていた。

真っ暗になってからも長いこと、他にも誰かやってくるのかなと思いながら、そこに坐り続けていた。今夜のところはまずなさそうな気配だったので、服を脱いでぼくはベッドに入ったが、ベッドの中でこれからぼくはどうなってしまうんだろうと思うと、空恐ろしくなった。ぼくがしでかしたのは本当に罪人の行為なんだろうか。それに本当にぼくは監禁されなけりゃいけなくて、監獄行きなんだろうか。ひょっとして縛り首の憂き目に遭うんだろうか。

翌朝、目醒めたときのことを忘れることはできない。最初のほんの一瞬は元気いっぱいで爽やかな気分だったのに、記憶が蘇ると、だるくて憂鬱な重苦しさがのしかかってきた。ぼくがベッドから抜け出す前に、マードストンの姉さんがまた顔を出し、口やかましく、三十分間は自由に庭をぶらぶらしていいが、それ以上はだめと言い、それから、このお目こぼしを自由に利用なさいとばかりに、ドアを開けたまま部屋を出て行った。

ぼくはそうしたし、監禁された五日間、毎朝、そんな風に過ごした。母さんだけに会うことができたら、許してちょうだいとひざまずいて、母さんにすがっただろう。だけど、この間ずっとマードストンの姉さん以外の誰にも会わなかった——ただ、居間での夕べの祈りのときは別だけれども。そこには他のみんなが席に着いてから、マードストンの姉さんに護衛され、しかもたった一人ぽつんとドア近くに無法者の子供として置かれ、出るときも、他のみんながひざまずいて祈りの姿勢から起き上がらないうちに、ぼくの看守殿に厳重に護送されたのだった。ぼくが認めたのは、母さんができるだけぼくから離れて、ぼくに決して見られまいと顔をそむけていたこと、それとミスター・マードストンの手には白い木綿のでっかい包帯が巻いてあったことだけだった。

この五日間の長いったらなかったけれど、人にどう説明できるものでもない。この五日間は、ぼくの記憶じゃ、何年間もの座を占めているのだから。聞こえてきた家中のありとあらゆる出来事に思わず耳を澄ましていた。呼鈴《よびりん》の鳴る音、ドアを開け閉めする音、小声でのつぶやき、階段を昇り降りする足音、外での笑い声、口笛に歌声、これらはどれも、たった一人孤立し烙印《らくいん》を押されたぼくには、他の何よりもみじめに思えた——時間の進み具合がよく分からなくて、特に夜なんかはてっきり朝だと思って目醒めると、家の人たちはまだ床についてもいないし、これから長ったらしい夜がやってくるのだった――実際のところ憂鬱な夢や悪夢を見たが――そして再び夜明け、昼、午後、夕方が巡ってきて、他の子は教会墓地で遊んでいるというのに、このぼくは、囚人だとさとられないよう、窓のところに出るのは気がひけ、部屋の奥の方から見守っているのだった――自分の話し声が全然聞こえてこないという変な感じ――飲み食いのときだけ湧きあがり、済むとすうっと萎《な》えていく束の間の何か元気の出る時間――ある夕方、雨が降り出して清々《すがすが》しいにおいにつつまれ、ぼくと教会との間にますます激しく降りしきる雨やら深まる暮色《ぼしょく》やらのおかげで、憂鬱、恐怖、後悔の気持が静められるように思えるほどだった――これらはみんなほんの数日間のことなんかではなくて、何年も何年もくるくる堂々巡りしていたように思える、それくらいぼくの記憶の中ではきわめて鮮やかに、また強く焼きついているものなんだ。

監禁の最後の夜のこと、そっとぼくの名を呼ぶ声にはっと目が醒めた。ベッドの中でぎくっとして起き上がり、暗闇に両手を差し出して、ぼくは言った。

「ペゴティーなのかい」

即答はなかったけれど、ほどなくひどく奇怪なぞっとする声色《こわいろ》で、ぼくの名前を呼ぶ声をもう一度耳にして、これは鍵穴から聞こえてくるに違いないと思いつかなかったら、ぼくは卒倒していただろうと思う。

手探りでドアの方へと進み、鍵穴に唇を押しあてて、ぼくは小声で言った。

「ペゴティーだよね」

「ええ、そうですとも、デイヴィー坊ちゃま」ペゴティーは答えた。「ネズミのようにそうっと静かにね。さもないと畜生猫に聞かれてしまいますからね」

こりゃマードストンの姉さんのことだなと分かったし、事が急を要するのも感じられた。なにしろあの女《ひと》の部屋はすぐ隣なのだから。

「母さんはどうなの、ペゴティー。ぼくのこと、すごく怒ってるんだよね」

鍵穴のこっち側でぼくが泣いていたように、あちら側でもそうっと泣いているのが聞こえていたが、ペゴティーは答えて言った。「いいえ、そんなにひどくじゃありませんとも」

「ぼくはどうなるんだろう、ペゴティー。知っているかい」

「学校なんです、ロンドンあたりの」とペゴティーの答えがあった。もう一度言ってちょうだい、とぼくは頼んだ。というのも、鍵穴から口をはずして、代わりに耳を押しあてなけりゃいけないのを、すっかり忘れてしまったものだから、一回目のときは、ぼくの喉穴《のどあな》めがけてしゃべられたのだった。それで、話してくれたことに、ものすごくすぐったくなりはしたものの、全然聞きとれなかったからだ。

「いつのこと、ペゴティー」

「明日です」

「マードストンの姉さん、それでぼくの箪笥《たんす》から服を引っ張り出したんだね」言い忘れていたけれど、実際あの女《ひと》はそうしていたのだ。

「そうそう」ペゴティーは言った。「旅行かばんにです」

「母さんにもう会えないのかなあ」

「会えますよ」ペゴティーは言った。「明日の朝にね」

それからぴったりと鍵穴に口をつけて、ペゴティーは、コミュニケーションの手段としてこれほど感情がこもったり、熱意にあふれて使われたためしもなかったろう鍵穴から、こう話して聞かせてくれたのだけれど、乱暴な言い方をさせてもらえば、途切れ途切れの短いセリフが、一つ一つセリフの集中射撃となって鍵穴から発射され、ぴくんぴくんとくるのだった。

「デイヴィー坊ちゃま、いいですか。たしかにお親しくできなくなりましたけれどね。つまり近頃は、以前のようにはね。でもそれはあたしが坊ちゃまを大事に思っていないってことじゃないんですよ。以前と変わらず、いえそれにもまして、あたしの大事な坊ちゃまです。ただそうした方がデイヴィー坊ちゃまのためだと思ったからなんですよ。それともう一人の誰かさんのためだともね。デイヴィー坊ちゃま、いい、聴いていますか。聞こえていますか」

「うーうーうーうん、ペゴティー」ぼくは泣きじゃくった。

「坊ちゃま」思いやりいっぱいにペゴティーは言った。「あたしがお話ししたいのはですね。あたしのこと、決してお忘れになっちゃいけませんってことなんです。だってあたし、デイヴィー坊ちゃまのこと忘れませんからね。それから、お母さまのお世話もきちんとさせていただきますよ、デイヴィー坊ちゃま。あなたのことをお世話申し上げたと同じようにね。それから、お母さまのおそばを決して離れませんからね。いつの日か、お可哀相に、お母さまは喜んでおつむを載せられるでしょう、もう一度、この間抜けで気難しい古株のペゴティーの腕にね。そうなったら、お手紙を差し上げましょうね、いいですか。そりゃ、あたし、学はありませんけど。そしたら、あたし——あたし——」ペゴティーはぼくにキスできないものだから、鍵穴にキスし出したのだった。

「ありがとう、ペゴティー」ぼくは言った。「ああ、ありがとう。ありがとう。ペゴティー、一つ約束してくれるかい。手紙を書いて、ペゴティーさんやちびのエミリーやガミッジさんやハムに、ぼくはみんなが思っているほど悪い子じゃないって、それからみんなによろしくって伝えてくれないかい——特にちびのエミリーに。どうか、お願いだよ、ペゴティー」

この親切な人は約束をしてくれた。そしてぼくら二人とも、またとない愛情をこめて鍵穴にキスをした——いま思い出してみると、鍵穴をまるで本物の顔ででもあるかのように、なでもした——そうしてから別れたのだった。その夜から、はっきりこうだとは言い表わせないペゴティーへのもやもやした気持が、ぼくの胸中に芽生えていったのだった。母さんの代わりというもんじゃなかった。そいつはどこの誰にもできやしなかった。けれどぼくの心の隙間に入りこんできて、中から塞《ふさ》いでしまったのだった。だから他の誰に対しても感じたことのない気持を、何かペゴティーに抱くことになった。これはまず喜劇みたいな愛情とも言えるものだった。けれど仮にペゴティーに死なれでもしたら、ぼくはいったいどうしただろうかとか、ぼくにとっては紛れもないその悲劇を、どう演じきろうとしただろうかといったことに、とうてい考えの及ぶものではない。

翌朝、マードストンの姉さんがいつもどおり顔を出し、ぼくが学校へ行くことになったと言ったが、これはあの女《ひと》が予期したほど、必ずしもぼくには大したニュースではなかった。それから、身づくろいをしたら居間に降りてきて、朝食を食べるようにとも告げた。そこには真っ青な顔をして目を真っ赤に腫らした母さんがいたから、その腕の中にぼくは駆けていき、苦しみぬいた心の底から、ごめんなさいと言った。

「ああ、デイヴィー」母さんは言った。「母さんが一番大事に思っている人にけがをさせてしまうなんてね。もっといい子になってちょうだい。いい子になれるようお祈りしてちょうだい。許してあげますとも。でも、とっても悲しい思いをしたんですよ、デイヴィー、おまえの心の中にあんなに悪いむき出しの感情があったなんてね」

ぼくが質《たち》の悪い子だと、みんなで母さんを丸めこんでしまったものだから、ぼくが家を出て行くことよりも、そっちのことの方を母さんは気に病んでいた。ぼくにはそれがずきずきと辛かった。お別れの朝食をなんとか食べようとしたけれど、バター付きトーストに涙がぽたぽたこぼれ、ティーにたらたら流れた。時おり母さんがぼくの方を見て、それから油断のないマードストンの姉さんの方をちらっと見て、そしてそれから下を見るか、目をそらすかしているのに、ぼくは気づいていた。

「コパフィールドの坊ちゃんの旅行かばんはあそこですよ」馬車の音が門のところに聞こえると、マードストンの姉さんが言った。

ぼくはペゴティーを捜していた。けれど、いはしなかった。現われたのはペゴティーでもミスター・マードストンでもなかった。なんと、かつての顔見知りの運送屋がドアのところにいたのだった。旅行かばんは馬車のところまで運ばれ、そして積み込まれた。

「クレアラさん」マードストンの姉さんが警報発令の口調で言った。

「今、すぐですから、ジェーン義姉《ねえ》さん」母さんは言い返した。「じゃあ、さようなら、デイヴィー。おまえはおまえのために行くんですからね、さようなら。お休みには家に帰れるんですからね。そしていい子になるんですよ」

「クレアラさん」マードストンの姉さんは繰り返した。

「分かっていますとも、ジェーン義姉さん」ぼくをぎゅっと抱き締めていた母さんは答えた。「許してあげますとも、いい子ね。元気でね」

「クレアラさん」マードストンの姉さんは繰り返した。

マードストンの姉さんは親切にも馬車のところまで連れ添ってくれ、歩きながらぼくに、悲惨な末路になる前に悔い改めてほしいと言った。それからぼくは馬車に乗り込み、のろくさい馬は馬車を引いて、よたよたと旅立ったのだった。

第五章　家を追放される

半マイルも過ぎた頃だろうか、ハンカチがすっかりぐしょぐしょになっていたが、その時、運送屋が急に止まった。

何があったのか確かめようと外を見てみると、驚いたことにペゴティーが生け垣から飛び出してきて、馬車に乗り込んできたのだった。両腕にぼくを引き寄せると、コルセットの方にぎゅっと抱き締めた。押しつぶされた鼻が痛くてたまらなくなるほどだった。もっとも、後になって、触ると鼻がすごく痛かったときまでは気づかなかったことだけれど。ペゴティーは一言もしゃべらなかった。片方の腕を離すと、ポケットに肘まで手を突っ込んで、お菓子の入った紙袋をいくつか取り出し、ぼくのポケットに詰め込んだが、それと財布もぼくの手に握らせてくれた。けれど、ただの一言も口をきくことはなかった。とどめとばかりもう一回、両腕にぎゅっとぼくを抱き締めると、馬車を降り、走り去っていった。もっとも、今も、そしてあの時からもずっと思い続けてきたことだけれども、ボタンがすっかりはじき飛ばされて、ペゴティーの服にはほんの一個も残っていないまま行ってしまったのではないだろうか。あたり一面に転がっていたボタンから一個だけ拾い上げて、ぼくは長いこと記念に取っておいた。

また引き返してくるのかと問いたげに、運送屋はぼくの方を見た。首を横に振って、来ないと思う、とぼくは言った。「それじゃ、出発」運送屋はのろくさい馬に言ったが、そのとおりに馬も出発した。

この頃までには泣けるだけ泣いた後だったので、もうこれ以上泣いても無駄だと思い始めていた。特にロデリック・ランダムにしろ、英国海軍の例の船長にしろ、ぼくの記憶のかぎりでは、試練の場で泣いたためしはなかったからだ。こう決意したぼくを見て、運送屋は、ハンカチを馬の背に広げて干したらどうだいと言ってくれた。ぼくはありがとうを言い、同意したが、ハンカチは馬の背の物干しではことのほか小さく見えた。

さて、ぼくには財布の中身を調べてみようというゆとりが出来ていた。口金《くちがね》のついたごわごわした革の財布で、きらきら光るシリング銀貨が三枚入っていたが、ぼくをもっと喜ばせてやろうと、きっとペゴティーが磨き粉でぴかぴかにしたものだ。だけど何よりも貴重な中身は二枚の半クラウン銀貨で、折りたたんだ紙に入っていたが、紙には母さんの手書きで「デイヴィーへ、愛をこめて」と書いてあった。これにはすっかりお手上げ、耐えられず、どうかもう一度ハンカチを取ってもらえないだろうかと、運送屋に頼んでみたのだった。けれども、ハンカチなしで頑張った方がいいと思うよと言われ、ぼくも本当にそうだと思ったから、袖で涙を拭《ぬぐ》い、泣くのはやめにした。

これを最後に、泣くのをやめることにもなった。もっとも、思い起こせば感無量で、時どきはまだ感涙の嵐にしゃくりあげることもあったけれど。もうしばらく揺れながら進んでいったが、はるばる最後までぼくを連れていってくれるのかと運送屋に尋ねてみた。

「はるばるどこへさ」運送屋は訊いた。

「あそこだよ」ぼくは言った。

「あそこってどこさ」運送屋は訊いた。

「ロンドンの近くだよ」ぼくは言った。

「いいかい、この馬はだな」馬を指さすつもりで、手綱《たづな》をぐいっと引きながら、運送屋は言った。「その半分にも辿り着かないうちに、豚肉みたく、お陀仏しちまうよ」

「それじゃヤーマスに行くだけなんだね」ぼくは訊いた。

「まあ、そこいらあたりだな」運送屋は言った。「で、そっちに着いたら、乗合馬車に乗っけてやるさ、そうすりゃ乗合馬車があんたを連れていってくれるさ——どこへなりともな」

この運送屋にしては（ちなみに名前はミスター・バーキスといったが）、こんなによくもまあしゃべってくれたので——前の章で述べたと思うが、この人は無精でからっきし話好きじゃなかったから——ねぎらいの気持としてお菓子を勧めた。すると、ちょうどゾウのようにがぶりと一口で呑み込んだが、やっぱりゾウと同じように、そのでかい顔はうまいでもまずいでもなく無表情のままだった。

「じゃあ、さっきの女が、これ、こさえたのかい」馬車の踏み板の上に前かがみになって、ずっと身をのり出したまま、膝の上に腕をめいめい載っけて、ミスター・バーキスは言った。

「それって、ペゴティーのことかな」

「ああ」ミスター・バーキスは言った。「それそれ」

「そうだよ。お菓子も全部、それから料理も全部、作ってくれるんだよ」

「やっぱりそうか」ミスター・バーキスは言った。

口笛でも吹くつもりか、口を丸めたものの、口笛を吹くことはしなかった。何か目新しいものでも見つけたのか、馬の耳をじっと見つめていた。そしてかなり長いこと、そのまま動かなかった。やがて、運送屋はこう口を切った。

「いいやつはないよなあ」

「いいおやつって言ったかい、バーキスさん」というのも、他にもっと何か食べたくて、それで甘い物をそうはっきり指して言ったのだとぼくは思ったからだ。

「人間のやつさ」ミスター・バーキスは言った。「いい奴。一緒にデートする男はいないのか」

「ペゴティーとかい」

「ああ」運送屋は言った。「あの女とだ」

「まあ、ないよ。いい奴なんかいなかった」

「やっぱりそうだったか」ミスター・バーキスは言った。

もう一度、口笛を吹くように口を丸くしたけれども、今度も口笛を吹かずにじっと馬の耳を見つめたままだった。

「それじゃ、あの女がこさえるんだな」ずいぶん長いこと考え込んでから、ミスター・バーキスは言った。「アップル・パイを全部と、料理を全部、たしかにこさえるんだな」

たしかにそのとおりだ、とぼくは答えた。

「それじゃ、まあよく聞いてくれ」ミスター・バーキスは言った。「たぶん、あんた、あの女に手紙を書くんだろうな」

「もちろん書くよ」ぼくは答えた。

「ああ」ゆっくりとぼくの方に視線を向けながら言った。「それじゃ、手紙を書くんなら、バーキスは意欲満々だって忘れずに言い添えてくれねえか」

「バーキスは意欲満々だ、だね」ぼくは無邪気に繰り返した。「言伝《ことづて》はそれだけなの」

「うーうん」考え込んでから答えた。「うーうん、バーキスは意欲満々だ、だ」

「だけど明日にはまたブランダストンに帰るんじゃないの、バーキスさん」考えてみればぼくの方がその時には遠く離れているわけで、ちょっと口ごもりながらも、ぼくは言ってみた。「自分で言伝した方がずっといいよ」

けれども、この提案は頭をぐいと振ってはねつけ、もう一度えらく勿体ぶって「バーキスは意欲満々。これが言伝だ」と言って、頼み事の確約を取りつけてきたので、二つ返事で言伝を引き受けたのだった。その日の午後、ぼくはヤーマスの宿屋で乗合馬車を待っている間、紙とインクを手に入れて、ペゴティーへ短い手紙を書いた。それはこんな風だった。「ペゴティーさまへ。無事にここに着きました。バーキスは意欲満々です。母さんにどうかよろしく。敬具。追伸。特にペゴティーには分かってもらいたいのだそうです――バーキスは意欲満々だ、と」

筆が先走りしたが、この頼み事をぼくが引き受けると、ミスター・バーキスの方はまた徹底しただんまりに戻ってしまった。ここのところ起きたさまざまなことにすっかり疲れを覚えたぼくは、馬車の荷袋の上に横になってうとうと眠りこんだのだった。ヤーマスに着くまでぐっすりと熟睡したが、ぼくらが馬車を寄せた宿屋の中庭は、ぼくには何もかもまったく初めての見慣れないヤーマスだった。だからペゴティー一家の誰かに、おそらくちびのエミリーにさえも、会えるかもしれないなどという秘かな期待は、すぐさま捨ててしまった。

乗合馬車は中庭で、どこもかしこもぴかぴかに光らせて待ち構えていたけれども、まだ引く馬が全然見当たらなかった。だから何があり得ないといって、こんな有様を見れば、ロンドンまでこれが行くだなんてことほどあり得ないものはなかった。このことを考えたり、ミスター・バーキスが中庭の石畳の上、柱のすぐそばに置いたぼくの旅行かばん(馬車の向きを変えるために、ずっと中庭の奥に馬車を寄せに行っていたから)は、最終的にどうなるんだろうかとか、それにぼくは最終的にどうなるんだろうかとか思案していた。と、その時、鶏や大きな肉の塊が何本かぶら下がっている張出し窓から女の人が顔を出して、言った。

「お客さん、ブランダストンから来た坊やなのかしらねえ」

「ええ、そうです」ぼくは答えた。

「何て名前かしら」女の人は訊いた。

「コパフィールドです」ぼくは言った。

「じゃあ、だめね」女の人は返答した。「そういう名前の人の食事の用意は、ここじゃ受けていないもの」

「じゃあ、マードストンならどうですか」ぼくは言った。

「お客さん、マードストンの坊やなら」女の人は言った。「なんで最初は、違う名前を言ったりしたの」

どういうことかをぼくが説明すると、女の人は呼鈴《よびりん》を鳴らし、大声で呼んだ。「ウィリアム、喫茶室に案内して。」これに応えて、ウエイターが中庭の向かい側にあるキッチンから小走りにやってきて案内してくれたけれども、ぼくみたいな者を案内するだけだと分かると、すっかり驚いたようだった。

そこは、大きな地図が何枚か貼ってある、大きくて細長い部屋だった。この地図が本物の外国で、そのど真ん中に放り出されたとしても、ぼくはもうこれ以上わけの分からない気分になりようがなかった。帽子を片手に持って、ドアのすぐそばにある椅子の隅っこに腰をおろしたが、構わないのかなという気がした。そしてウエイターがわざわざぼくのためにテーブル・クロスを掛け、その上に薬味入れセットを置いたときには、ぼくは内気なもんだから、全身真っ赤になっていたに違いないと思う。

ウエイターは骨付き肉《チョップ》をいくつかと野菜を運んできてくれたが、すごく大仰なやり方でふたを取ったから、てっきりぼくは何か気を悪くさせてしまったのかと思った。だけど、ぼくのためにテーブルのところに椅子を並べて、「さあ、のっぽさん《シックス・フット》。いらっしゃい」ととてもやんわり言ってくれ、これでぼくも気持がほっと楽になったのだった。

ぼくはありがとうを言い、食卓についてはみたものの、この人が向かいに立ち、じっとこちらを見つめているなか、とりわけ目と目が合うたびに、ぼくは恥ずかしくて目も当てられないほど真っ赤になっているというのに、ナイフとフォークを巧みに操るのとか、肉汁を服にはねかさないようにするのとかは、至難の業《わざ》だった。二つ目の肉にぼくが手をつけようとしているのを見て、ウエイターは言った。

「半パイントのビールもついているんですが、今、お飲みになりますか」

ぼくはありがとうを言い、「はい」と答えた。これに応えて、ピッチャーからビールを大きなグラスへ注《そそ》ぎ、これを光の方へかざして綺麗なところを見せてくれた。

「こりゃまた」ウエイターは言った。「しこたまありますよ」

「本当にしこたまありますね」ニッコリ笑って、ぼくは答えた。というのも、この人が上機嫌なのは、ぼくには楽しくてたまらなかったからだ。目をしばたたかせ、髪の毛は総立ち、顔には一面ににきびが出来ていて、一方の手に持ったグラスを光にかざしながら、もう片方の手を腰に当て、肘を張って立っていると、それはもう人なつっこく見えたのだった。

「昨日、こちらに男性のお客さまがございましてね」ウエイターは言った――「トップソーヤという名前のでっぷりとした男性なんですが――ご存じでしょうか」

「いいや」ぼくは言った。「知らないなあ――」

AUCTION
ROBINSON
FREEHOLD
PLANTS
THE WORLD
MERCATOR'S CHART
WINES
SOUP
DIRECTORY
THEATRE
TWO GENTLEMEN VERONA
THE DEVIL TO PAY
YORKSHIRE

「半ズボンにゲートルをはき、幅広の帽子、灰色の上着、水玉のネクタイをお召しだったんですけど」ウエイターは言った。

「いいや」はにかみながら、ぼくは言った。「あいにくと――」

「そのお客さま、こちらに来られまして」グラスを透かして光を見ながら、ウエイターは言った。「このビールを注文されたんです――いやあ、どうあっても注文なさりたいと――おやめくださるよう申し上げたんですが――お飲みになると、倒れて死んでしまわれました。このビール、あのお客さまには年季が入りすぎてたんですね――やっぱり汲み出すんじゃありませんでした――ええ、そういうことなんです」

この痛ましい事件のことを聞いて、ぼくはすっかりショックを受けたので、水にしといた方がいいでしょう、と言った。

「よろしいですか」片方の目をぎゅっと閉じたまま、まだグラスを透かして光を見ていたウエイターは言った。「手前どもでは、何かを注文されてから、やめになさるというのは、どうも困るわけでして。いい気はしないわけでして。ですけれども、もしご所望とあらば、なんなら手前がお飲み致しましょうか。このビールには慣れておりますので、まあ、何事も慣れですから。顔をぐいと上に向けて、一気に流し込んでしまえば、平気の平左《へいざ》ですよ。そう致しましょうか」

飲んでも大丈夫だと思うのなら、ぼくのためにどうか飲んでください、でも大丈夫じゃないなら、絶対飲まないでください、とぼくは答えた。顔をぐいと上に向けて、一気にビールを流し込んだときには、今だから正直に言うと、亡きミスター・トップソーヤの運命の二の舞になって、絨毯《じゅうたん》の上に倒れて息絶えるのを拝むことになるのかと、ぼくはこわくてはらはらしていた。だけど、ウエイターはびくともしなかった。というか、いやむしろ、飲んでもっとぴんぴんしてきたみたいだった。

「ここにあるのは何でしょうね」ぼくの皿にフォークを載せて、ウエイターは言った。

「骨付き肉じゃないですか」

「もちろん、骨付き肉です」ぼくは言った。

「これは、これは」ウエイターは大声をあげた。「骨付き肉だったとは知りませんでした。よろしいですか、あのビールの毒を消すのに、骨付き肉はまたとない代物なんですよ。ついてると思いませんか」

そんなわけで、片手に骨付き肉の骨のところを、もう片方の手にはジャガイモを取ると、おいしそうに平らげたので、ぼくも実に大満足だった。それが済むと、骨付き肉とジャガイモをお代わりしたが、その後からさらに骨付き肉とジャガイモをもう一度お代わりしたのだった。ぼくらの食事が済んでしまうと、プディングを運んできてくれ、ぼくの前に配膳してくれたものの、何か思いめぐらしている風で、しばらくはうわの空になったようだった。

「パイはいかがですか」はっと我に返って、ウエイターは言った。

「これ、プディングですよ」ぼくは答えた。

「プディングだあ」絶叫が響いた。「いやあ、これはこれは。本当にそうですよね。何のですかな」さらに顔を近づけ、まじまじと見ながら、「まさか、バター・プディングじゃありませんでしょうね」

「いいえ、たしかにそのとおりですよ」

「いやいや、バター・プディングは」大スプーンを手に取って、ウエイターは言った。「手前の大好物でしてね。こりゃ、ついてると思いませんか。さあさあ、坊ちゃん、どっちが余計に食べるか、食べっこしてみましょうよ」

もちろん余計に食べたのはウエイターだった。一度ならず、遠慮などせずにどんどんやって、勝つんです、と励まされはしたものの、あちらさんは大スプーンなのにこちらは小スプーンだし、おまけに、あちらさんの食べ方の速さと、こちらの食べ方の速さとでは、とか、あちらさんの食欲のほどと、こちらの食欲のほどとでは、などなど、較べてみれば最初の一口から大きく水をあけられてしまっているわけで、所詮、勝つ見込みなど全然なかったのだ。思えば、これほどプディングをおいしそうに食べる人間を見たことはなかった。それに綺麗に平らげてしまっても、おいしさの余韻がまだ続いているみたいに、にんまりと笑うのだった。

実に人なつっこくて気さくな男だと分かったから、今だとばかり、ペゴティーに手紙を書くペンとインクと紙とをウエイターに頼むことにしたのだった。あっという間に調達してきてくれたばかりか、ご親切なことに、手紙を書いている間じゅう、ずっと後ろから覗き込んでいてもくれた。書き終えると、どこの学校に行くんですか、とぼくは訊かれた。

ぼくは言った。「ロンドンの近くです」ぼくに分かっていたのはこれだけだった。

「おー、こりゃこりゃ」すっかり意気消沈してしまったように、ウエイターは言った。

「それはまたお気の毒な話ですね」

「どうして」ぼくは尋ねた。

「おお、いやはや」首を横に振りながら、この男は言った。「そいつは生徒があばら骨を——二本も——へし折られたって学校のことでしょう。ほんのちっちゃな子供だったのにねえ。たしかその子は——ええと——ときにお客さん、おいくつぐらいですか」

八歳と九歳の間だと、ぼくは言った。

「そいつはぴったし同い年ですよ」この男は言った。「そっちの子があばら骨を最初にへし折られたときは、八歳六カ月で、二度目に折られたときは、八歳八カ月でしたよ。あの子にはとどめになりましたけどね」

これはありがたくない一致だという思いを自分自身にも、そしてウエイターにも隠すことができなかったから、どうしてそうなってしまったの、と訊いてみることにした。それが、答えときたら、ぼくを元気づけてくれるものじゃなかった。というのも、気の滅入る「折檻《せっかん》」の二文字だったからだ。

ちょうどいい頃合に中庭から乗合馬車のラッパを吹く音が聞こえて、それで注意もそれたため、ぼくは席を立って、財布を(ポケットから取り出したのだが)持っているんだぞという半ばはプライドと、半ばは気恥ずかしさの気持とで、おずおずと、おいくらですかと訊いた。

「便箋《びんせん》一枚分ですね」ウエイターは答えた。「お客さん、便箋を一枚、買ったことってありますか」

買ったような記憶はどうもなかった。

「高いんですよ」この男は言った。「税金のせいで。三ペンスなんです。わが国ではこんな風に課税されてしまいますからね。ウエイターの分は別なんですが、以上でございます。インクの方は気になさらないでください。それは手前がかぶりますから」

「その、どれだけウエイターさんの方としては――いやその、どれだけぼくの方が――つまりその、いくらぼくはお支払いしたものか――失礼ですが、その、ウエイターさんにいくらお支払いしたらいいんでしょうか」真っ赤になって、ぼくは口ごもりながら言った。

「これで手前に家族ってものがなくって、しかも家族が天然痘《てんねんとう》をわずらっているってこともありませんでしたら」ウエイターは言った。「滅相もない、六ペンスも頂けるものですか。老いさらばえた両親と可愛い妹を養わなくて済むんでしたら」――ここでウエイターは感きわまった――「とんでもない、びた一文、頂けるものですか。結構な役付きもあり、ここでも待遇が良ければ、頂くどころか、たとえごくわずかの額にしろお受け取り願うところですとも。ですが、手前は食べ残しでしのぐ生活をし――それに石炭の上で寝ているわけでして」――ここでウエイターは、わっと泣き出した。

ぼくはこの人の不幸な境遇が気掛かりでたまらなかった。そして九ペンスにも足りない感謝の気持では、まったく鬼のようだし、無慈悲きわまりないと感じた。そこで、例のきらきら光る三枚のシリング銀貨から、一枚張り込むことにしたが、実に低姿勢で礼を尽くしてこれを受け取ると、本物かどうか確かめようとばかり、またたく間に親指でくるくると回していたのだった。

乗合馬車の後ろから、ひょいと助け上げてもらって乗り込んでいたときのこと、ぼくが食事を全部、誰の手伝いもなく一人で平らげたんだと評判の的になっているらしいのには、ちょっとまごついてしまった。どうして分かったかというと、まず張出し窓から例の女の人が車掌に向かって、「あの子には気をつけてやってね、ジョージ、さもないと腹がはちきれちまうものね」と言っているのをふと耳にしたたし、あたりにいた使用人の女たちもわれもわれもと出てきては、傑食児童とばかりぼくを見物し、くすくす笑っていたからだった。すっかり元気を取り戻していた、わが不運な友、ウエイターさんはこの騒ぎにあわてる風もなく落ち着きはらい、みんなと一緒になって、こりゃ魂消《たまげ》たと感心していた。もしぼくが、この男はどうも怪しいと少しでも感じたとすれば、ここではいはんとある程度は気づいたのだと思う。だけど子供というものは天真爛漫《てんしんらんまん》に何でも信用するし、それに年上の人に一も二もなく信頼を寄せるものだから(ちなみに、子供がこんないいところをなくして、ませてせこさを身につけてしまうのは残念なことだ)、その時だって、あらまし本気で疑ったりはしなかったんだという気がしている。

ただ、ぼくが後部に坐っているから重くて後ろが引きずられるとか、大型の荷車に乗った方がよっぽど得策だろうにとか、濡れ衣《ぎぬ》を着せられて、御者と車掌の冗談の種にされてしまったのは、正直いって辛《つら》かった。ぼくが大食《おおぐ》らいらしいという噂は屋上席の乗客にも知れ渡り、同じように笑いさざめき立つところとなって、学校でも二人か三人分余計に金を払うのかいとか、割引してもらうの、それとも正規料金でやっていくのかいとか、その他ふざけた質問を次々にぶつけてくるのだった。だけど何よりも一番参ってしまったのは、機会が来ても、恥ずかしくて何も食べられやしないだろうし、それにあんな軽い食事の後では、一晩中お腹がぐうぐうと空《す》いてしまうだろうということだった——というのも、あわてていたものだから、宿屋にお菓子を置き忘れてしまったのだ。

果たしてぼくの懸念は現実のものとなった。夕食のため馬車が停まったときのこと、本当は食べたくて食べたくてたまらなかったくせに、勇気を奮い起こして食べることもできず、暖炉の火のそばに坐って、何も食べたくないんです、とぼくは言った。だからといってこれで物笑いの種もお役ご免になるかといえば相変らずで、というのも、酒壜《さかびん》からがぶ飲みしていないかぎり、道中ほぼずっとサンドイッチのお弁当をパクついていた、しゃがれ声で毛むくじゃらの男の人が吐《ぬ》かすには、ぼくは一回どっさり食べたらそれでしばらくは食いだめのきく大へビみたいだ、とか。もっとも、言った端《はし》からこの男、煮た牛肉に口をつけて、現に全身にぶつぶつが出てきてしまった。

午後三時にヤーマスを出発し、ロンドンには翌朝八時頃に到着する予定だった。ちょうど真夏の気候で、夕刻になると快適そのものだった。ある村を通り抜けたときのこと、家の中はどんな感じだろう、どんな人が住んでいるんだろうと独り想像をめぐらしていると、男の子が数人、馬車の後を走って追っかけてきて、後ろに乗っかって、ちょっとの間ぶら下がっていたが、この子供たちの父親は生きているんだろうか、家で幸せなんだろうかと、あれこれぼくは思わずにはいられなかった。だから、これから行く予定の学校の校風に絶えず気をとられていたほかにも——こいつはこわい憶測ばかりになったが——実は考え込むことがぼくには沢山あったのだ。思い出してみると、時どきは家のこと、そしてペゴティーのことにもっぱら意識が注がれ、それからあと先もなく滅茶苦茶にではあったけれど、そもそもミスター・マードストンに噛みつくまでは、ぼくがどういう気持でいて、どんな子だったかを、懸命に思い出してみようと意識を集中させもした。もっとも、このことにはどうしても十分に答えが出せず、噛みついたのは、はるか遠い昔のことのように思えてくるのだった。

夜半になると、夕刻ほどは心地よくなかった。一つにはひんやりもしてきたし、それに、ぼくは馬車から転げ落ちないようにと二人の男の人(毛むくじゃらの男ともう一人だ)の間にはさみこまれたのだが、二人が居眠りを始め、それであわや窒息しそうになったし、ぼくは完全に身動き一つできなくなってしまったからだった。ぼくは二人に、時おりかなり強く圧《お》しつぶされたので、「ああ、お願いですから」と声をあげないではいられなかった――ところが二人は、起こされてしまうわけだから、これにはひどくカリカリしていた。ぼくの向かい側には大層な毛皮のコートを着た年配の女の人が坐っていたけれども、暗がりだと、全身すっぽりと毛皮のコートにくるまっていたので、女の人というより、干し草の山みたいに見えるほどだった。この女の人はバスケットを持っていたが、それをどうしたものかと長いこと困っていた。そしてとうとうぼくの足が短いのに目をつけ、ぼくの足の下に突っこむことにしたのだ。これはぼくには窮屈だし、痛くてたまらなかったので、よくよくみじめな気分になる一方だった。けれど、ぴくっとでも動いて、バスケットの中のコップが何かに当たってカチカチと音を立てようものなら(そうなるのは当たり前だった)、それはもう、情け容赦などみじんもなくぼくを足で小突いて、この女《ひと》は言うのだった。「ほら、じっとしてなきゃだめじゃない。なんたって坊やの骨はしなやかなんだろうからね」

ついに太陽が昇り、わが旅の道連れたちはこれまでより楽々と眠っているようだった。一晩じゅう悪戦苦闘した寝苦しさ、そこではけ口となって出てきた強烈きわまりない喘《あえ》ぎ声といびき、これはとにかく想像を絶する。太陽が高く昇るにつれ、眠りの方は浅くなり、徐々に一人また一人と目を醒ましていった。その時のことをよく憶えているのだけれども、みんながみんな自分はまだ全然寝ちゃいないという振りをして、いや眠っていたよとの攻撃に、みんながみんな異常なまでにカッとなって、それをはねつけていたのには本当にびっくりしてしまった。どうやら、人間が持つ弱みのなかでも、生来ぼくらに共通し、何が何でも正直に認めたくない弱みというのは、(どうしてなんだか分からないけれども)乗合馬車で居眠りしてしまったということらしく、今だって、あの時と同じようにやっぱり目の当たりにするたびにいつもびっくりし、わだかまりを覚えるんだ。

　初めて遠くから眺めるロンドンは、ぼくにはああ、なんと眩《まばゆ》いばかりの都市だったろうか。ぼくの大好きな小説の主人公たちはどれもこれも、たしかにいつもそこで冒険を繰り広げているんだ。そして地上の他のどの都市よりも謎と邪悪とに満ち満ちている、とここで筆をとめ、くどくど説明する必要もないだろうが、そう心の中にぼくは漠然と思い描いていたんだ。少しずつ少しずつロンドンに近づき、そのうち到着地になっているホワイトチャペル地区の宿に着いた。これが「青牛亭」だか「青猪亭」だか忘れてしまったが、青なんとか亭で、馬車の後ろにその絵が描いてあったのは憶えている。

　車掌は降りながら、ぼくに視線を止め、出札所のドアのところで言った。

「どなたか子供の出迎えはないですか、お引き取りに来るまで留め置きの約束なんですが。名前の記載は、スッフォーク州ブルンダストンから来たマードストンになってるんですがね」

　何の反応もなかった。

「それじゃ、どうか、コパフィールドでもう一度やってみてください」うつむいて、しょげながらぼくは言った。
「どなたか子供の出迎えはないですか、お引き取りに来るまで留め置きの約束なんですが。名前の記載は、スッフォーク州ブルンダストンから来たマードストンになってるんですが、ご本人の申告じゃコパフィールドだそうです」車掌は言った。「どうですか、どなたか出迎えはないですか」

いない、誰も現われやしなかった。不安げにぼくはあたりを見渡した。けれども、この呼び掛けに、周りの人たちはみな無表情だったが、ただゲートルをはいた片目の男だけは例外で、ぼくの首の周りに首輪でもはめて、馬小屋につないどいた方がいいぜ、と言っていったのだった。

梯子《はしご》が取り付けられ、例の干し草の山みたいな女の人の後から降りることになったが、それはバスケットが片づけられるまで身動きするのを遠慮したからだった。その時には、馬車の中は空っぽで、荷物もすっかり積み出され、馬の方も荷物より先に早々と連れていかれた。さてそこで馬丁が数人、馬車の本体を邪魔にならないところへバックでごろごろと移動させていったのだった。それでも、サフォーク州ブランダストンから来たほこりまみれの子供を出迎える人は、とうとう誰も現われなかった。

人っこ一人自分を見てくれる人もなけりゃ、孤独を理解してくれる人もなかったロビンソン・クルーソーよりずっと孤独に、ぼくが出札所の中に入っていくと、仕事中の事務員に手招きされて、カウンターの奥に入り、荷物の重量を計る秤の上に腰をおろした。ここに坐って、小包み、梱包《こんぽう》荷物、それに帳簿を眺めたり、馬小屋のにおいを吸いこんだりしていると(それからというもの、馬小屋のにおいとくればこの朝のことを思い出してしまうのだ)、空恐ろしくなる難題が次から次へと列をなして、ぼくの頭の中を進軍し始めた。誰も引き取り手がない場合、いったいぼくはどれくらいならここに置いといてもらえるのかな。七シリングがなくなっちゃうまでは大丈夫なのかな。夜は他の荷物と一緒に木棚のどれかの中で寝て、朝には中庭のポンプで顔を洗わなくちゃいけないのかな。それとも毎晩、外に放り出されては、翌日出札所が開いたら、はいまた来てくださいってことで、そして引き取りに来るまで留め置きされなきゃならないのかなあ。まず真相が間違ってないとして、ぼくを捨て子にしてしまえとばかり、ミスター・マードストンがこの計画をたくらんだとすれば、さてぼくはどうしたらいいものだろう。七シリングがなくなるまでは、ここに置いといてもらえるとしても、干乾《ひぼ》しになりだしたら、もうここにいる望みはなしだ。そんなことになったらお客には迷惑千万、不快なのは目に見えてるし、しかも青なんとか亭に葬式代をおっかぶせかねない。今すぐにでも出発して、歩いて家に帰ろうとしてみても、さてどうやって道を探しあてたらいいのかな、あんな遠くまで、いったい全体どうやって歩いていけるだろう、それになんとか辿り着けたとしても、ペゴティー以外にそもそも誰が当てにできるというのかなあ、最寄りの然《しか》るべきお役所を見つけ出して、陸軍か海軍を志願したところで、ぼくはこんなにちびだから、引き受けてもらえるなんてことはまずあり得ない話だろうなあ。こういったことや、星の数ほども他のことであれこれ思案に暮れていると、思わず体が火照《ほて》ってくるし、心配と不安からめまいすら覚えた。こうしてすっかり熱に浮かされていたときのこと、一人の男の人が中に入ってきて、事務員に何やら小声で話していたが、まるで目方を計って値を付け、引き渡されて代金を支払う荷物みたいに、ぼくは秤《はかり》からひょいと降ろされ、その男の人に押しやられたのだった。

この知り合ったばかりの人と手をつないで出札所を出たが、その際ちらりと盗み見してみた。この人は頬がこけ、がりがりにやせた青白い青年だったが、ミスター・マードストンと同じくらいあごが黒々としていたものの、似ているのはここまでの話で、というのも、あごひげは剃ってあったし、髪の毛もてかてかではなくて、色褪《あ》せてパサパサだった。黒いスーツを着ていたけれども、こいつもかなり色褪せてパサパサしていたし、袖丈もズボン丈もかなりつんつるてんだった。白いネッカチーフを首に巻いていたが、清潔そうでは決してなかった。そりゃ、このネッカチーフがこの人が身につけていた唯一のシャツだったなんて、その時も今も思っちゃいないけれど、ちょっとでも見えていたか、それっぽく匂わせていたのは、どうもこれだけだった。

「君が新入生かな」この人は言った。

「はい、そうです」ぼくは言った。

ぼくはそうだろうと思ったのだ。本当のところはよく知らなかった。

「私はセーラム学園の先生をしている者です」この人は言った。

ぼくはお辞儀をしたが、すっかり威圧されてしまった。いやしくもセーラム学園の学者先生に、旅行かばんごときケチくさいもののことを口にするのは、気がひけて仕方なかったので、度胸を据えてようやくかばんのことを口にしたときには、すでに中庭を出て少し先に進んでいたのだった。旅行かばんがあれば、これから先何かと役立つかもしれません、とぼくが畏《かしこ》まって遠回しに言い、それでぼくらは引き返すことになったのだが、運送業者に指図して正午に旅行かばんを引き取りに来させるからと、先生は事務員に告げたのだった。

「すみませんが、先生」さっきとほぼ同じ地点までやってきたところで、ぼくは言った。「遠いんでしょうか」

「ブラックヒースのそばです」先生は言った。

「で、そこは遠いんでしょうか」おずおずとぼくは尋ねた。

「かなりありますね」先生は言った。「乗合馬車で行きましょう。六マイルくらいですね」

ぼくはふらふらし、疲れきっていたので、もう六マイル我慢するだなんて、とてもかなわなかった。そこで勇気を奮い起こして、一晩じゅう何も口にしなかったから、何か食べるものを買わせてもらえたら大変ありがたいのですが、とぼくは言ってみた。先生は、これには驚いた様子だった——立ち止まって今度はぼくをじっと見つめていたのだから——そしてちょっとのあいだ思案をめぐらして、それじゃ、さほど遠くないところに住んでいる年寄りのところに立ち寄ってみようか、そしてパンか、あるいは君が一番好きなもので体にいいものなら何でもいいから買ってって、おばあさんの家で朝食をとるのが一番いいだろう、そこなら牛乳も出してもらえるだろうから、と言ってくれたのだった。

そこでぼくらはパン屋のウィンドウを覗き込んだ。この店の胆汁症にでもなりそうな食べ物を、片っぱしからあれも買いたい、これも買いたいとぼくが言っても、どれもこれも一つ一つこの先生にだめだと却下され、結局三ペンスのちょうど手頃な黒パンをぼくらは選ぶことになった。それから食料雑貨屋で、卵一個と縞々のベーコン一切れを買ったが、二枚目のぴかぴか光るシリング銀貨を出しても、まだお釣りがどっさりあるようにぼくには思え、ロンドンってのはずいぶん物価が安いんだなあと感心した。食料を買い込むと、それでなくても疲労困憊《こんぱい》のぼくの頭の中を言いようのないほど攪乱させる、つんざくような騒音と喧噪を縫って先へ進み、たぶんロンドン・ブリッジとおぼしき橋を渡って(実際そう教えられた気もするけれど、半分ぼくは眠っていた)、とうとうおばあさんの家に着いた。そこは救貧院の一部になっていて、これは外観からも、貧しい二十五名の女性のために建てられた、という門の上の石に刻まれた銘からも、分かったことだ。

セーラム学園の先生は、わきに菱形の小窓がつき、さらに上の方にももう一つ菱形の小窓のついた、みなまったく同一の小さな黒いドアがずらり並んだなかから、あるドアの掛け金を上げ、小さな住まいへ入っていったが、おばあさんは、ふうふうと火を吹いて、深鍋を煮立たせようとしているところだった。先生が入ってくるのを見て、手を休め、ふいごを膝の上に置き、何か言ったが、ぼくには「チャーリーや」と聞こえたように思ったけれど、ぼくも続けて入ってくるのを見ると立ち上がって、そして両手をこすり合わせて、あわてふためきながらもお辞儀らしきものをした。

「どうかな、この坊やに朝食を作ってもらえませんか」セーラム学園の先生は言った。

「あたしがかい」おばあさんは言った。「ああ、いいよ。してあげますとも」

「フィビットソンさんは、今日、調子はどうなの」暖炉のそばの大きな椅子に坐っている別のおばあさんの方を見て、先生は言った。こっちのおばあさんは何枚も何枚も服を羽織っていたので、間違ってこのおばあさんの上にぼくが腰掛けたりせずにすんだことを、今の今まで助かったと思っている。

「ええ、あの人は調子がよくないんですよ」最初の方のおばあさんが言った。「今日は具合が悪いんですよ。心《しん》からあたし思ってるんですけどね、ひょっとして暖炉の火が絶えでもしたら、あの人も一緒に絶えちまって、もう二度と意識が戻らないんじゃないかってね」

二人がこのおばあさんの方を見たから、ぼくも見ることにした。暖かい日だったけれど、このおばあさんは暖炉の火のことしか頭にないようだった。ぼくが思うに、火にかけてある深鍋までやっかんでいるようだったし、それに暖炉の火が、ぼくの卵を茹《ゆ》で、ベーコンを焼くお役目に強制徴用されたのにだって大憤慨していたことが分かる節《ふし》がある。だってこの調理の真っ最中、しかも他に誰も見ていないとき、このおばあさんが一度こちらをめがけてげんこつを振り回してきたのを見て、思わずぼくはたじろいでしまったからだ。太陽の光が小さな窓に射しこんでいたが、おばあさんは自分の背と大きな椅子の背とをそれに向けて坐り、暖炉の火で自分が暖まろうとするのではなくて、火のい、方を念入りに暖めてやろうとでもするかのように、火を匿《かくま》って不安を募らせながら見張っていた。ぼくの朝食の準備がととのい、火を放免してやると、おばあさんはすっかり上機嫌になって声をあげて笑った――ちなみに、それはひどく調子っぱずれな笑い声だった。

ぼくは黒パンと卵とベーコンの薄切り、それに盥《たらい》ほどもたっぷりある牛乳、という食卓につき、とびきりおいしい食事をした。まだ舌つづみを打っている最中に、家の主《あるじ》のおばあさんが先生に言った。

「フルート、持ってきているのかい」

「ええ」先生は答えた。

「吹いてちょうだいな」おばあさんはせがむように言った。「ねえ、お願い」

これを受けて、先生は上着の裾《すそ》から手を突っこんで、三つばらばらになっているフルートを取り出し、これを回してはめ込むと、すぐさま演奏し始めたのだった。ぼくの感想はと言えば、長い年月、時間をかけてよく考えてみたところで、これほど下手くそに楽器を鳴らす人間など決していやしないってことだ。いったい全体どうやって出すもんだか、天然のものであれ、人工のものであれ、ぼくがこれまで耳にしたなかで、これほどどうしようもなく惨憺《さんたん》たる音を立てたものはなかった。何の曲だったのかは分からない――いやしくもこの演奏に、曲などというそんな洒落たものがあったとしての話だけれども、ぼくにはとうてい信じられないが――、だけど一生懸命聴こうとしたおかげで、まず第一に悲しくてたまらなかったことをあれこれ全部思い出し、それは涙がこみあげてくるのをこらえられなくなるほどだったし、ついでに食欲が綺麗さっぱり退《ひ》いていってしまったし、最後には目を開けていられないほど睡魔に襲われたのだった。記憶が蘇るたびに、まぶたは落ち、こっくりこっくりが始まる。扉のない隅戸棚や四角い背の椅

子、二階に通じる角張った狭い階段と、暖炉の上には三枚のクジャクの羽根が飾ってある小さな部屋は——初めて部屋の中に入ったとき、あのクジャクは、もし自分の華飾にどういう定めが待ち受けているのかが分かっていたら、何を思っただろうと考えたのを思い出すが——ぼくの前から姿を消し、こっくりこっくりとしてぼくは熟睡してしまう。フルートの音色も聞こえなくなり、かわりに馬車の車輪のガタガタいう音が聞こえ、ぼくは旅の空にあるのだった。馬車がガクンと大きく揺れ、ぎくっとして目が醒めると、またフルートの音色が耳に戻ってきて、セーラム学園の先生は足を組んで坐り、情けなく吹き続けているのだが、家の主《あるじ》のおばあさんといえば、そりゃ嬉々としてこれを眺めているのだ。今度はおばあさんの姿が消え、先生が消え、何もかもが消えていく。そしてフルートもない、先生もない、セーラム学園もない、デイヴィッド・コパフィールドもない、あるのはただ深い眠りだけとなる。

ぼくは夢を見ていたんだと思う。それはつまり、先生がこの惨憺たるフルートに没我していたときのこと、この家の主《あるじ》のおばあさんがうっとりと感に堪えたあまり、だんだんと近づいていって、とうとう一度など、先生の椅子の背から身をもたせかけ、首を愛情いっぱいにぎゅっと抱き締めたため、先生は一瞬フルートの手を止めることになったのだった。これは、ぼくが夢かうつつかのちょうど狭間《はざま》か、そのちょっと後に起きたことだった。というのも、再び先生が吹き始めると――ってことは、フルートの手を止めたのは正真正銘の事実だったんだ――このおばあさんがミセス・フィビットソンに、うまいかい(フルートのことだが)と訊いたのをぼくは見聞きしていたけれども、それにミセス・フィビットソンが「ああ、うん、そうだね」と答え、火に向かってうなずいていたから、演奏がよかったのは、さすが火のお手柄、お手柄と思っていたに違いない。

どうも長いことうとうとしていたらしい間に、セーラム学園の先生は、フルートを回してはずし、三つばらばらに戻して、以前と同じところにしまい込むと、ぼくを連れ出した。乗合馬車はすぐ近くに見つかって、屋上席へと乗り込んだ。だけどぼくは死ぬほど眠かったものだから、馬車が次に人を乗せるのに途中で停車したときには、乗客のいない車内座席に移してもらい、そこでぼくはこんこんと眠り続け、気がついたときには、乗合馬車は青々とした緑の葉の合間をすり抜けながら、険しい丘の小道をのぼっていたのだった。じきに馬車は止まり、目的地に到着した。

ほんの少しぼくら――先生とぼくのことだが――は歩くと、セーラム学園に着いた。そこは高いれんが塀《べい》をめぐらし、なんだかちっともぱっとしなかった。塀の出入口の上にはセーラム学園の表札がかかっていた。呼鈴を鳴らすと、この鉄格子の戸の隙間からむっつり顔にじろりと見られたが、戸口を開けたときにぼくが見たこの男は、首はずんぐりとし、義足で、こめかみは出っ張り、髪を生《は》えぎわで全部短く綺麗に刈り揃えた、でっぷりとした人間だと分かった。

「新入生なんですよ」先生は言った。

義足の男は全身隈《くま》なくぼくをじろじろ見て——さして時間はとらなかった、なにしろたいして見るところもないから——そして戸に錠をおろして鍵を抜き取った。暗く深々と茂った樹木の間を抜けて校舎へと進んでいくと、その男が案内役の先生に向かって声をかけたのだった。

「あのう」

ぼくらが振り返ると、住み込みの小さな門衛住宅のところに、ブーツを片手に持ってこの男はたたずんでいたのだった。

「あのう、靴の修理屋が来たんです」男は言った。「メル先生はお留守でしたよね、そいで修理屋が言うには、もう修理はできないそうです。元のブーツの痕跡がまるっきり残っていないって言うんでさ。先生、本当に直したいと思ってるんだか怪しいもんだって言いやがるんでね」

こう言い放つと、ブーツをメル先生の方にひょいと投げてよこし、そこで先生は二、三歩後戻りして拾い上げ、ぼくと一緒に先へ進みながら、（やけに切なさそうだったが）ブーツをじっと見つめていた。その時になって初めて、先生が今はいてるブーツの方も、同じくはけたもんじゃない代物だし、蕾《つぼみ》がほころぶみたいに、靴下にも穴が一カ所ぱかっと開いているのに気づいた。

セーラム学園は翼を突き出した箱型のれんが造りの建物で、飾り一つないがらんとした外観だった。あたりの雰囲気は水を打ったような静けさだったので、生徒たちは外出中なんですかと、メル先生に言ってみた。ところが、今は休暇中なのをぼくが知らなかったことに、先生はびっくりしたようだった。生徒たちはめいめいの家に帰省していること、経営者のクリークル校長先生も奥さんとお嬢さんとともに海岸へ行っていること、素行不良の罰としてぼくが休暇中に連れてこられたことなど、何もかも歩きながら、ぼくに説明してくれたのだった。

連れられて入った教室をつくづく眺め回してみたが、これまで目にしたもののなかで一番わびしく殺伐《さつばつ》としたところだった。今でも目に浮かんでくる。三列にずらっと並んだ机と長椅子が六つある細長い教室で、帽子と石板をひっ掛ける釘《くぎ》があたり一面に打ってあった。汚い床には古びた習字帳や練習問題帳の紙切れが散らばっている。机の上では同じく紙切れで作った蚕《かいこ》の家が散乱している。ちっちゃな白いネズミがみじめに二匹、ご主人さまに見捨てられて、何か食べ物はないかと血眼《ちまなこ》になって隅から隅まで捜しながら、厚紙と針金で作ったかび臭い城の中を行ったり来たり走り回っている。鳥が一羽、自分よりほんのちょっと大きいだけの窮屈な鳥籠に入れられ、高さ二インチにある止まり木に、時どき飛びのるか飛び下りるかしながら、哀れにバタバタと音を立てはするものの、さえずることも、チュッチュッと鳴くこともできないでいる。教室には、たとえば白かびの生えたコール天のズボンだとか、蒸《む》れたリンゴだとか、湿気《しけ》った本だとかのような、思わず気分が悪くなる変わったにおいが立ちこめていた。ここのインクのしみと言ったら、校舎を建てたいっとう最初から屋根がなくて、四季折々を通じて空から雨や雪や雹《ひょう》や風となってインクが降り放題降り注いだとしたって、これほど教室にインクがはね返りはしなかっただろう。

修理の見込みのないブーツを置きに、メル先生が二階に行っている間、とり残されたぼくはのろのろと奥の方へ進み、そろそろと歩きながら一部始終を事細かに観察していた。と不意に、机の上に載っかっていた厚紙のプラカードに出くわしたが、綺麗な筆づかいでこんな言葉が書いてあった。「猛獣に注意。嚙みつきます」

すぐさまぼくは机の上に上がった。とにかく下に潜むでっかい猛犬を用心してのことだった。だけど、心配の目を光らせてあたりを見回したものの、猛犬は全然見当たらなかった。それでも、あたりをじっと見守り続けていると、メル先生が戻ってきて、そんなところで何をやっているんだい、と尋ねた。

「申し訳ありません、先生」ぼくは言った。「実は、犬を捜しているところなんですが」

「犬だって」先生は言った。「何の犬のこと」

「あれは犬のことじゃないんですか、先生」

「何が犬のことじゃないかって？」

「ほら、注意しろって、嚙みますってやつです」

「そうじゃないさ、コパフィールド」難しい顔をして先生は言った。「犬のことじゃないんだよ。生徒のことなんだ。実は君の背中にこのプラカードをつけなさいと命じられていてね、コパフィールド。端《はな》っから君にこんなことしなきゃならんのは気の毒なんだが、命令なもんでね」

こう言いながら、ぼくを机から降ろしてくれ、リュックサックみたいにこいつを両肩にしっかりと結《ゆ》わえてくれたが、うまいことこの目的にぴったり合うようにこさえてあった。そしてその後は、こんな慰めもないものだが、ぼくはどこへ行くにもプラカードをつけたままだった。

このプラカードでぼくが何に一番苦しんだか、誰にも想像できっこない。人に見られようが見られまいが、誰かにこいつを読まれているという思いに四六時中さいなまれていた。いざ振り返って、そこに誰もいなくたって、やれ一安心なんてことは全然なかった。というのも、どっちに背を向けてみても、いつもそこに誰か人の気配を感じてならなかったからだ。それに義足のあの残忍な男も、ぼくの苦しみをいっそう煽《あお》っていった。よりによってあんな男が権力を握っており、ぼくが木や塀や校舎に寄りかかっているのを見かけようものなら、ばかでかい声で門衛住宅の戸口のところから叫ぶのだった。「おい、君。コパフィールド。勲章は目立つところに見せろよな。さもないと言いつけてやるぞ。」運動場はがらんとした砂利を敷きつめた中庭で、校舎の裏手と別棟の家事室の双方からまる見えだった。だから使用人もこれを読んだし、肉屋も読んだし、パン屋も読んだ。要するに、運動場を歩くようにと命じられていた午前中なら、校舎に出入りするすべての人間が、「猛獣に注意。噛みつきます」というのを読んでいるのをぼくは承知していた。噛みつく、いわば猛獣小僧として、自分自身のことがはっきりこわくなり始めたのを、ぼくは憶えている。

　この運動場には古びたドアがあって、生徒たちはこれに自分の名前を刻みつける習慣があった。ドア一面が隙間なくそういう名前の落書きだらけになっていた。休暇が終わって、みんなが戻ってきたらという不安から、生徒一人一人の名前を読んでいると、必ず、この子はいったいどんな調子でどんな風に声を強めて「猛獣に注意。噛みつきます」を読みあげるのかなあと、頭をひねらずにはいられなかった。J・スティアフォースとかいう生徒がいて、名前をやけに深く、しかも何度も何度もあちこちに刻みつけており、きっとこいつはかなり太い声で読みあげては、次にはぼくの髪の毛をぐいっと引っぱりやがるんだろうなあと、思いめぐらしていた。トミー・トラドルズとかいう生徒もいたが、こいつはぼくを馬鹿にしときながら、ぼくのことをさもおっかないって振りをしやがるんじゃないかと不安だった。三番手にはジョージ・デンプルとかいうのがあったが、こいつは節《ふし》をつけて歌って茶化しやがるんだろうなあという気がした。縮みあがってぼくはドアを見つめていたが、とうとうこの名前の持ち主たちが全員――当時学校には生徒が四十五名いるとメル先生は言っていたが——満場一致でぼくを村八分にして、しかもめいめい好き勝手に、「猛獣に注意。嚙みつきます」と大声を張りあげるように思えたのだった。

このことは教室の机や長椅子でも同じだった。自分のベッドへ行く途中や、中に入ってから覗き見る、ずらりと並んだ人気《ひとけ》のない空《から》のベッドでも同じことだった。来る夜も来る夜も夢を見ていたのを思い出す。それは、昔のように母さんと一緒にいたり、ミスター・ペゴティーの家《うち》の一家団欒《だんらん》に加わったり、乗合馬車の屋上席で旅をしたり、つきのないわが友、ウエイターさんともう一度食事をしているところの夢なのだけれども、不運にもぼくが小さな寝間着と例のプラカードしか身にまとっていないのがばれてしまうと、夢の途中でみんなはぼくに叫び声を張りあげるか、目をまん丸くしてじっとぼくを見据えるか、という結末になってしまうのだった。

日常生活が単調なのと、それに学校はいずれ再開するんだという絶えざる不安の中で、心の苦しみはとうてい耐えられるものではなかった。毎日メル先生と課題の勉強を長いことしたけれども、マードストン姉弟もここにはいなかったから、ちゃんと勉強ができたし、へまもせずにやり通せた。勉強に入る前と済んだ後に、ぼくはあちこち歩き回った——前に書いたように、義足の男に監視されてのことだが。じめじめ湿っぽい校舎の周り、校庭のひびの入った緑色の敷石、水漏れする古びた桶、それに、雨が降れば他の木より余計に雫《しずく》がぽたぽた滴《したた》るだろうし、日が照れば照ったで風がそよとも吹き抜けなさそうに見える、うす気味悪い何本かの木のすっかり変色した幹のことなど、実に鮮やかにぼくは思い出すんだ。一時になると、メル先生とぼくは、松材のテーブルがずらりと並び、脂肪のにおいが立ちこめる細長くてがらんとした食堂の一番奥で食事をした。それからさらに勉強は続き、やがてティーの時間になると、メル先生は青いティーカップで、ぼくは錫《すず》のカップでティーを飲むのだった。一日中、そして夜の七時か八時まで、メル先生は教室の自分の教壇の机に向かって、ペンとインクと定規と帳簿と筆記用紙で、せっせと仕事に打ちこみ、半年分の請求書を(後で分かったことだが)作成していたのだった。夜寝るために身の回りの物を片づけてしまうと、やおらフルートを取り出してこれを吹き出すのだが、興に乗るにつれ、だんだんと体全体がフルートの一番上の大きな穴の中に吹き込まれては、キーのところからまるでじくじくと外にしみ出てくるように、ぼくには思えたのだった。

仄《ほの》かな明りの灯《とも》る部屋で頬杖をついて坐ったまま、メル先生の憂いに沈んだフルートの調べに耳を傾けながら、明日の勉強の予習をしている幼い自分の姿がまぶたに焼きついている。それから本を閉じはしたものの、やはりメル先生の憂いに沈んだフルートの調べに耳を傾けたまま、その音の中から、家でいろいろあったことやヤーマスの荒野に吹く風の音などに耳を澄まし、すると悲しくて淋しくてたまらなくなった自分の姿、これもまぶたに焼きついている。床につくのに空き部屋をいくつも通り、二階に上がっていき、ペゴティーからは慰めの言葉をかけてもらいたくて、ベッドのわきに泣きながら坐りこんでいた自分の姿も、まぶたに焼きついている。朝になると階下に降りていくが、階段の窓ガラスが長く気味悪く割れたところから、屋根に風見鶏のついた別棟の天辺《てっぺん》に吊るしてある学校の鐘が見え、やがてこの鐘が、J・スティアフォースや他の生徒に授業開始を告げるときがやってくるんだと思うとびくびく怯《おび》えるのだけれども、あれこれ不吉な予感を覚えるなかでも、やがて義足の男が錆《さ》びた門を開けて、あのおっかないクリークル校長先生を中に入れるときが来るんだという恐怖に較べれば、こんなものは物の数ではなかったが、そういう自分の姿もまた、まぶたに焼きついている。こういう点のどこを見ても、ぼくが危険な人間だとは絶対に考えられないけれど、ぼくの背中には相も変らず警告のプラカードがその間ずっとぶら下がったままだったのだ。

メル先生はぼくにあまり話しかけなかったけど、決して厳しく当たるということはなかった。別に話さなくても、お互いに気が合っていたと思う。言い忘れていたけれども、先生は時どき独り言をいったり、にんまり笑ったり、こぶしを堅く握りしめたり、歯をひんむいてみたり、何がどうしてしまったのか髪の毛をかきむしったりもした。しかし先生にはいろいろ奇妙な癖があったから、じきに慣れはしたものの、正直、最初はこわかった。

第六章　交友の輪が広がる

ぼくは一カ月くらいこんな日々を過ごしていた。と、義足の男がバケツとモップを持ってあちこちドシンドシンと歩き始めた。そこでクリークル校長先生と生徒たちを迎える準備をしているんだろうとぼくは推測した。当たりだった。というのも、このモップがじきに教室に入ってくることになり、メル先生とぼくは追い出されたからだった。ぼくらは、数日間というもの、かろうじて住めそうなところを見つけて住み、なんとかやっていったのだけれど、その間、以前にはめったに見かけたこともない二、三人の若い女の人たちの邪魔に絶えずなっていたし、ずっとほこりをかぶり放題かぶっていたから、セーラム学園が巨大な嗅ぎ煙草《たばこ》入れででもあるかのように、ぼくはくしゃみをしっぱなしだった。

ある日のこと、メル先生に、その日の夕刻にクリークル校長先生が帰ってこられる、とぼくは言われた。ティーを済ませた夕方、ぼくは、校長先生がいよいよ帰ってきたことを聞いた。床につく前に、ぼくは義足の男に連れられて、クリークル校長先生にお目にかかることになった。

校舎の中のクリークル校長先生の住まいの部分は、ぼくらのよりはるかに居心地がよかったし、一こぶであれ二こぶであれラクダでもないかぎり、くつろぐことなんかできそうにない、いわばミニチュア版の砂漠みたいなほこりっぽい運動場を目にした後では、実に気持よく見える小ぢんまりした庭もあった。びくびく震えながらも、クリークル校長先生にご挨拶に出向く通りすがりの廊下が、いや実に心地よさそうだなあと気づきもしたのは、ぼくとしては肝がすわっていたんだろう。部屋に通されると、すっかりぼくはあがってしまったので、クリークル校長先生の奥さんもお嬢さんも他の何もかもがほとんど見えなかった(二人とも居間にちゃんといたのだ)。ただ一人、わきに酒壜と大きなグラスを置いて肘掛け椅子に収まり、胸に懐中時計の鎖と印章の束をぶら下げた、でっぷりとしたクリークル校長先生の姿だけは見えていたが。

「そうか」クリークル校長先生は言った。「この子が、歯にやすりをかけて削らなきゃならん生徒なんだね。後ろを向かせなさい」

義足の男はプラカードを見せるためにぼくを後ろ向きにさせた。そして隅々までこれを眺める時間をたっぷり取ってから、もう一度クリークル校長先生と顔が合うように前を向かせ、自分はクリークル校長先生の横に陣取った。クリークル校長先生の顔は真っ赤っかで、小さな目は顔の奥の方にくぼんでいた。額には太い血管が浮き出て、鼻は小ぶり、そして大きなあごをしていた。頭の天辺《てっぺん》と後頭部は禿げていたが、灰色になりかかったわずか数本の濡れたような細い髪の毛を、左右のこめかみのあたりから櫛《くし》でなでつけてあり、両側からの髪の毛が頭の前方のちょうど真ん中で交差し合っていた。けれどもぼくが一番印象的だと思ったのは、この人には声を発するということがなくて、ぼそぼそと低くつぶやくことだった。しゃべるのにエネルギーを使い果たすためか、この消え入りそうな話し方が自分でも気になって仕方ないからなのか、話しだすと、怒ったような顔はますますぷりぷりと怒った顔つきになるし、太い血管もますます太く浮き上がってくるので、いま振り返ってみて、この風変りな特徴がこの人の一番印象的なものとしてぼくの目に映ったのは、不思議ではない。

「さて」クリークル校長先生は言った。「この子の評判はどうなんだね」

「今のところ、好ましからぬことはまだ何も」義足の男は答えた。「そもそも、そういう折がまだないわけでして」

　クリークル校長先生はがっかりしたようだった。もっとも、クリークル校長先生の奥さんとお嬢さんは(その時になって初めてぼくはそちらにちらりと目をやったが、二人ともやせて、おし黙っていた)、がっかりしたようでもなかった。

「こっちに来なさい、さあ」ぼくに手招きしながら、クリークル校長先生は言った。

「こっちに来るんだ」手招きまでそっくり繰り返して、義足の男は言った。

「わしは君のお義父《とう》さんを存じ上げておる」ぼくの耳を摑《つか》んで、クリークル校長先生はぼそぼそとつぶやいた。「実に立派な男だ、それに物に動じもせん。君のお義父さんはわしのことを知っておられるし、わしもお義父さんを存じ上げておるんだ。君はわしのことを知っとるかね、おい」クリークル校長先生はふざけ半分にも、やけに荒っぽく、ぼくの耳をつねりながら言った。

「いえ、まだです、先生」痛くって縮みあがりながら、ぼくは言った。

「「いえ、まだです」だと、おい」クリークル校長先生は繰り返して言った。「だが、そのうちに分かるだろう、おい」

「そのうちに分かるだろう、おい」義足の男は繰り返した。後になって、この男がふだん太い声で、生徒にクリークル校長先生のスピーカーの役目を務めていることにぼくは気づいた。

こわくてたまらなくなったので、どうかそのうち存じ上げますように、とぼくは言ったが、この間ずっと耳がかっかと火照《ほて》っていた。それほどぎゅっとつねられたのだった。「教えてやろう、わしが何者かをな」クリークル校長先生はぼそぼそとつぶやいたが、とうとう耳を離してもらえたときには思わず目に涙が浮かぶほど、止《とど》めとばかり思いっきりぐいっと捻《ね》じり上げたのだった。「わしは韃靼《だったん》人さながら凶暴なんだ」

「韃靼人さながらだ」義足の男は言った。

「いったんわしがやると言ったら、必ずやる」クリークル校長先生は言った。「いったんわしがやらせると言ったら、必ずやらせてしまうんだ」

「――いったんやらせると言ったら、必ずやらせてしまうんだ」義足の男は繰り返した。

「わしは断固とした人間だ」クリークル校長先生は言った。「それがわしってもんだ。義務は貫く。それがわしってもんだから。わしの肉親が」――ここでクリークル校長先生は奥さんの方に目をやったが――「わしにそむくことがあれば、もはや肉親ではない。わしは切り捨てる。ところであの男は」――義足の男の方を向いて――「またここにやってきたか」

「いいえ」が答えだった。

「そうか、来んか」クリークル校長先生は言った。「あの男も分からんほど馬鹿じゃあるまい。わしのことを分かっておるんだ。近づけてはならん。近づけてはならん、と言っておるんだぞ」クリークル校長先生は手でテーブルをどんと叩いて、校長先生の奥さんの方を見つめながら言った。「あの男はわしのことを分かっておるからな。さてと、君にもわしのことが分かり始めたようだから、もう行ってよろしい。おい、この子を連れていきなさい」

行っていいと命ぜられて、ぼくはうれしくてたまらなかった。というのも、クリークル校長先生の奥さんもお嬢さんも目頭を拭《ぬぐ》っており、ぼく自身のことで、というばかりでなく、二人のことでも、なんだかそこに居づらかったからだ。けれども、ぼくにとっては逼迫《ひっぱく》した、ぜひとも訴えたいことが胸につかえていたので、自分の勇気に思わず首を傾《かし》げたくもなるけれども、ぼくはこう言わないではいられなかった。

「先生、どうか――」

クリークル校長先生はぼそぼそとつぶやいた。「おや、何だね」そして跡形もなくぼくを焼き払ってしまおうとでもいうかのような視線をぼくに注いだ。

「どうか、先生」ぼくは口ごもった。「あの、なんとか(自分がしでかしたことは本当にすまなかったと思っています、先生)、他の生徒が帰ってくる前に、この文句ははずさせていただけないものかと――」

大真面目だったのか、それともぼくをこわがらすためだけのものだったのか、今も分からないけれど、クリークル校長先生は急にぱっと椅子から跳びあがったのだが、その前にぼくは、義足の男の護衛を待つ間もなく、大あわてに逃げ出し、自分の寝室に着くまで一目散に駆けっぱなしだった。追っかけられていないと分かると、寝る時間だったからベッドに入りはしたものの、二、三時間ぶるぶる震えが止まらなかった。

翌朝にはシャープ先生が帰ってきた。シャープ先生は主任の先生で、メル先生よりえらいのだった。メル先生は生徒たちと食事をしたが、シャープ先生はクリークル校長先生の食卓で正餐《せいさん》も夜食も食べていた。先生はぼくが思うに、なよなよとしたきゃしゃな感じの人で、立派な鼻をしており、頭が少しばかり重たすぎるのか、いつも首を片側に傾げていた。髪の毛はいやに光沢があって、ウェーヴがかかっていたが、一番最初に帰ってきた奴が、あれは鬘《かつら》で(そいつ、、、によれば、中古だそうだ)、シャープ先生は土曜日の午後になると決まって、鬘にカール鏝《ごて》を当てに外出するんだと教えてくれた。

　このとっておきのネタをくれたのは、誰あろうトミー・トラドルズだった。戻ってきた一番乗りがこいつだった。例のドアの右隅、天辺の閂《かんぬき》の上に刻んであるのがぼくの名前さ、と言って自己紹介したのだった。それに「じゃあ、トラドルズだね」とぼくが言うと、「そのとおり」と答え、それからぼくや家族のことを根掘り葉掘り訊き出すのだった。

　トラドルズが一番乗りだったのは、ぼくには都合のいいことだった。トラドルズはこのプラカードがすっかり気に入って、生徒たちが帰ってくるたびに大きい子にも小さい子にも、着くと真っ先に、「ほら、見てみろよ。こいつぁ、面白いね」とこんな風に口火を切って、ぼくのお披露目をしてくれ、ばらしても隠してもどっちみちなめる、気まずい思いをしないで済むようにしてくれた。またしても都合がいいことに、生徒たちはほとんど、憂鬱《ゆううつ》な気持で帰ってきていた。だから予想していたほど、ぼくをだしに大騒ぎすることはなかった。そりゃたしかに、なかには野蛮なインディアンみたいにぼくの周りを踊り騒いだ者もいたし、連中の大半はぼくのことを犬扱いして、噛みつかないようにポンポンと叩いてみたり、なでてみたりしながら、「さあ、伏せ」と言ったり、猛犬と呼んで、からかわずにはいられなかった。これは、大勢の見知らぬ人の中でのことだから、ぼくは当然まごつくし、涙を流すこともあるにはあったけれども、だいたいのところ、予期していたのよりはずっとましだった。

それでもJ・スティアフォースのご到着まで、ぼくが学園に正式に迎え入れられたというわけではなかった。物知り博士という評判で、とびきりハンサム、ぼくより少なくとも六歳は年上だというこの生徒の前に、治安判事の前に引き出されるように、ぼくは連れていかれた。運動場の物置の中で、ぼくの刑罰を一部始終あれこれ取り調べしてから、それは「まったくとんでもない話」だねと、うれしそうに感想を述べた。そしてこれ以降ずっと、ぼくは子分になってしまったのだ。

「いくら金を持ってるんだい、コパフィールド」ぼくと並んで歩きながら、こう訊くことでぼくの問題に切りをつけてしまうと、スティアフォースは言った。

七シリングあります、とぼくは答えた。

「管理してやるから、おれに預けなよ」スティアフォースは言った。「なんなら、少なくともそういう道があるってことさ。気が進まないんなら、別にいいんだぜ」

この親切な申し出に一も二もなく従って、ぼくはペゴティーの財布を開けると、あちらの手の中に、さかさまにひっくり返してすっかり差し出したのだった。

「今、何か使う金はいらないのかい」ぼくに尋ねてきた。

「いいえ、いらないです」ぼくは答えた。

「いいかい、なんなら、そういう道もあるんだよ」スティアフォースは言った。「さあ、言ってごらん」

「いいえ、いらないです」ぼくは繰り返した。

「たぶん、じきに二階《うえ》の寝室で、スグリの酒をちびちびやるのに、二、三シリング入用になるさ」スティアフォースは言った。「たしか、おれと同じ寝室のようだからな」

こんなこと、これまで一度だって絶対に思いついたこともないのに、ええ、ぜひそうしたいですね、とぼくは言った。

「うん、それでいい」スティアフォースは言った。

「アーモンドケーキにもう一シリングくらいは入り用なんじゃないのかい」スティアフォースは言った。

ぼくは、ええ、ぜひ、それもいいですね、と言った。

「それから、クッキーと果物に、もう一シリングくらいずつ入り用なんだろう、どうだ、おい」スティアフォースは言った。「これはこれは、コパフィールド君、なかなか豪勢なもんだね」

あちらがにんまり笑ったから、こちらもにんまり笑いはしたものの、内心少しばかり不安でもあった。

「さてと」スティアフォースは言った。「できるだけうまくやりくりしなくちゃだめだな、なに、それだけのことさ。君のためにできるだけのことはしてやるからな。おれならいつでも自由に外出できるから、くすねた食い物を差し入れしてやろうじゃないか」こう言って、金をポケットにしまい込むと、心配ご無用だよ、万事うまくいくようにちゃんと預かっといてやるから、と親切にぼくに言葉をかけてくれた。

万事うまくいくようにってことでなら、たしかに約束をきちんと守る男だったが、実のところ万事うまくいくどころか、ほとんど裏目に出るのではなかろうかと内心不安で冷や冷やものだった——というのも、せっかくの母さんの半クラウン銀貨二枚をどぶに捨てたことになりはしまいかと気が気でなかったからだ——、もっとも、くるんでいた紙だけはしまっておいたから、これはせめてもの倹約ってもんだった。ぼくらが二階の寝床に行くと、スティアフォースはたっぷり七シリング相当分のご馳走を出して、月明りに照らされたぼくのベッドの上にこれを広げてくれると、こう言った。

「さあ、どうぞ、コパフィールド君、王室御用達《ごようたし》の豪華版のご馳走だぜ」

こんな年端《としは》もゆかず、しかも隣にはこの男が陣取っていては、ぼくにはとても饗宴《きょうえん》の主人役を務めるなんて思いもよらぬことで、こう考えただけで手がガタガタ震えた。お願いですから主人役を代わってくださいと頼み、同じ部屋にいた他の生徒たちもみんなで口添えしてくれたので、スティアフォースはこれに応じ、ぼくの枕の上に腰をおろすと、ご馳走を一同に回し——断言するが、申し分なく公平に——それからスグリの酒を、自分の私物の、脚のない小さなコップに注《つ》いで出したのだった。ぼくはと言えば、その左側に坐り、あとの連中は手近のベッドや床の上に、ぼくらをぐるりと取り囲んで集まっていたのだった。

今でもよく憶えているが、ぼくらはそこに坐ってひそひそ小声で話していた、いや、連中が話し、ぼくはかしこまって話に耳を傾けていたと言うべきだろう。月明りがうっすらと窓から部屋に射し込んで、床に白くぼんやり窓の影を描き出し、ぼくらの方はだいたい暗がりの中だった。ただ一度だけ、棚の上の何か必要なものを捜していたときに、スティアフォースがマッチ棒を燐《りん》の箱に突っ込んで、それで青い光がぱあっとぼくらを照らし出したかと思うと、またたく間に消えてしまう、ということがあった。暗がりとか、秘め事の宴会、それから何もかも小声でひそひそ話すといったことから生まれる謎めいた気配に、いつの間にかぼくは再び包まれて、そしてみんながぼくに教えてくれることに、厳粛さと畏れ多さとがぼんやり入り混じったような気持で耳を傾けていると、みんながみんなこんなに近くにいることがうれしくてたまらなくもなるし、またトラドルズが部屋の隅にお化けが出たぞと言ったとき、(笑ってる振りはしたものの)おっかなくてたまらなくなったりもしたのだった。

学園やそれに付随するありとあらゆることをぼくは聞いた。クリークル校長先生が韃靼《だったん》人《たん》さながらに凶暴だなどと自分から言い張るのは、故《ゆえ》あってのことなんだ。それに先生の中で一番厳しいしこわいのもこの人なんだ。年がら年じゅう毎日手当たり次第、騎兵みたいに生徒の中に突撃していっては、無慈悲にぴしぴし鞭を打ちまくるんだ。学園で一番出来の悪い生徒より無知だから(スティアフォースが言うところでは)、鞭を打つ技《わざ》以外何ひとつ知りやしないんだ。ずっと昔、そもそもロンドン自治区でささやかなホップ商人だったのが、ホップで破産してしまい、奥さんの金も使い果たし、その後、学校経営に乗り出すようになったんだ。この手のこともさらに山ほど聞かされたけれど、どうしてこんなことがみんなの知るところになったのか、ぼくは不思議で仕方なかった。

義足の男は名前をタンゲイといい、頑固者の野蛮人なのだそうだが、以前ホップの商売を手伝っていて、生徒たちの噂では、クリークル校長先生に雇われていた頃に足を折り、主人のために悪辣《あくらつ》なことにもずいぶん手を染めたし、主人の秘密も知るところとなり、結果として教育事業でもクリークル校長先生に協力するようになったそうだ。なんでもタンゲイは、クリークル校長先生だけをたった一人の例外として、全学園、先生も生徒も何もかも天敵と考え、人生のたった一つの喜びはむっつりして意地悪くすることなのだそうだ。クリークル校長先生には息子さんがあることも聞いた。ところがかつて学園を手伝っていた頃、タンゲイと反《そ》りが合わなかった。ある時、学園のしつけがあまりに苛酷に行なわれていたところに出くわし、父親に忠告をしたが、ついでに、お父さんはお母さんのことを虐待しています、とも訴えたらしい。するとクリークル校長先生は成り行きで息子さんを家から追い出してしまい、それからというもの、クリークル校長先生の奥さんもお嬢さんも鬱々とした日々を過ごしているということなのだ。

けれどもクリークル校長先生のことで聞いたなかで一番不思議でたまらなかったのは、実はたった一人、絶対に手出しをしようとしない生徒がこの学校にいて、それが誰あろうJ・スティアフォースだというのだ。こう指摘されると、スティアフォース自身、そのとおりさ、と請け合い、あいつが重い腰をあげて、おれに手出しするのを見てみたいもんだなあ、とも言った。あいつが手出ししてくるようなことがあれば、いったいどう事を運ぶんですか、とおとなしい子(ぼくじゃない)に訊かれると、マッチ棒を燐の箱の中に突っ込んで、自分の明答にわざと青い光をぱあっと照らそうとでもいうのだろうが、まず手始めに、いつも暖炉の上に置いてある例の七シリング六ペンスのでかいインク壜《びん》でもって、奴の額に一発お見舞いを食らわして、ノック・アウトしちまうことだろうな、と言ってのけたのだった。暗闇の中、ぼくらはしばらく固唾《かたず》を呑んでじっと坐っていた。

シャープ先生もメル先生もともに、しけた安給料しか貰ってないそうだ。クリークル校長先生の食卓に焼きたての肉と冷えた肉が用意してあると、シャープ先生はいつも、私には冷えたのを、と言うことになってたというんだが、これにもたった一人、特別待遇を受けているJ・スティアフォースが、そのとおりさ、と再び太鼓判を押すのだった。そもそもシャープ先生は鬘《かつら》のサイズが合っていない、だって地毛の赤毛がもうありありと下から見えているんだから、それなのにあんなに「威張り散らす」――別の生徒によれば、いや、あんなに「出しゃばる」――なんて、ちゃんちゃらおかしいのだそうだ。

石炭屋の息子だという生徒は、実は未払いの石炭の代金との相殺《そうさい》で、ここに入ったというのだ。それで「為替か現物交易」などとみんなに呼ばれた――このニックネームは算数の本の中から、この示談をうまいこと言い当てているので選んだものだという。食卓に出されるビールは生徒の親からの強奪、プディングの方は無理強いだとのこと。学園ではクリークル校長先生のお嬢さんがスティアフォースに恋をしているというのが通り相場だという。暗闇にじっと坐って、張りのある声、ハンサムな顔立ち、ゆったりとした態度、ウェーヴのかかった髪の毛などを次々思い浮かべると、たしかにこれはさもありなん、と思えるのだった。メル先生のおふくろさんは九分九厘、どん底の貧乏をしているだろうとのこと。ぼくはあの時の朝食のこととか、「チャーリーや」って聞こえたこととかを思いめぐらしてみたものの、そのことについてはネズミみたいにだんまりを決め込んだが、いま思い出しても、そうしてよかったと思っている。

　宴会の後もしばらく、こういったことやその他もろもろの話を聞かされた。もっとも、飲み食いが済むとお客はだいたい寝てしまったが、ぼくらは、ひそひそと小声で話したり、服を脱ぎながら話を聞いたりしてぐずぐずしていたけれども、とうとうベッドに納まることになった。

「おやすみ、コパフィールド君」スティアフォースは言った。「君の面倒はまかせとけ」

「どうもご親切に」感謝して、ぼくは答えた。「本当にありがとうございます」

「妹はいないのかい」あくびをしながら、スティアフォースは言った。

「いません」ぼくは答えた。

「それは残念だな」スティアフォースは言った。「君の妹なら、さぞ可愛くて、はにかみ屋で、ちっちゃくて目元の涼しい女の子だろうにね。そんな子と知り合いたいもんだな。おやすみ、コパフィールド君」

「おやすみなさい」ぼくは答えた。

ベッドに入ってからも、あれこれスティアフォースのことを考えた。それからむっくり起き上がって、月明りに照らされ、ハンサムな顔を上に向けて、自分の腕にゆったり頭を寄り掛からせて眠っているその姿を、しみじみ見つめていたのを思い出す。ぼくの目に映ったこの男は偉大な実力者であって、もちろんそれで、ぼくの考えがついついこの男に行く理由にもなっていた。ヴェールに包み隠された未来が、月光を浴びたこの男に、一抹の暗雲をも掠《かす》めることはなかった。ぼくが一晩じゅう歩き回りたいと夢見ていた花園には、この男の足跡の影すら見当たらなかったのだ。

第七章　セーラム学園の新学期

翌日、学校は正式に始まった。思い出すが、なんといっても印象に深く焼きついたのは、朝食を済ませたクリークル校長先生が入ってきて教室の戸口に立ち、物語の本によくある捕虜を見渡す巨人のように、ぼくらをぐるり一わたり見回すと、それまでがやがやとやかましかった教室の騒ぎが、墓場のようにしんと静まりかえったことだった。

タンゲイはクリークル校長先生のすぐそばに控えていた。ぼくが思うに、どやしつけるように「黙れ」と一喝する機会を逸してしまったのだ。というのも、生徒全員、口もきけなけりゃ身動き一つできなくされていたからだ。

見たところクリークル校長先生が何かしゃべっているようで、タンゲイがそのだいたいの意味を言っているのが聞こえた。

「さて、みんな、新学期になった。新学期、自分たちのすることにはくれぐれも気をつけるように。さあ、新規まき直し、勉強に精を出すんだ。なにしろ、こちらも新規まき直し、懲《こ》らしめの方に精を出すからな。一歩もしりごみはせんぞ。体を拭《ぬぐ》っても無駄だ。わしがくれてやる折檻《せっかん》の傷跡は拭い消すことはできんからな。さあ、みんな、勉強、勉強」

このこわい前置きが終わって、タンゲイがドシンドシンとまた歩み去ってから、ぼくの席にクリークル校長先生がやってきて、君が嚙みつくので評判なら、わしも嚙みつくので評判だぞ、と言った。そうして鞭を見せつけて、こいつが歯ならどんなもんかね、と訊いた。鋭い歯かな、おい。八重歯《やえば》かな、おい。先が長く尖っているのかな、おい。嚙みつくかな、おい。嚙みつくかな。一つ尋ねるごとにピシッピシッと体に鞭を振りおろすので、ぼくはのたうち回ることになった。こんな風にぼくはすぐに(スティアフォースが言ってたように)名実ともにセーラム学園の生徒として振舞えるようになり、そしてすぐに目に涙をいっぱい浮かべることにもなったのだった。

これはなにもぼくだけが特別に受けた殊勲賞《しゅくん》だと言うつもりはない。それどころか、次々教室を巡回してきては、生徒の大半に(特に低年齢の生徒だが)、クリークル校長先生は同様の警告をお見舞いするのだった。一日の授業が始まる前に、学園の半数の生徒がのたうち回って泣き、そして一日の授業が終了するまでに、いったいどれほどの生徒がのたうち回って泣いたものか、大げさな物言いをしているように受け取られるといけないから、今は思い出さない方がいいだろう。

クリークル校長先生ほど自分の職業を楽しんでいる人間は一人もいなかったと思う。生徒に鞭を振りおろすのに喜びを覚え、それはちょうどがつがつしたひもじさを満たしている風にも見えた。これはまず間違いないが、ぽっちゃりした子供には特に抑えが利かなくて、そうした子に惹きつけられ、その日の分の得点の記録、つまり獲物に傷跡をつけてしまうまでは、心穏やかでいられないのだった。ぼく自身ぽっちゃりしていたから、当然わが身をもってピンときた。今、あいつのことを考えても、カッと血が騒いで怒りがあふれてくる。それは仮に、ぼくがあいつの意のままになる学校にいなかったとしても、あいつのことを何もかも知りつくしていたら、当然人として感じる正義の怒りだ。けれどもむかむかと怒りはとどまるところを知らない。なぜって、現実に、ぼくはこの目で、あいつが無能な獣《けだもの》であることを知っているからだ。あんな奴は海軍大臣や陸軍総司令官になる資格がないのと同じように、実際にいま占めている学園の最高責任者の地位につく資格もなかったんだ。どっちにしろ、その二つの身分なら、まだあれほど際限なく危害を加えることもなかっただろうが。

あの頃を振り返って、いま考えてみると、ぼくらは偶像視された残忍な男の、みじめったらしくつまらないご機嫌とりであり、あんな男に対してなんと卑屈だったことか、そしてあんな無能で見せかけだけの男に卑しく媚《こ》びへつらったとは、なんという人生の船出だったことだろうか。

再びぼくは机の前に坐っている、あの男の目をじっと見つめながら――別の犠牲者のために計算帳に線を引いてやってるところを畏《かしこ》まって見つめているのだが、この生徒はたった今、その物差しでぴしゃりと両手をへこまされたばかりで、早速ハンカチでひりひり痛む傷を拭おうとしているのだ。ぼくにはすることが山ほどある。なにもただぼんやり、あの男の目を見ているわけではなくて、次に何をするつもりかな、痛い目に遭うのはぼくの番かな、それとも別の生徒かな、とこわいもの見たさの好奇心から、病的なほどその目に惹きつけられていくのだから。向こうの列の小さな生徒たちも、やっぱり同じ好奇心に満ちた目で、じっと見守っている。知らんぷりはしているものの、あの男はお見通しなんだ。計算帳に線を引きながら、顔をぞっとするほどゆがめる。次にはぼくらの列に横目で視線を走らせてくると、みんな帳面の上に覆いかぶさって、ぶるぶると震える。一分も経たないうちにぼくらはまた、この男を穴のあくほど見つめている。練習問題が終わっていないからと有罪判決の下りた不運な囚人が、命令に従ってこの男に近づいていくところだ。囚人はしどろもどろ言い訳して、明日はもっとちゃんと勉強しますから、と決意のほどを言葉にしている。クリークル校長先生は鞭をとばす前に冗談をとばし、ぼくらはそれにアハハと笑う——哀れでつまらない犬畜生のぼくらは、顔面蒼白《そうはく》、しかも心底気が滅入っているくせに、アハハと笑っているんだ。

思わずまどろんでしまいそうな夏の昼さがり、再びぼくは机に向かっている。生徒たちが青バエの大群みたいに、ぼくの周りでぶんぶん、きんきんと騒々しい声をあげている。なまぬるい肉の脂身のねばねばした感触が残っているし(ぼくたちは一、二時間前に食事していた)、頭は鉛みたいに重い。何が何でも無性に眠くてたまらない。フクロウの子みたいに目をしばたたかせながら、クリークル校長先生の方を見て、じっと我慢して坐っている。一瞬、睡魔に負け、うとうとっと居眠りしていても、計算帳に線を引くこの男の姿がまだぼうっと見えている。が、とうとうそっとぼくの後ろにやってきて起こされることになるのだけれども、それはぼくの背中に真っ赤なミミズ腫れをこさえて、もっとはっきり、わしはここにおるぞ、と気づかせてくれるのだ。

ぼくは運動場にいるが、その姿は見えないものの、あの男に相変らずぼくの目は吸い寄せられている。中ではあの男が食事の真っ最中だと分かっている、少し離れたところにある窓をあの男に見立て、代わりにその窓をじっと見る。もしあの男が窓の近くに顔を見せようものなら、途端にぼくの方は切々とすがりつくような従順そのものの表情を浮かべる。窓から外を眺めようものなら、一番利《き》かん気の強い生徒でも(スティアフォースは別だが)、叫んだり大声を張りあげているのをぴたりとやめ、静観を決めこむのだ。ある日のこと、トラドルズが(この世で一番ついてない生徒だが)、ボールで例の窓をたまたま割ってしまう。ぼくは割れるところは見ているし、ははん、これはボールがパシッとクリークル校長先生の神聖な頭に当たったなともピンときて、思わず背筋がぞっとしたが、今でもこれには震えがくるのだ。

可哀相なトラドルズ。こいつは空色のきつくてぎゅうぎゅうの服を着ていると、両腕両脚ともドイツのソーセージか、うず巻きプディングみたいだったが、学園中で一番陽気で一番みじめな生徒でもあった。いつも鞭で叩かれていたんだ——思うに、この半年のあいだ毎日鞭で叩かれていた。ただ一回だけ、休日の月曜日を除いて。その時は両手を物差しで叩かれただけだったから——そしてこのことをいつもあいつのおじさんに手紙で言いつけてやろうとするのだが、結局やらずじまいだった。ほんのちょっとの間、机の上に頭を伏せていると、ともかくむくむく元気が出て、再びアハハと笑い始め、涙がすっかり乾く頃には、石板には隅から隅まで骸骨の絵が描き上げてある。最初は、骸骨の絵なんか描いて、トラドルズはいったい何が楽しいんだろうと不思議で仕方なかったし、しばらくは、こいつは世捨て人のようなもので、こういう死の象徴を描くことで、鞭を打つのだって永遠に続くものではないと悟りを開こうとしているのだとぼくは考えていた。だけど今にして思えば、あいつが描いたのは、単に骸骨の絵が簡単で、それに顔の造作もいらないからだったんだ。

あいつは実にあっぱれな奴で、つまりトラドルズのことだが、お互いどうし助けあうことを、生徒の厳粛な義務と考えていた。これで泣きの涙を流したことも何回かあったが、とりわけ一度など、スティアフォースが礼拝中にゲラゲラ笑い出し、教会役員がこれをトラドルズと勘違いして、つまみ出してしまったのだった。会衆にさげすまれるなか、あいつが監視つきで出て行くところが今でも目に浮かぶ。翌日そのことで折檻されて痛い目に遭ったたし、ラテン語の辞書にはどこもかしこも骸骨がうじゃうじゃ描かれ、教会墓地も満杯になるくらい長い時間監禁されてからやっと出てきたというのに、あいつは張本人が誰だったか、一言も口を割らなかった。が、報酬はちゃんとあった。スティアフォースが、トラドルズには卑劣なところがみじんもないと称《たた》え、ぼくらもみんな一番のほめ言葉だと思った。ぼくだって、こんな報酬をわがものにできるのなら(トラドルズほど全然勇気もないし、年齢《とし》も及ばなかったが)、どんな辛くきつい体験だってやりおおせるんだが、と思った。

スティアフォースが、ぼくらの前をクリークル校長先生のお嬢さんと腕を組んで教会に歩いていく光景は、人生にそうはない眩《まばゆ》いものだった。クリークル校長先生のお嬢さんは美人という点じゃ、ちびのエミリーには及ばないなと思ったし、恋する(そんな勇気もないが)なんてこともなかった。それでも、はっとするほど魅力的なお嬢さまには違いないし、気品という点じゃこちらが上だなと思うのだった。白いズボンでめかしこんだスティアフォースが日傘をお嬢さんのために差しかけてやっていると、この人と知り合いなのをぼくは誇らしく思ったし、お嬢さんだって、心底慕《した》わないではいられないだろうと思った。シャープ先生もメル先生も二人とも、ぼくの目にはそれなりに立派な人には相違なかったのだけれども、スティアフォースとこの二人を較べると、その関係は太陽と星が二つ、といったところに落ち着くのだった。

スティアフォースは相変らずぼくを庇《かば》ってくれ、また実に助けになる友人にもなった。なぜって、スティアフォースが目をかけている人間をあえていじめてやろうなんて奴は一人もいなかったからだ。ただし、ぼくに辛く当たったクリークル校長先生から、ぼくを庇うことはできなかった——いや、ともかくも庇ってはくれなかった。それでも、ふだんよりきつい当たり方をされたときには必ず、君、ちょっと肝っ魂《たま》が足んないよ、おれなら、じっと我慢なんかしてないぜ、といつも言うのだった。元気づけてくれようとしてこう言ってるのが分かったから、まったくやさしい人だなあと思った。また、情け容赦のないクリークル校長先生だったが、ぼくの知るかぎり、一つ、しかもたった一つきり、こっちに都合のいいことがあったのだ。それは、ぼくが坐っていた長椅子の後ろを校長先生が行ったり来たりし、通りがかりにぼくにぴしゃっと鞭を振りおろそうとしても、ぼくのプラカードが邪魔になって振りおろせなかったのだ。そんなわけで、じきにプラカードはお払い箱となって、二度と目にすることもなかった。

ひょんな事情で、スティアフォースとぼくの仲は堅く結びつけられることになったのだが、それが時として不便なこともあるにはあったけれど、このうえない誇りと満足とがぼくの中に育《はぐく》まれた。たまたま運動場でスティアフォースがぼくに言葉をかけてくれていたときのこと、おもいきってぼくは、何かが、それとも誰かが――今は何のことだったかさっぱり忘れてしまったが――『ペリグリン・ピクル』の何かか、それとも誰かに似ている、と言ってみた。その時は一つも言葉をはさまなかったというのに、夜寝ようとすると、君、あの本持ってるのかい、と訊いてきたのだ。

ぼくは、持っていませんと言って、どういう経緯で、あの本や前に触れた他の本をどれもこれも読むことになったのかを説明した。

「それで、君、読んだやつは憶えてるの」スティアフォースは言った。

そりゃ、もちろん、とぼくは答えた。記憶力はいい方だし、だからちゃんと思い出せると思ったからだ。

「それじゃ、こうしようよ、コパフィールド君」スティアフォースは言った。「読んだやつを、おれに話してくれないか。夜は早くからは眠れやしないし、朝はどうも早くから目が醒めてしまうしね。なあ、話を一つずつ片づけようや。君の読んだ本で『千一夜物語』を、夜ごと欠かさずやっていくってのはどうだい」

この取り決めに、ぼくは得意満面だったし、その日から早速、ぼくらは実行に移し始めた。独創的なぼくの解釈で話していくうちに、大好きな作家先生の作品に対して惨憺《さんたん》たる改竄《かいざん》行為をついつい働いてしまったが、今はこれをとても口にするに堪《た》えないし、その実態を知るのもこわい。けれども大好きな作品は心から一途にぼくが信じてきたものだし、話して聞かせたことも、ぼくが信じるかぎりで、このうえもなく純粋で熱心な話し方をしたからこそ、大いに威力を発揮したんだと思う。

ただ、難点は、夜になるとしょっちゅうぼくが眠たくなるか、元気が出なくて話を始める気になれないことで、そうなるとこれはもうきつい仕事になったが、ともかくも何が何でもしなけりゃならなかったのだ。というのも、スティアフォースの機嫌を損ねたり、気分を害したりするのはもってのほかだったからだ。朝にしても、ぐったり疲れていて、もう一時間眠れたらなあというとき、シェヘラザード王妃みたいに無理に起こされて、起床ベルが鳴るまで長い話をしゃべらされるのは酷だった。だけどスティアフォースは意志が堅く、それにお返しに算数や練習問題や、ぼくには難しすぎる勉強は何でも教えてくれたので、この交換条件で損はなかった。ただ、きちんと弁明させてもらえば、断じて利害関係だとか自分本位の動機でそういう気になったのでも、この男がこわかったからその気になったのでもなかった。憧れていたし大好きだったから、スティアフォースの気に入ってもらえれば、それだけでぼくは本望だった。それは当時ぼくには大事な宝物のようなものだったから、こういったささやかな思い出をいま振り返っても、心がずきずきとうずいてくる。

　スティアフォースには思いやりもあった。一度などは断固とした態度で思いやりのほどを見せつけてくれたので、気の毒なトラドルズや他の連中をちょっとじらすことにもなったんじゃないかと思う。約束どおりペゴティーの手紙が――なんと心なぐさめられる手紙だったろう――「新学期」が何週間にもならないうちに着いた。そしてその他にもオレンジをきっちり綺麗に底に敷きつめた中にお菓子が一つと、キバナノクリンザクラのお酒が二罎《びん》届いた。当然の義務感で、ぼくはこのお宝をスティアフォースに献上し、みなさんに分けてあげてくださいと頼んだ。

「さあ、こうしようよ、コパフィールド君」スティアフォースは言った。「酒は、君が話をしてくれるとき、喉を湿《しめ》すのにとっとけよ」

　こう言われて、ぼくは真っ赤になり、遠慮がちに、そんなことお気遣いなくと言った。けれども、君の声が時どきかすれるのに――ちょっとしゃがれ声だ、と正確には言っていたが――ちゃんと気づいてたから、酒の方はおれが言った目的のために一滴残らず当てなきゃだめだ、と言い張るのだった。そこで酒はスティアフォースの物入れ箱の中に鍵をかけられ、ぼくに強壮剤が必要そうになると、ガラスの小壜に自分で移しかえたものを、コルク栓に鳥の羽根製のストローを差し込んで、飲ませてくれた。時どきこの特効薬をもっと効き目のあるものにしようとでもいうのか、いやまったく親切なことに、オレンジの汁を搾《しぼ》って入れてみたり、ショウガを加えてかき混ぜてみたり、ハッカ錠剤を入れて溶かしてみたりもしてくれた。こういういろんな実験で、果たして風味がぐんとよくなったとか、これこそまさに、夜寝る前と朝起きて一番に飲む胃腸薬としてお勧めの調合薬だ、などという太鼓判はとうてい押せはしないけれども、ぼくはこれをありがたく飲み、そしてスティアフォースの細かい気配りが痛いほど分かった。

『ペリグリン』には何カ月も、また別の物語にもさらに数カ月かかったように思う。話の種が切れてお決まりの習慣がくずれるなどということは絶対になかった。それに酒の方も話の種と同じくらいは保《も》った。気の毒なトラドルズは――こいつのことを思い浮かべると、なぜかぷすっと笑い出したくなるし、それに思わず目に涙がにじんでもくるのだが――だいたいのところ、話に茶々を入れてくる口上役《コーラス》みたいなものだった。話が滑稽な場面になると腹の皮がよじれるほど笑い、話の中に身の毛もよだつような登場人物が出てくる一節にさしかかろうものなら、わなわなと恐怖に震え、今にも消え入りそうになるのだった。これにはぼくもしょっちゅうあせった。思い出してみると、ジル・ブラースの冒険でも、アルグアジルの話になると、ガタガタと歯の音を立てて震えてみせるのが、あいつ流の大層なおふざけだったし、思い出したが、ジル・ブラースがマドリードで盗賊の親分に会ったときのことなど、このつきのないお調子者は恐怖におののき身もだえしてみせて、たまたま廊下を嗅ぎ回っていたクリークル校長先生に立ち聞きされ、寝室の風紀を乱す行為をしたとばかり、しこたま鞭でひっぱたかれた。

ぼくの中にもともとあったロマンチックで空想好きなところも、暗闇で数多くの物語を話すということで、その傾向がさらに強まっていった。こういう点では、このお務めはどうもぼくのためにはならなかったのかもしれない。けれども、ぼくの部屋でおもちゃかなんかみたいに可愛がられたり、またぼくのこの才芸が生徒たちの間で噂に上《のぼ》って、学園で一番の年下だったというのにみんなの注目を一心に惹きつけたのを意識したりすると、ますますぼくは腕によりをかけてお務めに励むのだった。虐待が公然とまかりとおる学校では、牛耳っているのが頓馬《とんま》だろうがそうでなかろうが、教えてもらえることはどうせ高が知れている。ぼくら生徒は、だいたいのところ他の学校の生徒と同程度には物を知らなかったし、それに第一勉強が手につかないほど不安におののき、虐待されてもいた。絶えず災難、苦痛、そして不安につきまとわれた生活を送るなかでは、人は何も実りあることなどできやしないように、生徒たちも実りある勉強などできやしなかった。だけどぼくのささやかな虚栄心と、スティアフォースの協力もあって、ともかくも勉強は捗《はかど》った。それに、こと処罰にかけては、ぼくの場合どちらかと言うとあまり切り抜けられはしなかったものの、学園にいた間、大方の生徒からすれば例外になるほどには、それなりに着々と、屑《くず》ほどの知識を身につけていった。

これにはメル先生にずいぶんお世話になった。思い出しては感謝しているが、ぼくを贔屓《ひいき》にしてくれたのだった。ぼくが見ていていつも心を傷《いた》めたのは、スティアフォースが先生に対して、わざと馬鹿にしてなめた態度をとったことや、機会あるごとに先生の気持を傷つけたり、他の連中にそう仕向けさせたことだった。ぼくはスティアフォースに対して、お菓子や他の調達品の現物を隠しておけないように、メル先生が連れていって会わせてくれた二人のおばあさんのことも秘密にしておくことができなかったから、じきに打ち明けてしまったけれど、スティアフォースがこれをばらしやしまいか、そして、これをネタに先生のことを馬鹿にしやしまいかといつも冷や冷やもので、それでますますぼくは長いこと心を悩ますことにもなった。

あの最初の朝、朝食を食べて、それからクジャクの羽根のすぐ近くで、フルートの音を聴きながら眠りこくったとき、ぼくというケチな人間を救貧院に案内したことで、いったいどんな結果が生じることになるかなんて、たぶんぼくらのどちらも夢にも思わなかったはずだ。けれどもそこを訪ねていったことで、思いもかけない結果、しかもそれなりに深刻な結果が生じてしまった。

ある日、クリークル校長先生の気分がすぐれず、家に引きこもっていたことがあったが、当然のことながら、学園中が威勢のいい歓声に満ちあふれ、午前中の授業は派手な大騒ぎとなった。生徒たちが噛みしめる、ほっと救われた気持や充足感のあまり、抑えが利かなくなっていたのだ。おっそろしいタンゲイの奴が二、三度、義足を引きずってやってきて、主犯者たちの名前を書き留めてみたところで、さっぱり堪《こた》えなかった。なぜって、どうせ生徒たちは何をしたって、明日になれば罰を受けるのが一目瞭然なわけで、それならいっそ今日のうちに羽目をはずしておく方が得策だと考えたからだった。

その日は土曜日だったので、本当は半日授業だった。だけど運動場で騒がしくすれば、クリークル校長先生がゆっくり休養できないだろうし、かといって外に出掛けていって散歩するような天候でもなかったので、臨時措置として、ぼくらは校舎に詰め込まれ、いつもより楽な勉強を課せられることになった。その日はたまたまシャープ先生が鬘《かつら》にウェーヴを当ててもらいに外出する日だった。そこで、どんなことであれ、骨折り仕事はいつも引き受けていたメル先生が一人きりで、学園を監督することになったのだった。

もし仮に、メル先生のようにおとなしい人を牛とか熊とかと連想できるものだとすれば、大騒ぎが頂点に達したその日の午後なら、先生はさしずめ一万匹の犬にけしかけられた牛か熊だったろう。下院議長だってめまいを感じるかもしれないほどごった返した大騒ぎのなか、先生がずきずきと痛む頭を骨ばってやせこけた手で支えながら、机にある本の上にうずくまって、見るも哀れ、退屈な自分の仕事をなんとか捗《はかど》らせようと躍起になっていた姿が、今でもぼくには思い出される。生徒たちは隅とり鬼ごっこをしようとばかり、今度は自分たちの席から出たり入ったりし始めた。なかには笑っている生徒、歌っている生徒、わめいている生徒、足を引きずって歩く生徒もいたし、ニヤリと笑ってから、しかめっ面《つら》をして、先生の周りをぐるぐる回り、先生の背後から、それとも面と向かって目の前で、先生の真似をしてみせ、それは先生の貧乏ぶりだとか、靴や上着だとか、お母さんのことだとか、要は先生に関するありとあらゆることで、当然先生のことを慮《おもんぱか》ってあげるべき筋合いのことを、からかって真似てみせる生徒たちもいたのだった。

「静かに」突然立ち上がって、机を本でバシッと叩きながら、メル先生は叫んだ。「いったい全体、これはどういうことなんだ。我慢も限界だ。気が狂いそうだ。君たちはどうして私にこんなことができるんだ」

ちなみに机を叩いたのはぼくの本でだった。そしてぼくは先生のそばに立って、教室中を見渡している先生の視線を一緒になって追っていると、生徒たちがみな一斉にふっと黙ったが、ある者は突然びっくりし、ある者は半ば怯《おび》えて、そしてまたある者はたぶん悪かったなという風なのが見てとれた。

スティアフォースの席は教室の奥、この細長い部屋の一番向こう端にあった。メル先生がスティアフォースの方を見たとき、スティアフォースは両手をポケットに突っ込んで、背中を壁にもたせかけ、まるで口笛でも吹いてるみたいに口をすぼめて、メル先生の方を見たのだった。

「スティアフォース君、静かに」メル先生は言った。

「そっちこそ静かにしろよ」スティアフォースは真っ赤になって言った。「あんた、誰さまに向かって口をきいてるんだ」

「坐りなさい」メル先生は言った。

「そっちこそ坐れよ」スティアフォースは言った。「いらぬお世話なんだよ」

くすくす笑う声や拍手も洩れたが、メル先生が真っ青だったので、すぐにまたしんと静まりかえった。そしてもう一回先生のお母さんの真似をしてやろうと、先生の後ろにすっ飛んでいった生徒も、方針を変えて、ペンを直してもらいたいという振りをした。

「スティアフォース、一人残らずここの生徒に、目に物見せている君の勢力のことを、私が知らないとでも思っているなら」メル先生は言った――自分でもいったい何をしているんだか気がつかずに(これはぼくの想像だが)、先生はぼくの頭の上に手をぽんと載せた――「それにほんの今し方、年少の子たちをけしかけて、私に狼藉《ろうぜき》のかぎりを働くように仕向けてしまったところを私が見てなかったとでも思っているなら、そいつは大間違いだ」

「おれは、わざわざあんたのことなんか思ってやったりしやしないさ」いたってクールにスティアフォースは言った。「だから、おれはあいにくと間違っちゃいないよ」

「それから、君ごときが、ここでみんなにチヤホヤされている立場を利用してだな」唇をぶるぶる震わせながら、メル先生は先を続けた。「いやしくも大の大人を侮辱したんだぞ」

「えっ、なんだって――大の大人なんてどこにいるのかな」スティアフォースは言った。

ここで誰かが叫んだ。「あんまりだよ、J・スティアフォース、ひどすぎるよ」それはトラドルズのものだった。が、すぐさま黙りなさいと命じて、メル先生がこれを遮《さえぎ》った。

――「人生、運に見放されて、君のことを一度だって怒ったこともない人間を、君って奴は侮辱してだな、しかも君ほどの年齢と脳味噌をぶら下げてりゃ、侮辱しちゃならん理由だってあれこれ当然分かっていそうなもんだが」ますます唇を震わせて、メル先生は言った。「実に卑しく、さもしいことをしているもんだな。君ごときの奴、坐ろうが立ってようが勝手にするがいいさ。さあコパフィールド君、先を」

「コパフィールド」教室のこちらの方へと歩み寄りながら、スティアフォースは言った。「ちょっと待った。いいかい、メル先生、これっきりだよ。おれのことを卑しいとかさもしいとか何でも御託《ごたく》を好き勝手に並べたてるんなら、さしずめあんたは厚かましい乞食野郎だよ。いいか、あんたはいつだって乞食に違いなかったけどさ、そんなこと言いやがるんじゃ、厚かましい乞食野郎だね」

スティアフォースがメル先生のことをぶん殴るつもりだったのか、メル先生の方がぶ

ん殴るつもりだったのか、それとも二人ともそうするつもりだったのか、ぼくには判然としない。教室全体が、まるで石と化してしまったみたいに、まるごと固まっていくのが分かった。そのうち、わきにタンゲイを従えたクリークル校長先生がぼくらの真ん中に突っ立ち、校長先生の奥さんとお嬢さんとは怯えてでもいるみたいに、戸口から中を覗き込んでいるのに気がついた。メル先生はと言えば、机に両肘をつき、両手で頭をかかえこんで、しばらくじっと坐ったままだった。

「メル先生」その腕を摑《つか》んで揺すぶりながら、クリークル校長先生は言った。ところで、ぼそぼそとつぶやくような小声がその時ははっきりと聞こえたので、タンゲイは繰り返さなくてもいいだろうと思ったのだった。「先生は身のほどをお忘れじゃないでしょうな」

「もちろんですとも、先生、それはもう」顔を見上げ、頭を振り、すっかり興奮して両手をこすりあわせながら、メル先生は言った。「もちろんですとも、先生、それはもう。身のほどはわきまえております。私は――もちろんですとも、クリークル先生、私は身のほどを忘れてはいません、私は――私は身のほどをわきまえておりますから、それはもう。私は――私は――もうちょっと早く気づかせていただけましたらと、クリークル先生。その、その方が、もっとありがたかったんですが、はい、えっ、もうちょっと、はい。そうしていただけたら、こうならずに済んだんですが、はい」

　クリークル校長先生はきいっとメル先生をにらみつけて、片手をタンゲイの肩に置き、両足は近くの長椅子の上に載っけて机の上に腰掛けた。その玉座から、頭を振り動かし両手をこすりあわせ、まだ同じ興奮状態にあるメル先生をきいっとにらみつけ、それからスティアフォースの方に顔を向けて、クリークル校長先生は言った。

「さて、先生はわしに打ち明けてはくれんのだよ、なあ、これはいったいどういうことなんだね」

　スティアフォースは、小馬鹿にしたようにまたぷりぷりと怒りを浮かべ、喧嘩相手の顔をじっと覗き込んでから黙りこくることで、ちょっとの間、この質問をはぐらかした。こんなわずかに跡切《とぎ》れた間ですら、なんと押し出しの堂々とした奴なんだろうなあ、それに引きかえメル先生ときたら、いやはや野暮くさくてあか抜けしないなあ、とつい考えずにはいられなかったのを、今でもぼくは憶えている。

「あの時、チヤホヤされてるとかおっしゃったけど、あれはいったいどういうことだったんでしょうか」とうとうスティアフォースが口を開いた。

「チヤホヤされてるだって」あっという間に額に青筋を浮き上がらせて、クリークル校長先生は繰り返した。「誰がチヤホヤされてるなどと話したんだね」

「メル先生ですよ」スティアフォースは答えた。

「それで、どういうことだったのかね、先生、それは、ええ」怒って助手のメル先生の方を見ながら、クリークル校長先生は尋ねた。

「つまりです、クリークル先生」低い声でメル先生は答えた。「さっき言ったように、みんなにチヤホヤされている立場を利用して、私を卑しめる権利のある生徒など、一人もいやしないということでして」

「先生を卑しめたって」クリークル校長先生は言った。「こりゃ驚いたな。だが一つお尋ねしてよろしいかな、何先生だったたっけ」ここでクリークル校長先生は鞭も両腕も丸ごと胸のところに折りたたむと、眉をぎゅっとしかめたので、細っこい目はほとんど見えなくなってしまった。「チヤホヤされてるとかいう話をしたとき、先生はわしのことをきちんと念頭に置いてくれたもんかね。このわしのことをだよ、おい」クリークル校長先生は突然にゅうっとメル先生の方に顔を近づけたかと思うと、すぐに元に戻して言った。「この学園の校長であり、先生の雇い主であるわしに対してだ」

「これは思慮分別を欠いておりました。はい、そのとおりです」メル先生は言った。

「冷静であれば、あんな風には致しませんでした」

ここでスティアフォースが突然割り込んできた。

「それから先生はぼくのことを卑しいと言われたんです、それからぼくのことをさもしいと言われたんです。そこでぼくは先生のことを乞食だと言いました。もし冷静だったら、先生のことを乞食だなんて、たぶん言わなかったと思います。でもぼくは言ってしまいました。だからその責任を取る覚悟はできています」

責任を取ることになるのかどうかも考えず、おそらくぼくはこの正々堂々とした申し開きにすっかりぼうっとなった。これは他の生徒たちの心にも焼きついたのだ。というのも、誰も一言もしゃべらなかったものの、生徒たちの間から、かすかなどよめきが起きたからだ。

「驚いたよ、スティアフォース君――もっとも君が率直なのは実に見上げたものだが」クリークル校長先生は言った。「本当に見上げたものだとも――それにしても驚いたね、スティアフォース君、いやしくもセーラム学園が雇い入れ、給料を払っている人間にだね、そういう乞食呼ばわりをしたとはね、おい」

スティアフォースはクックックッと短く笑った。

「それは答えになっておらんぞ、おい」クリークル校長先生は言った。「わしの言ったことに対してのな。君からもう少し説明してもらわんとな、スティアフォース君」

凛《りん》としたこの生徒を前にして、ぼくの目に映ったメル先生が野暮くさかったとしても、クリークル校長先生の方になると、これはもう、なんともあか抜けないなどと言える段階ですらなかった。

「先生に取り消してもらうようになさったらどうです」スティアフォースは言った。

「先生が乞食だというのを取り消せ、だと」クリークル校長先生は大声をあげた。「いいか、先生がいったいどこに物乞いに行くんだ」

「先生が乞食じゃなくたって、身内がそうなら」スティアフォースは言った。「同じことでしょう」

スティアフォースはぼくをちらっと見た。するとメル先生の手がぼくの肩をそっと叩いた。思わず顔を赤らめ、心の中では後悔しながら、ぼくは見上げてみたが、メル先生の目はスティアフォースに注がれていた。なおもぼくの肩をそっと叩いたままだったけれども、その目は相変らずスティアフォースに向けられていた。

「クリークル校長先生はぼくに申し開きをさせたいんですね」スティアフォースは言った。「それと、どういうことなのかも言えと——つまりぼくが言いたいのは、先生のお母さんが救貧院で施しを受けて生活してるってことなんです」

メル先生は目の方はまだじっとスティアフォースを見据え、そしてまだぼくの肩をそっと叩き続けていたが、ぼくに聞こえたのに間違いがなければ、「そうさ、そんなことだろうと思った」と小声で独り言を言った。

クリークル校長先生はひどくむずかしい顔をして、慇懃無礼《いんぎんぶれい》に助手のメル先生の方を向いた。

「さあて、この生徒の言い分を聞きましたね、メル先生。それじゃ今度はみんなが集まっている前で、この生徒の言ってることを訂正してやってください」

「そのとおりですから、別に訂正はいりません」水を打ったような静けさのなか、メル先生は答えた。「言われたことは本当のことですから」

「それでは、みんなの前できっぱり公言してくれるかね」クリークル校長先生は首を傾《かし》げ、目をぎょろつかせて教室中を見渡しながら言った。「今の今までわしがそのことを知っていたかどうかを」

「直接にはご存じなかったと思います」メル先生は答えた。

「それで、わしが知らんのをちゃんと君は分かっとったな」クリークル校長先生は言った。「そうだろう、おい」

「私が思いますに、私の生活状況が決して順調なものではないことを、お察しいただいているものとばかり」助手のメル先生は答えた。「ここでの私の地位がこれまでずっとどんなものだったか、そして今もどんなものかはご存じでしょう」

「わしが思うに、そいつを君が言うんなら」クリークル校長先生は以前にもまして、青筋を太く浮き上がらせて言った。「君はまるで間違った職についてた、しかもここを慈善学校と勘違いしてたってことなんだね、メル君。それじゃもうこれまでだ。早い方がなお結構」

「願ってもない機会ですとも」立ち上がりながらメル先生は言った。「たった今がね」

「君にとってだろ、ふん」クリークル校長先生は言った。

「クリークル先生、それとみなさん、ご機嫌よう」教室をぐるりと見渡し、もう一度ぼくの肩をそっと叩いてから、メル先生は言った。「ジェイムズ・スティアフォース、君がいつの日か、今日のことを恥じる日が来ることを、私は願ってやまない。今のところ、私にとっても、それに私には好意的に思える人にとっても、君はあいにくと友人とはとても言えないね」

　もう一度、先生はぼくの肩に手を載せ、そうして机からフルートと二、三冊の本を取り出し、後任のためにそこに鍵を入れると、小脇に全財産をかかえて学校を出て行ったのだった。それからクリークル校長先生はタンゲイを経由して演説をぶったのだが、その中でスティアフォースがセーラム学園の自主性と品格をよくぞ擁護してくれたとばかり(たぶん少しばかり熱が入りすぎだったものの)感謝を述べ、ぼくらの方は万歳三唱をし――何のためになのかはさっぱり解《げ》せなかったけれど、きっとスティアフォースのためだろうからと、本当は内心、砂を嚙むようにみじめだったのに、ぼくは一心に万歳三唱に加わり、そしてスティアフォースとクリークル校長先生が握手することで幕切れとなった。次にクリークル校長先生は、トラドルズが、メル先生が出て行ったために万歳三唱じゃなく涙三昧に暮れているのを見つけて、鞭を振りおろしたのだが、それが済むと、ソファーだかベッドだか、もといたところへ取って返していった。

　そこでぼくらだけが取り残されてみると、ぽっかり穴があいたようにお互いを見合っていたのを今でもぼくは憶えている。ぼくとしてはこの出来事で自分が果たした役割に自責と痛悔の念を深く感じたので、ちらちらとこっちの方を窺っているのは分かっていたが、そのスティアフォースに、もしぼくを苦しめている気持を見てとられでもしたら、ぼくのことを薄情だと——それとも、お互いの年齢の開きのことや憧れを抱いていた自分の気持のことなどを考え合わせてみると、むしろ不逞千万《ふていせんばん》な奴だと——思うかもしれないなあとびくびく縮みあがっていたから、かろうじてなんとか涙だけは食い止められたのだった。スティアフォースは、トラドルズにすっかり腹を立て、罰を食らってせいせいしたな、と言った。

可哀相に、トラドルズは、机の上にじっとうつぶせたまま、という例の段階を経ると、今度はいつものとおり堰《せき》を切ったようにあたり一面骸骨を描き散らして気を落ち着かせ、そして、へっちゃらさ、ただ、メル先生は虐待を受けたんだよ、と言った。

「誰に虐待されたって言うんだ、弱虫お嬢ちゃん」スティアフォースは言った。

「いいか、あんたじゃないか」トラドルズは言い返した。

「いったいおれが何をしたって言うんだ」スティアフォースは言った。

「いったい何をしたかだって」トラドルズはやり返した。「先生の気持を傷つけ、おまけに失業させちゃったじゃないか」

「先生の気持だと」木で鼻をくくったように、スティアフォースは繰り返した。「そんなもの、じきに忘れるさ、請け合うよ。先生の気持は君みたいなのとは訳が違うからな、トラドルズのお嬢ちゃんよ。職の方にしたって――それほど大したもんなのかね――実家にこのおれが手紙を出して、先生がお金をちゃんと受け取れるように手配しないとでも、まさか思ってるんじゃあるまいな、ポリーちゃん」

こういう画策を、ぼくらは、うんさすがにやるなあと敬服したのだが、スティアフォースには頼みごとをすれば何でも叶《かな》えてくれる、未亡人でしかも金持のお母さんがいるのだそうだ。トラドルズがぺしゃんこにされるところを見るのがぼくらは楽しくてたまらず、一方でスティアフォースにはやんやの喝采を浴びせかけていた。それは特にスティアフォースが、こんなことをやったのも、もとはといえばあくまで君らのことや君らのためを思ったからこそなんだぜ、しかもおのれを殺してまでやったんだから、大いに恩に着てもらえるだろうなあ、と卑下しながら語ったとき、最高潮だった。

けれども、断わりをさせてもらうなら、その夜、暗闇の中で物語を話してきかせていたとき、メル先生の懐かしいフルートの音色がぼくの耳に一度ならず、もの淋しく響いた気がした。それからとうとうスティアフォースが疲れたので、ぼくの方もベッドに横になったんだけど、その時また、どこからか憂いに満ちてフルートが鳴り響いてくるような気がして、それでぼくはひどくみじめになった。

スティアフォースのことをあれこれ考えているうちに、先生のことはじきに忘れてしまった。スティアフォースといえば、気楽に素人っぽく、本一冊持たずに(ぼくには何でもすっかり空で覚えているように思えたが)、新任の先生が見つかるまで授業をいくつか受け持つことになったのだった。新任の先生は、ある中学校からやってきたが、任務につく前のある日のこと、応接間で食事をとり、スティアフォースに引き合わされた。スティアフォースはこの先生をべたぼめし、頼もしい男だよ、とぼくらに言った。こう言われたからといって、どういうのが学問的に優秀ってことなのか本当のところは分かってないくせに、もう端《はな》っから絶対的に尊敬の対象であり、その優秀な学識がどんなものかなんて、一切疑わなかった。もっともその先生は、メル先生のようには、一度たりともぼくに——いや、ぼくがそうしてもらえるほどの人間だったというつもりじゃないが——気を配ってくれたことはなかった。

この学期中、日々の学校生活とは別に、もう一つ、今でも鮮明に蘇ってくる強い印象をぼくの心に焼きつけた出来事があった。蘇えるからにはそれなりの理由がいろいろとある。

ある日の午後のこと、ぼくらがみんなとっちめられて、困り果てた状況に追いつめられ、クリークル校長先生はあたり構わず、さかんに鞭を振り回していた最中、タンゲイが入ってきて、いつもの断固とした調子で大声をあげた。「コパフィールド君に面会人だ」

面会人が誰で、どの部屋に通されているかといったやりとりが二言三言、クリークル校長先生との間にあって、ぼくは慣習にならい、知らせを受けると立ち上がりはしたものの、びっくり仰天して気が遠くなりそうだった。奥の階段を使って行くように、それから食堂へ行く前に綺麗な襟飾《えりかざ》りをつけるようにと命じられた。言われたとおりにしたけれど、幼な心にも、こんなにどきどきしたりあわてふためいたりしたのは生まれて初めてだった。そして応接間のドアのところに着いたが、不意に、ひょっとすると母さんかもしれないという考えが脳裡を掠《かす》め――それまではミスター・マードストンかその姉さんのことしか思いつかなかったのに――、それで取っ手に掛けていた手を思わず引っ込めて、中に入る前にひとしきり泣いておくことにした。

最初は、あれえ、誰も見当たらなかった。だけど妙に向こう側からドアを押しつけてくるような感じがあったので、ドアの裏側を覗くと、驚いたことに、ミスター・ペゴティーとハムが、帽子をかぶった頭をぴょこんと下げてお辞儀し、吸盤みたいに互い違いに体を壁にぎゅっと押しつけていたのだった。ぼくは思わず吹き出さずにはいられなかったが、それは二人の様子が滑稽だったというよりも、また逢えたんだという喜びからだった。実に真心のこもった握手を交わし、ゲラゲラとぼくは笑いっぱなしで、とうとうハンカチを取り出して、目に浮かんだ涙を拭うのだった。

ミスター・ペゴティーは(いま思い出してみても、その時の来訪中、ただの一度も口をつぐむことはなかったが)こんな感じのぼくを見てとると、すごく心配してくれて、おい何か言えよとばかり、盛んにハムの肘をつっ突いていた。

「元気出せよ、デイヴィーさん」例のごとくニタニタッと笑って、ハムは言った。「へえ、大きくなったんだなあ」

「ぼくが大きくなったってえ」涙を拭いながら、ぼくは言った。何かこれというので泣いていたわけじゃなくて、懐かしい友人に会って、ともかく無性に泣けてきたのだ。

「大きくなったかって、デイヴィーさん。大きくなったに決まってるさ」ハムは言った。

「大きくなったに決まってるとも」ミスター・ペゴティーは言った。

ケラケラ二人で笑っているので、ぼくもまたケラケラ笑い出し、それから三人してみんなでケラケラ笑って、とうとう危うく、またぼくは泣き出すところだった。

「母さんがどうしてるか知ってるかな、ペゴティーさん」ぼくは言った。「それと、ぼくのあの大事な懐かしいペゴティーもどうしているのかなあ」

「ぴんぴんしていますよ」ミスター・ペゴティーは言った。

「それとちびのエミリーとガミッジさんはどう」

「ぴんぴんしていますとも」ミスター・ペゴティーは言った。

ふっと沈黙の時が流れた。それをなんとかしようと、ミスター・ペゴティーはあちこちのポケットから、巨体のロブスター二匹とどでかいカニ一匹を、それと小エビが詰まってる大《お》っきなズックの袋を取り出して、ハムの両腕にどっさり積み上げた。

「ほらね」ミスター・ペゴティーは言った。「おいらたちと一緒にいた頃、食事についてるしがないおかずに滅法目がなかったのが分かってたもんだから、出すぎた真似しちまって。母ちゃんが茹《ゆ》でてくれたもんでね、母ちゃんの奴がさ。ガミッジさんが茹でてくれたもんでさ、そうなんだよ」実にゆっくりとミスター・ペゴティーは言ったが、他に話の種が何にも手近にないもんだから、やけにこの話題にしがみついてるみたいな気がした。「ガミッジさんがさ、そうなんだ、ガミッジさんが茹でたんだよ」

ありがとうとぼくが感謝すると、海の幸ににんまり笑いかけて、恥ずかしそうに立ちつくし、全然口添えしてやろうという気もなさそうなハムの方をちらっと見て、こりゃだめだとばかり、ミスター・ペゴティーは言った。

「おいらたちが来たのは、つまりヤーマスのおいらたちの帆船でグレーヴズエンド方面に向かうには、風向きと潮加減とがもう絶好だったからでね。妹が手紙をよこして、ここの住所だとか、たまたまグレーヴズエンドに行くことはないのかとか書いてきて、で、行く機会があったら、デイヴィー坊ちゃんに面会して、どうかよろしくと、それと何とぞデイヴィー坊ちゃんにお元気でいてほしいと、それからご家族はもちろんみなさんお達者でぴんぴんしているからと、伝えてほしいって言うもんでね。家に帰ったら、おいらがちゃんと面会を果たして、坊ちゃんが同じくれえぴんぴんしてたって、ちびのエミリーに頼んで妹宛の手紙を書いてもらうことにするさ。そしたら、メリー・ゴー・ラウンドみたいにみんながくるくる回るってわけだわな」

この洒落た言い回しを、つまり情報がくるりと円を描いて順繰りに伝わるってことを言ってるんだと理解するのに、ぼくはちょっとばかり考えこまなきゃならなかった。合点がいくと、真心こめて感謝を述べ、顔が火照るのに気づきながら、あの頃二人して浜辺で貝殻だの石ころだのを拾い集めたもんだけど、ちびのエミリーもやっぱり変わっちゃったんでしょうね、とぼくは尋ねた。

「大人の女になりかけてるな、うん、まあそんなとこだな」ミスター・ペゴティーは言った。「こいつに訊いてください」

こいつとはハムのことだったが、相変らずニコニコ顔で、小エビの袋に相づちを打っていた。

「そりゃあ、別嬪《べっぴん》さ」明りのように、ぱっと顔を輝かせて、ミスター・ペゴティーは言った。

「そりゃあ、よく勉強ができるしね」ハムは言った。

「そりゃあ、達筆だしな」ミスター・ペゴティーは言った。「いいか、真っ黒い石炭みたいに書くんだぜ。それにでっけえしよ、どこからだって見えちまうんだから」

いざ自分のお気に入りのこととなると、ミスター・ペゴティーが、そりゃもう舞い上がって、歯止めが利かなくなるほど熱心なのを見ているのは、楽しいったらなかった。

他にどう形容したらいいんだか分からないほど、純朴でお人好しの毛むくじゃらの顔を愛情いっぱいに自慢げに輝かせていた姿が、今ふたたびぼくの目の前に浮かんでくる。その真正直な目は燃えたぎって、きらきら閃光を放ち、まるで底の方で光源みたいなものがかき立てているようだった。厚い胸板にしても、うれしさのあまりふくれ上がっている。遊ばせてある頑丈そうな両手も、熱がこもると思わず堅くこぶしを握りしめるし、いま口にしていることを右腕でもって力説しだしてきた日には、ぼくみたいな小人《こびと》から見れば、大ハンマーを振り上げてるような気がするのだ。

ハムも負けずに熱っぽかった。いきなりスティアフォースが入ってきてまごつく目に遭わなけりゃ、たぶん二人はもっとエミリーのことをあれこれ話していたことだろう。スティアフォースは、隅でぼくが二人の客と話し込んでいるのを見かけると、それまでうたっていた歌をやめにして、話しかけてきた。「やあ、コパフィールド君、こんなところにいたのか」(というのも、そこは通常の面会室ではなかったからだ。) そしてぼくらのそばをすうっと横切って出て行こうとした。

出て行こうとしたところを捕まえてぼくが声をかけたのは、スティアフォースみたいな友達がいるのを自慢したかったからなのか、それともどういう経緯でミスター・ペゴティーみたいな友達ができたのかを教えてあげたいと思ったからなのか、どうも判然とはしない。けれども、おずおずとぼくは言った――あーあ、こんなに長い時が流れても、あの時のことがすっかり何もかも蘇ってきてしまう――。

「待って、スティアフォースさん、ねえ。この人たちは二人ともヤーマスで船を操ってるんだ――すごくやさしくていい人たちなんだよ――ぼくの子守りの里の人たちで、グレーヴズエンドからぼくに会いに来てくれたんだよ」

「へえ、そうなんだ」戻ってきながら、スティアフォースは言った。「それはお目にかかれてうれしいですね、こんにちは」

その無造作な物腰には――華やかで屈託がないが、ふんぞり返った感じはない――何か人を虜《とりこ》にしないではおかないようなものがあったと、今でも思っている。この身のこなし、血気盛ん、朗々とした声、ハンサムな顔立ちと押し出しのせいもあるだろうし、それに加えて、なんとも言えないが、たぶん持って生まれた人を惹きつける力のせいで（これはごくわずかの人にだけ具わったものだろうが）、ついつい自然と人も折れていくしかないし、また大多数の人は抵抗することもできないというような魔力を兼ね備えていたのだと、今でも思っている。スティアフォースに会って二人とも実にうれしそうだったし、あっという間に打ち解けていってるようなのを、ぼくは現に目にしないわけにはいかなかった。

「いいですか、ペゴティーさん。手紙を出すときには家の方にこう書いてやってくださいね。スティアフォースさんがぼくにとっても親切にしてくれて、この人がいなかったら、いったいここでどうやっていったらいいのか分からないってね」

「つまんないことを」笑いながら、スティアフォースは言った。「そんなこと一言だって言っちゃだめですよ」

「それとスティアフォースさんがノーフォークかサフォークに来ることがあったら、ペゴティーさん」ぼくは言った。「そこにぼくもいたとしての話だよ、この人がいいって言ったら、必ずペゴティーさん家《ち》を見せにヤーマスに案内するからね。だってスティアフォースさん、こんな最高の家ったら絶対見たことないよ。なにしろ、舟で出来てるんだからさ」

「舟で出来てるだって」スティアフォースは言った。「それは徹頭徹尾、生まれながらの船乗りにはまさにお誂《あつら》え向きの家じゃないか」

「そう、そうなんですよ。そう、そうなんですよ」ハムはニヤッと笑いながら言った。

「そのとおりです、学生さん。ねえデイヴィー坊ちゃん、本当に学生さんの言うとおりだ。徹頭徹尾、生まれながらの船乗りってね。ふうん、ふうん、まさに叔父貴《おじき》ってそういう奴でもあるんだよなあ」

もともと謙虚な質《たち》だったから、これほどやかましくほめ言葉を連発することは差し控えたものの、ミスター・ペゴティーだって甥《おい》に負けないくらい、本当のところは大喜びだった。

「いやあ、これは」お辞儀をして、クックッと含み笑いをしながら、ミスター・ペゴティーは言い、胸にネッカチーフの両端を押し込んだりもしていた。「いやあ、これは恐縮しますな、いやはや恐縮しますな。それなりに商売の方じゃ精いっぱい気を入れてやってますがね」

「それが人間なによりってもんですね、ペゴティーさん」スティアフォースは言った。もう名前を頭に入れているのだった。

「そりゃもう、学生さんこそ、どんどんやっておられるじゃありませんか、どんどんやっておられるものな」ミスター・ペゴティーは首を横に振りながら言った。「本当によくやっておられるものな――いやあ実によくやっておられる。いやはや、恐縮しますな、おいらみてえなもんを愛想よく迎えてくれるとは、いやあ、すみませんなあ。そりゃ、おいらはがさつ者さ、けど、大歓迎です――少なくとも、分かってもらえるかな、気持は大歓迎だってね。いやあ、わが家は大して見るほどの代物じゃないですよ。けど、デイヴィー坊ちゃんとご一緒に見に来てくれるってんなら、何なりとどうぞ、大歓迎しますからな。おいらは頓馬のドードー野郎なんで、いやもうまったく」ミスター・ペゴティーは言った。どうやら、これはのろまのでんでん虫のつもりだ。自分がなかなか神輿《みこし》が上がらないことを遠回しに言おうとしたものらしかった。というのも、一言いい終えるたびに腰を上げようとはするものの、何やかやとまた元の話に戻ってしまうからだった。「けど、お二人ともお元気で、そいで楽しくやってくださいね」

ハムも同じ挨拶を繰り返し、ぼくらは真心のかよった別れをした。その夜、可愛いちびのエミリーのことをスティアフォースに話してきかせようかなという気になったのを、すんでのところで止《よ》したが、気が小さくてその名前を口に出せずじまいだったのと、ぼくのことを笑いものにするんじゃないかとの気後れも働いたからだった。いま思い出してみると、大人の女になりかけてるってミスター・ペゴティーが言ってたことがひっかかって、妙に落ち着かず、ずいぶんあれこれ思いめぐらしていたが、結局、下らない妄想なんだと決着をつけることにした。

ぼくらは、海の幸、つまりミスター・ペゴティーが謙遜して言ったほんの「おかず」を、見つからないようにそっと二階のぼくらの部屋に運び入れ、その夜、大晩餐会を開いた。けれどトラドルズは心ゆくまで楽しめなかった。他のみんなのように食事を平らげることすらできなかったんだから、よほどついてない奴なんだ。その夜、具合が悪くなったってことだ——カニにあたったせいで、へたばっちゃった。それでデンプル(このつの親父は医者だった)が言うには、あれじゃ馬の体だってぼろぼろになっちゃうぜ、というほど黒い水薬と青い丸薬を飲まされてから、本当のことを白状しなかったというので、鞭とギリシャ語新約聖書の六章分の暗唱という罰を受けることになった。

学期の残りは、ぼくの記憶では、毎日毎日が奮闘と苦闘の生活、移りゆく夏と巡りくる季節、鐘の合図でベッドから跳び起きた霜の降りた朝や、また鐘の合図でベッドの中にもぐり込んだ暗闇の夜にぶるぶると底冷えがしてきた感じ、薄暗い明りしかなく、しかもさっぱり暖かくない夕方の教室と、これはもう巨大な冷凍装置としか表現のしようがない朝の教室、煮込みビーフとロースト・ビーフ、煮込みマトンとロースト・マトンが交互に出されたことや、カチンカチンのバター付きパン、ページの端の折れた教科書、ひびの入った石板、それに涙のにじんだ跡のある習字帳、鞭を振りおろされたことや物差しでひっぱたかれたこと、散髪、雨の日曜日、脂身入りのプディング、それに至るところインクのにおいが立ちこめて淀《よど》んだ空気など、こういった何もかもの、それこそごたまぜの日々だった。

けれども、実によく憶えているのは、休暇など遥か遠い先と思っていたから、じれったいほど長い間、じっと静止したままの点のような感じだったのに、それがにわかにぼくらの方に近づき、どんどん大きなものに膨らみ始めたことだった。あと何カ月と数えていたのが、あと何週間になって、とうとうあと何日になるのだった。すると、ひょっとしてぼくは帰省させてもらえないんじゃないかと不安になり始め、だけどスティアフォースから、ちゃんと家に帰らせてもらえるよと知らされたときに、ことによると帰る前に足を折るかもしれないなあと、今度はちょっとそんな予感がした。が、とうとう終業日の方が、さ来週から来週へ、今週へ、明後日《あさって》へ、明日へ、今日へ、そして今晩へと変わり身が早く――かくしてぼくはヤーマス行きの郵便馬車の車中におり、家に帰ろうとしているのだった。

ぼくはヤーマス行きの郵便馬車の中で、何度もとぎれとぎれにとろとろと居眠りをして、脈絡のない夢を何度も見た。だけどふと目を醒ますたび、窓の外に広がっていたのは、もはやセーラム学園の校庭ではなかったし、耳に入ってくる音も、クリークル校長先生がトラドルズに振りおろしているのではなくて、御者が馬に軽く振りおろしている鞭の音だった。

第八章　冬休み、とりわけ幸せなある日の午後

夜明け前に郵便馬車は止まり、宿屋に着いたが、あいにくと友達のウエイターさんのいる宿屋じゃなく、ぼくはドアにイルカの絵が描いてある、心地よさそうな小さい寝室に案内された。階下ではあかあかと燃える暖炉の火の前で熱いティーを出してもらったというのに、そこがものすごく寒かったのと、それから「イルカ」のベッドにもぐり込み、頭まで「イルカ」の毛布をすっぽりかぶって寝られたのがすごくうれしかったのとを憶えている。

運送屋のミスター・バーキスが、朝九時にぼくを迎えに来てくれることになっていた。ぼくは八時には起き、前の晩の寝不足でちょっとくらくらしたけど、約束の時間前には準備万端ととのえていた。まるでこの前ぼくらが別れてからほんの五分も経っていないし、宿屋にぼくが立ち寄ったのも、六ペンス銀貨をくずすか何かのためだけなんだと言

わんばかりの、さりげない出迎えようだった。

ぼくと旅行かばんを荷馬車に載っけて、運送屋も席に着くと、のろくさい馬はみんなを連れて、いつものよたよたとしたペースで歩みを進めた。

「すごくお元気そうじゃないですか、バーキスさん」うれしがるだろうと思って、ぼくは言った。

ミスター・バーキスは袖口で頬っぺたをこすり、頬のつやか何かがひょっとして袖口にうつってはいまいかと思っているかのように袖口に目をやったが、この挨拶には何も答えなかった。

「言伝《ことづて》はしたんだよ、バーキスさん」ぼくは言った。「ペゴティーに手紙を書いたから」

「ああ」ミスター・バーキスは言った。

ミスター・バーキスはぶっきらぼうに、そっけない返事を返してきた。

「あれじゃ、いけなかった、バーキスさん」ちょっとためらってから、ぼくは尋ねた。

「うん、だめだな」ミスター・バーキスは答えた。

「言伝のことがかい」

「いや、言伝はたぶんいいんだ」ミスター・バーキスは言った。「けど、それでおしまいになっちまっただろ」

何を言いたいんだか分からず、ぼくはもっと知りたくて繰り返した。「それでおしまいになったって、バーキスさん」

「何にも次が続かねえだろ」横目でぼくをちらっと見て、説明してくれた。「返事が来ないんじゃ」

「それじゃ、返事が欲しかったのかい、バーキスさん」目をかっと見開いて、ぼくは言った。だって、こいつはぼくには寝耳に水だったからだ。

「男がだよ、意欲満々だって言ったら」もう一度ぼくの方にゆっくり視線を向けて、ミスター・バーキスは言った。「そりゃ、男が返事を待ってるって言ってるも同然じゃねえか」

「そうなの、バーキスさん」

「そうさ」視線を馬の耳の方に戻して、ミスター・バーキスは言った。「そりゃ、男がだよ、ずっと返事を待ってたってことなんだ」

「そのこと伝えたの、バーキスさん」

「いや――まさか」考え込みながら、ミスター・バーキスはぶつぶつ言った。「訪ねていって、あの女に伝えるなんてできっこねえ。ろくすっぽ口をきいたこともねえんだ。わざわざあの女に伝えにいきやしねえよ」

「それじゃ、代わりにぼくにしてほしいのかい、バーキスさん」あやふやな気持でぼくは言った。

「あんたが、たってと言うんなら、伝えてくれてもいいさ」もう一度ゆっくりとぼくの方に視線をくれながら、ミスター・バーキスは言った。「バーキスが返事を待ってたってな。あんたに言ってもらうか――名前は何だったかな」

「向こうの名前かい」

「ああ」首をうなずかせて、ミスター・バーキスは言った。

「ペゴティーじゃないか」

「洗礼名か、それとも名字の方か」ミスター・バーキスは言った。

「まさか、洗礼名のわけないよ。洗礼名はクレアラなんだ」

「やっぱりそうか」ミスター・バーキスは言った。これはあれこれ考えてみなくちゃならんという風に坐ってじっと考えをめぐらし、しばらく、ひそかに口笛を吹いてるようでもあった。

「さてと」とうとう再び口を開いた。「あんたはこう言うんだ。「ペゴティー、バーキスが返事を待っているんだよ。」で、あの女はたぶんこう言うさ。「何の返事。」すると、あんたはこう言うのさ。「ぼくが伝えたことのだよ。」あの女は言うさ。「それって何のこと。」あんたは言うんだな、「バーキスは意欲満々だって言ってたよ」って」

この想像たくましいセリフを言いながら、ミスター・バーキスは肘でつっ突いてきたので、ぼくはわき腹が痛くてたまらなかった。それからは、ミスター・バーキスはいつもどおりに前のめりになってきて、馬に覆いかぶさるようにして、この話を一切口にすることはなかった。ただ、三十分後にポケットからチョークを取り出すと、馬車の幌の内側に「クレアラ・ペゴティー」と書きつけたが——これは明らかに自分だけの控えのつもりだったのだろう。

なんとも不思議な気持がしたのは、もうわが家とは呼べないのに家に帰っていくことや、目にするものどれをとってみても、懐かしく幸せに包まれていた頃を蘇らせてくれるのに、それがもう二度と見ることのできない夢の世界のようだったことだ。母さんとぼくとペゴティーとがお互いにかけがえのない存在であり、ぼくらの仲に割り込んでくる人間なんて一人もいなかった日々のことが、道すがら哀しみに沈むぼくの脳裡に浮かんできたので、そこへ行くのが本当にうれしいことなんだか、どうも自信が持てなかった——遠く離れたままでいて、スティアフォースと付き合っていくうちにすっかり忘れてしまう方がかえっていいんではと、やっぱり自信が持てなかった。だけど、ぼくはもはやそこに来てしまい、じきにぼくらの家に降り立ってもいたが、荒涼とした冬の寒空に、葉を落としたニレの老木が、無数に伸びた枝を手のようによじらせ、ミヤマガラスの古い巣の残骸は風に吹きさらされていた。

運送屋は旅行かばんを庭の出入口のところに降ろすと、さっさと立ち去っていった。ぼくは家に向かって小道を歩いていきながら、窓の方に目をやって、一歩近づくごとに、ミスター・マードストンかその姉さんがそのうちのどれかからにらみつけてるところが見えやしないか、とこわかった。けれどもどこにも顔は見えなかったし、そうこうしているうちに家に着き、ドアの開け方も分かったし、つまり暗くなる前はノックをしなくてもいいので、そのままおずおずとした足どりで中に入っていった。

玄関ホールに足を踏み入れると、母さんの声が懐かしい居間から聞こえ、するとぼくの中で呼び覚まされたのは、間違いなくちっちゃな赤ん坊の頃の記憶だった。母さんは低い調子で歌をうたっていた。まだほんの赤ん坊だった頃、ぼくは母さんの腕の中に抱かれ、こんな風に歌いかけてくれたのを聞いてたに違いないんだ。その歌は初耳だったけれども、懐かしくてたまらなくなって、ちょうど長らく会わなかった友が帰ってきたように、ぼくの胸はじんと熱くなった。

小声で歌を囁《ささや》き、淋しそうに物思いに耽ってでもいるような感じから、てっきり母さんは一人っきりだろうと思った。そこでぼくはすうっと部屋の中へ入っていった。と、母さんは暖炉のそばに坐って、赤ん坊にお乳をふくませ、赤ん坊のちっちゃな手は母さんの首にあてがわれたままにしていたのだ。赤ん坊にまなざしを注いで、母さんは歌ってやっていた。たしかに、他に話し相手がいないというところまでは、ぼくは間違ってはいなかった。

ぼくが声を掛けると、母さんはびくっとして叫び声をあげた。けれどもぼくを認めると、まあ、デイヴィー、本当にデイヴィーなの、と呼び、部屋の半ばまでぼくを迎えに歩み寄ってきた。そうして床にひざまずくと、ぼくにキスをして、その胸にぼくの顔を埋《うず》めさせたが、そのすぐ横にはもう一人、ちっちゃな赤ん坊が抱き締められており、母さんは赤ん坊の手をぼくの唇へと促した。

死んでしまいたかった。この懐かしい思いを抱いたまま、あの時ぼくは死んでしまい

たかった。天国に召されるのに、あの時ほど格好の時は二度と訪れなかった。

「ほら、弟よ」ぼくをなでながら、母さんは言った。「デイヴィー、可愛い、可愛いわ、可哀相にねえ、デイヴィー。」それからもっとうんとキスしてくれて、ぼくの首をぎゅっと抱き締めてくれた。こうしていたときに、ペゴティーが小走りにやってきて、威勢よく床の上、ぼくらのすぐ横にぽんと坐り、十五分くらいはぼくら二人に、それはもう手放しの大喜びをしていた。

運送屋がいつもよりずっと早く着いたから、まさかぼくがこんなにも早く着くとは思ってもみなかったらしい。それから、マードストン姉弟は近所に人を訪ねていって留守で、夜まで戻らないということだった。もう一度ぼくら三人きりの水入らずになれるとは思ってもみなかった。だから、しばらくは懐かしい日々が蘇ったような気がした。

ぼくらは暖炉のそばで一緒に食事をした。ペゴティーはぼくらに給仕しようと控えていたけど、母さんはそうはさせず、一緒に食事するようにさせた。茶色に彩色してある、帆に風をはらんだ軍艦の絵のついた懐かしいお皿が出ていたが、ぼくがいない間ずっとペゴティーがどこかに大切にしまっておいたもので、たとえ百ポンド出すと言われても、壊したりしやしませんわ、と言っていた。それからデイヴィッドと名前の入った懐かしいマグカップ、全然切れないちっちゃなナイフとフォークも並べてあった。

食卓についている間、ミスター・バーキスのことを伝えるには、これぞまたとないチャンスだとぼくは思った。だけど伝えなくちゃならないことを話し終えないうちから、ペゴティーはアハハと笑い出して、エプロンで顔を覆ってしまった。

「ペゴティー」母さんは言った。「どうしたっていうの」

ペゴティーはますますアハハと笑うだけで、母さんがエプロンを引き剝がそうとすると、すっぽりと顔にエプロンをかぶせてしまい、まるで袋の中にでも顔を入れてしまったような感じで坐っていた。

「何やっているのよ、お馬鹿さんねえ」母さんは笑いながら言った。

「ええ、うるさい奴なんです」ペゴティーは叫び声をあげた。「あたしを奥さんに欲しいんですよ」

「それは、願ってもない良縁じゃないの」母さんは言った。

「まあ、さあどうなんだか」ペゴティーは言った。「訊かないでください。たとえあちらさんが金《きん》で出来てたって、願い下げにしたいんですから。それに、どこのどなたさまだって、願い下げですからね」

「じゃあ、どうしてきちんとそう言ってやらないの、おかしな人ね」母さんは言った。
「そう言ってやる、ですって」エプロンから顔を覗かせて、ペゴティーは言い返した。
「だって、一言だってそのこと、あたしに話してくれてないんですから。あれで馬鹿な真似はしないんですよ。あちらが厚かましく一言でも口を開こうものなら、顔をぴしゃりとひっぱたいてやりますから」

これまで、ペゴティーの、いや他の誰の顔にしても、こんな真っ赤っかに火照《ほて》らせた顔をついぞ見たことはなかったと思う。けれど、ぷっと吹き出してこらえきれずにアハハと笑いころげるわずかばかりの間、エプロンでまた顔を隠すだけで、こんな風にこみあげてくる大笑いを二、三回やりすごすと、またおもむろに食事を続けるのだった。

ペゴティーが視線を向けると、ニッコリ微笑《ほほえ》みはしたものの、母さんが深刻に考え込んでいるような様子になったのにぼくは気づいた。ひと目見たときから、ぼくは何か変わったなあと気づいていた。もちろん顔は相変らず綺麗だったけど、心労でやつれ、ひどく華奢《きゃしゃ》な感じがしたし、手もすごくやせ細って真っ白で、ぼくには透き通ってでもいるように思えた。だけど、いま変わったって言ったのにもっと説明を加えれば、つまり母さんの態度がいかにも不安そうでそわそわと落ち着かない感じになっていたということなんだ。母さんは手を差し出して、それを馴染《なじ》みのお手伝いの手の上にやさしく載っけると、とうとう言った。

「ペゴティー、ねえ、まさか結婚してしまうんじゃないでしょ」

「あたしがですか、奥さま」じっと見つめながら、ペゴティーは答えた。「とんでもない、まさか」

「まだしばらくはしないってことね」母さんはやさしく言った。

「絶対、一生しませんたら」ペゴティーは大きな声をあげた。

手を握りしめて、母さんは言った。

「わたしのそばを離れないでね、ペゴティー。わたしのところにいてね。もうそう長くじゃないもの、きっと。いてくれなくちゃ、いったいどうしたらいいのか分からないんですもの」

「あたしが、おそばを離れるですって、まあ奥さま」ペゴティーは叫び声をあげた。「猫も杓子《しゃくし》も誰だって、そんなこと絶対の絶対にありませんから。いいですか、そんなこと、そのおめでたい可愛らしいおつむに、なんでまた思いついちゃったんでしょうね」

——というのも、ペゴティーは昔からの習慣で、時どき子供みたいにして、母さんに話しかけていたのだった。

けれども、ありがとうと言ったきり、母さんは返事をせず、ペゴティーの方はいつもの調子で、どんどん先を続けていった。

「このあたしが、おそばを離れるですって。身のほどは分かってるつもりですよ。ペゴティーが奥さまの許を離れるですって。そんなペゴティーを見たら、捕まえてみたいもんですよ。ありませんったら、ありません。絶対に」首を横に振り振り、腕を組んでペゴティーは言った。「奥さま、ペゴティーにかぎってそんなことありませんとも。ペゴティーがそんなことしたら、諸手《もろて》を挙げて大喜びするに決まってる泥棒猫どもの、それこそ思うつぼですわ。だけど断じて、そんなことされてたまるもんですか。付け上がらせることになりますからね。偏屈な意地悪ばあさんになるまで、奥さまのところに置いていただきますとも。それで、耳は遠くなる、足も引きずるし、目もかすむ、歯も抜け落ちてもぐもぐ言うだけになっちゃって、全然お役に立たないばかりか、かえって足手まといにでもなろうものなら、その時はデイヴィー坊ちゃまのところへ行って、引き取っていただくようお願いしますから」

「その時は、ペゴティー」ぼくは言った。「ぼくのところに来てくれたらうれしいし、女王さまみたいに大歓迎するよ」

「ありがとうございます」ペゴティーは叫び声をあげた。「そうでしょうとも。」そして、来《きた》るべき時の、ぼくのもてなしへのお礼の印のつもりなのか、先手を打ってキスをしてくれた。それが済むと次は、もう一度エプロンで顔を隠し、ミスター・バーキスのことでぷっと吹き出して、またひと笑いした。お次は赤ん坊を揺りかごから抱き上げてあやした。そしてそのお次は食事のテーブルを片づけた。またその次は、何もかもすっかり以前のままに、別の帽子にかぶり替え、裁縫箱とヤードの巻尺と使いさしのろうそくとを持って現われた。

ぼくらは暖炉を取り囲んで坐り、わいわい楽しく話を続けた。クリークル校長先生がどんなに厳しいか話してきかせると、二人はしきりにぼくのことを気の毒がってくれた。スティアフォースがどんなに格好いい奴で、どんなにぼくを庇《かば》ってくれるか話してきかせると、ペゴティーは、たとえ十マイル歩くとしても、ぜひ会ってみたいものだわ、と言った。ぼくはちっちゃな赤ん坊が目を醒ますと、自分の腕の中に抱いてみて、やさしくあやしてやった。また赤ん坊が眠ってしまうと、ずっと長いことごぶさただったが、昔の習慣どおりに、ぼくは母さんの横にぴたりとすり寄っていき、両腕を母さんの腰にまわして、ちっちゃな火照った頬っぺたは肩の上におくと、綺麗な母さんの髪の毛がぼくにもう一度垂れかかってくる感じが分かった——いま思い出してみると、あの頃ずっと、それを天使の翼みたいだなあと思っていたし、そして幸せというものを本当に嚙みしめていた。

こんな風に坐って、暖炉の火をじっと見つめ、真っ赤に焼けた石炭が映し出す絵模様を目にしていると、ここを離れたことなんか本当は一度もなくて、マードストン姉弟もこんな絵模様みたいなもので、火が消えかかれば、消え失せてしまうんじゃないか、ぼくが記憶しているありとあらゆるもののなかで、母さんとぼくとペゴティーを除いて、現実には何ひとつ存在していないんじゃないか、という気さえしてきた。

ペゴティーは目がきく限り全部、靴下の穴をかがっていたが、やがて靴下を手袋みたいに左手にはめて、ぎゅうっと広げて伸ばし、右手には針を持って、一瞬火がぱっと燃え立てば、立ちどころに縫える用意をしていた。ペゴティーがいつも繕《つくろ》っているのは、いったい誰の靴下なんだろうか、それに繕わなきゃならない靴下がよくもまあ引きも切らず、どこから出てくるんだろうか、ぼくには見当もつかなかった。ぼくが物心ついた頃から、ペゴティーはいつもこの手の針仕事をしていて、ついぞ他のをしていた形跡はない。

「そういえば」ペゴティーは口を開いたが、時どき突拍子もない話題をふっと思いつくことがあったのだ。「デイヴィー坊ちゃまの大伯母さまはどうしたでしょうね」

「あらまあ、ペゴティー」何か物思いに耽っていたのに、はっと我に返って母さんは言った。「なんてつまらないこと口にするの」

「ええ、でも実際、何かひっかかるものですから、奥さま」ペゴティーは言った。

「なんでまた、あんな人のことが頭に浮かぶの」母さんは尋ねた。「頭に浮かぶにしたって、もっとましな人がいないのかしらね」

「どうしてなんだか分かりませんが」ペゴティーは言った。「頭が悪いせいなのはおいといても、勝手に浮かんでくる人間を、あたしの頭の方は選《え》り分けできないんです。現われては消えていくんですから。だから現われもしないし消えることもないのも、あちらが勝手にそうしてるだけのことなんですよ。それにしても、あの大伯母さま、どうしたでしょうね」

「ペゴティー、本当にお馬鹿さんね」母さんは言った。「それじゃ、もう一度いらしてもらいたいって、言ってるみたいよ」

「そんなことあってたまるもんですか」ペゴティーは大きな声をあげた。「それじゃ、そんな不愉快なこと口にしないでちょうだい、ねえお願いよ」母さんは言った。「ベッツィ伯母さまは今ごろ海辺のお家《うち》に引きこもってお過ごしで、ずっとそこにおいででしょうよ。いずれにせよ、わたしたちのこと、二度と困らせたりはなさらなそうよ」

「ええ」思いに耽りながらペゴティーは言った。「ええ、その点はもうないでしょうとも。——気にかかっていますのは、もしあの方がお亡くなりにでもなったら、デイヴィー坊ちゃまに何かお遺《のこ》しになるんでしょうか」

「まあ、なんてことを、ペゴティー」母さんは言った。「あなたって、なんて愚にもつかない人なのかしらね、だって、よりによって可哀相に、男の子が生まれちゃったって、お腹立ちになったの、百も承知でしょう」

「もうそろそろ許してやってもいいって、気が変わってはいないかしらと思うんですが」ペゴティーはそれとなく言った。

「なんでまた、そろそろ許してやってもいいって気になんかなるのかしら」むしろ手厳しい調子で、母さんは言った。

「だって、それはつまり弟が出来たからですよ」ペゴティーは言った。

するど母さんはわっと泣き出し、ペゴティーがどうしてそんなことを口に出せるのか不思議でたまらないわ、と言った。

「まるでこの揺りかごにいる、いたいけな汚《けが》れのない小さな子が、あなたか他の誰かを傷つけるような真似をしたみたいじゃないの、あなたって焼き餅やきなのね」母さんは言った。「あなたなんか、運送屋のバーキスさんと結婚してしまえばいいのよ。ぜひそうなさいよ」

「そうしたら、マードストンのお姉さんの思うつぼですからね」ペゴティーは言った。

「ペゴティー、あなたはなんて性格がゆがんでるの」母さんは言い返した。「お義姉《ねえ》さんにそんなに焼き餅やくなんて、なんておかしな人だこと。きっとあなたは自分で鍵の管理をして、何もかも家のことを取り仕切っていきたいんでしょうね。仮にそうだとしても、全然驚かないわ。お義姉さんは親切心と善意からやってくださってるだけなの、ちゃんと分かっているくせにねえ。そうでしょ、ペゴティー――よく分かっているわよね」

ペゴティーは何か、善意が聞いて呆れるという意味のことや、他にも何か、善意なんてこれ以上もううんざりよ、という意味のことをぶつぶつとつぶやいていた。

「言いたいことは分かっているわ、気むずかしやさん」母さんは言った。「わたしにはすっかりお見通しですよ、ペゴティー。あなたにもそのことは分かっているのよね。それで、顔を真っ赤に火照らせもしないでいられるなんて不思議でたまらないわ。でもまず一度に一つずつにしましょう。今はお義姉さんのことね、ペゴティー。はぐらかさせはしないわ。お義姉さんが何度も口をすっぱくして言っておられるの、聞いてなかったのかしら。つまりこのわたしの思慮が足りなさすぎで、それから——ええと、ええと」

「可愛らしいでしょ」ペゴティーは言いあてた。

「そうね」半ば笑いながら、母さんは答えた。「お義姉さんがそんな馬鹿げたことを言ったからって、それってわたしのせいなのかしら」

「誰もそんなこと言っておりません」ペゴティーは言った。

「そうよね、ぜひそう願いたいものね」母さんは言い返した。「お義姉さんが何度も口をすっぱくして言っておられるの、聞いてなかったの？　つまりわたしの代わりに苦労を一切合財ひき受けてくださるっていうの。だってわたしには向いてないからって言われるし、わたしだって自分じゃ向いてないって本当は思っているわけだし。それにお義姉さん、朝は早くから夜も遅くまで起きておられるじゃない、それにいつも忙《せわ》しなく、あっちへ行ったりこっちへ行ったりして動きっぱなしだし——で、何もかも一手に引き受けて、そして家中のどこへでも、石炭小屋とか食器室とか、どこだか分からないけど、行くのが嫌でたまらないようなところだってどこへでもどんどん進んで行かれているじゃないの——それなのに、あなたはどうして、さも尽くしていないみたいに、まるで奥歯に物がはさまったような言い方をするのかしら」

「まさか、そんな言い方するもんですか」ペゴティーは言った。

「あら、そうなんじゃないのかしらね、ペゴティー」母さんは言い返した。「あんたって、自分の仕事きりしないのよね。あとはいつだって奥歯に物がはさまったような言い方をするのよね。そういうのを面白がっているのよね。それでうちの主人の善意について口にする段になると——」

「そんなこと一度だって口にしたことなんかありませんけど」ペゴティーは言った。

「そうよね、ペゴティー」母さんは言い返した。「でも奥歯に物がはさまったような言い方はしてたでしょ。ほら、それがね、たった今、あなたに言ったばかりのことなのよ。あなたの一番悪いところなのよね、奥歯に物がはさまったような言い方をしよう、、、とするの。あのとき言ったでしょ、お見通しだって。しかもあなたはそのことをちゃんと承知しているんだものね。うちの主人の善意について口にして、さも木で鼻をくくったような風をしてても(だって本心は決してそうじゃないって分かっているもの、ペゴティー)、あなただってわたしと同じくらい、うちの主人がどんなに真心こめてるか、それにどれひとつ取ってみてもそれに裏打ちされていない行ないなんかありはしないって、よく納得してるはずよね。ちょっとでも誰かに辛く当たっているように見えたとしても、ペゴティー——あなたなら分かってくれるわよね、それにたぶんデイヴィーだって分かってくれるわよね、なにも今ここにいる誰かのこと、暗に指して言ってるんじゃないのよ、いいわね——ただ、うちの主人には、その人のためを思ってのことだって確信があるから、そうしてるのよ。もちろんその人のこと、わたしのためにも大切に思ってくれているからなの。それにひたすらその人のためによかれと思ってやってることなの。このわたしなんかより、うちの主人の方がずっとちゃんとした判断ができるでしょ。なにしろわたしときたら、弱虫で軽率で子供みたいだし、それにひきかえ、うちの主人はしっかりしてて、落ち着きはらってるし、生真面目な質《たち》なの、よく分かっているからなんですもの。それにうちの主人は」やさしい性格だから思わずこみあげてくる涙を、母さんは顔を伝って流れるがままにして言った。「うちの主人は、このわたしにはひどく手を焼いているんですもの、心から感謝しなくちゃ。それに、たとえ気持の上だけでも素直に従わなくちゃならないの。だから実際にそうできないときには、ペゴティー、わたしは悩んで自分を責め立ててみるんだけれども、自分自身の本心もあやふやになって、どうしていいのか分からなくなっちゃうのよ」

ペゴティーは靴下の足底に頬っぺたを載っけて、暖炉の火を黙ってじっと見つめ、坐ったままだった。

「ねえ、ペゴティー」口調を変えて、母さんは言った。「お互い、仲違《たが》いはやめにしましょうよ。だって耐えられないんですもの。そうなの、この世にもし味方があるとして、あなたはたった一人のわたしのかけがえのない味方なんですもの。そりゃ、お馬鹿さんだとか、頭に来るとか何だとかとあなたのことを言ったけど、ペゴティー、前の主人のコパフィールドが初めてここにわたしを連れてきてくれて、で、あなたが門のところまでわたしを出迎えに来てくれたあの夜からずっと今でも、あなたはかけがえのないわたしの味方だって、本当にそういうことなのよ」

間髪《かんはつ》を入れず、これに応えてペゴティーは、これぞ究極とばかりにぎゅっとぼくを抱き締めて友好条約に批准した。その時、ぼくはこの話し合いの真意に幾分かは気づいていたと思うのだけれども、今になってみるともっとはっきりするのだが、それはつまり母さんが綺麗さっぱり吐き出したのが、いささか矛盾した結論だったにしろ、これもひとえに母さんの気が晴れることを願って、おそらくはこのお人好しさんがわざと話をひねり出してきて、それに自分も一枚かんでくれたものだったのだろう。企みは効果覿面《てきめん》だった。というのも、思い出してみると、その日の夜、母さんはずっと気が楽になったようだったし、ペゴティーにしても、さほど母さんのことを気にかけなくなったからだ。

ティーを飲み、暖炉の灰の始末をし、ろうそくの芯《しん》を切ると、昔を思い出してぼくはペゴティーにクロコダイルの本を一章読んできかせ――ペゴティーがその本をポケットから取り出してよこしたのだが、あれからずっとポケットの中にしまい込んであったものかどうかは分からない――、それからぼくらはセーラム学園のことを話したが、すると心酔するスティアフォースの話題に、どうしてもまた戻ってしまうのだった。ぼくらは、なにしろ幸せだった。幸せを嚙みしめるのもその晩かぎり、しかもどうやら幸せなぼくの人生も永遠に一巻の終わりの定めにあり、だからその夜のことはぼくの記憶から決して消えることはないだろう。

車輪の音を耳にしたのはかれこれ十時近かった。その時ぼくらは全員立ち上がったが、あわてて母さんは、もう遅いし、それに若い人には早寝早起きが何よりだって、主人もお義姉さんも考えてるから、あなたは床についた方がいいわね、と言った。ぼくは母さんにキスをして、あの二人が家の中に入ってこないうちに、ろうそくを持ってそそくさと二階に上がった。以前に監禁されていた寝室に上がっていきながら、子供っぽい想像をめぐらし、あの二人は寒々とした強い風をぴゅーっと家の中に送りこんでは、懐かしい心安い雰囲気を羽根一枚みたいにふうっと吹き飛ばしちゃったんだと思った。

翌朝、ぼくは朝食に降りていくのが気づまりだった。なにせ例の楯突《たてつ》いた忘れがたい日からというもの、ミスター・マードストンと目を合わせたことがなかったのだから。だけどそうしなきゃならなかったから、二、三度おずおずと足を踏み出しはしたものの、すごすごと退散して自分の部屋へこっそり駆け戻りもしたが、ついに腹を据えて下に降りていき、居間に顔を出した。

暖炉の火を背にしてあの人は突っ立っており、マードストンの姉さんの方はティーを入れていた。入っていくと、ぼくの方を見据えていたが、誰なのか全然見分けがついている風はなかった。

だから一瞬まごつきはしたものの、あの人のところに近づくと、ぼくは言った。「ちょっとよろしいでしょうか。先《せん》だっては誠に済まないことをしてしまいました。どうかお許し願えないでしょうか」

「おまえの口から済まなかったと聞けて、うれしいよ、デイヴィッド」あの人は答えた。ぼくに差し出してきた手は、以前ぼくが嚙んだ手だった。一瞬、手の赤い傷跡に目を留めずにはいられなかった。だけど、あの人のうす気味悪い表情にぶつかったときにぼくが顔を赤らめたほど、そう赤くはなかった。

「お元気ですか」ぼくはマードストンの姉さんに言った。

「あらまあ」手ではなくて、茶筒のスプーンをぼくの方に差し出して、マードストンの姉さんはため息をつきながら言った。「お休みはいつまで」

「一月《ひとつき》あります」

「いつから数えて」

「今日からです」

「あら」マードストンの姉さんは言った。

「じゃあ、一日は過ぎたのね」

こんな具合に姉さんは冬休みの日程表をつけ、毎朝同じように一日ずつ消していった。十日目になるまでは憂鬱そうにしていたけれども、二桁台に突入すると俄然希望にあふれてきて、時がどんどん進めば進むほど、浮かれ出しさえした。

だいたいがそんな弱い質《たち》の人じゃなかったというのに、運悪く、よりにもよって初《しょ》端《ぱな》の日に、この女《ひと》を腰が抜けるほどびっくり仰天させてしまった。ぼくは母さんとこの女《ひと》が坐っていた部屋に入っていった。すると赤ん坊が(ほんの生後数週間だったが)母さんの膝の上にちょこんと載っかっていたものだから、ぼくは両腕に大事に大事に赤ん坊を抱き上げた。と、突然マードストンの姉さんがキャーと金切り声をあげたので、あやうく落っことすところだった。

「あらまあ、ジェーン義姉《ねえ》さん」母さんは叫び声をあげた。

「まあ、とんでもないわ、クレアラさん、見た」マードストンの姉さんが叫んだ。

「見たって、何をですか、ジェーン義姉さん」母さんは言った。「どこをですか」

「摑《つか》んでるじゃないの」マードストンの姉さんは言った。「あの子、赤ちゃんを摑んでるじゃないの」

この女《ひと》は、ぞっとして気が抜けてしまったというのに、きいっと体を緊張させ、一目散にぼくのところに駆け寄ってきたかと思うと、赤ん坊をぼくの腕からひったくっていった。それからゆっくり気を失い、加減がめっきり悪くなって、チェリー・ブランデーを含ませてあげなきゃならないほどだった。意識が戻ると、ぼくはマードストンの姉さんに、弟にちょっとでも触れることは、たとえどんな口実をつけても、今後一切まかりならぬ、と厳重に言い渡された。それから気の毒に、母さんは本心とは裏腹なのがぼくの目には明らかだったけれども、「本当にそのとおりですわね、ジェーン義姉さん」と言って、すごすごとこのお触れに同意した。

ぼくら三人がたまたま一緒にいた、また別のある時のこと、この可愛い赤ん坊が——だって母さんのためを思えば、ぼくには本当に可愛くって仕方なかった——何の悪意もないのに、マードストンの姉さんをカッと怒らせる張本人にもなった。母さんは膝の上に赤ん坊を載せて、その瞳をじっと見ながらこう言った。

「デイヴィー、こっちに来てみてちょうだい」そしてぼくの瞳をじっと見た。

ぼくは、マードストンの姉さんがビーズを下に置くのに気づいた。

「絶対そうだわ」母さんはやさしく言った。「そっくり同じよ。わたしに似たからなのね。わたしの目の色ですものね。だけど不思議なほどそっくりね」

「何のこと話してるの、クレアラさん」マードストンの姉さんは言った。

「まあ、ジェーン義姉さん」厳しいこの問い詰めにちょっとどぎまぎした母さんは、口ごもりながら言った。「赤ちゃんとデイヴィーの目がそっくり同じなんですよ」

「クレアラさん」カッとして立ち上がると、マードストンの姉さんは言った。「あなたって、時として馬鹿丸だしになるのね」

「ジェーン義姉さんったら」母さんは抗議するように言った。

「馬鹿丸だしですよ」マードストンの姉さんは言った。「よりにもよってあたしの弟の子とあなたの子を較べようなんて馬鹿、他にいるかしらね。ちっとも似てなんかいないじゃない。全然そっくりじゃないわ。何もかも月とスッポンですよ。二人はこれからもずっと月とスッポンでなきゃ。もうこんなところに坐って、こんな風に較べられるの聞きたかないわね」こう言うと、ぷりぷり怒った足どりで部屋を出て行って、ドアをバタンと閉めた。

要するに、ぼくはマードストンの姉さんには気に入ってもらえなかった。要するに、ぼくはそこの誰からも、ぼく自身からさえも気に入ってもらえなかったんだ。というのは、ぼくのことを好いてくれた人たちはそれを態度で示すことができなかったのに、ぼくのことを好いてくれなかった人たちはあからさまに態度に示してよこしたので、ぼくはいつも、さぞ自分は抑えつけられ、ぱっとしない薄のろに見られてるに違いないんだと、ぴりぴりと神経過敏になっていた。

みんなはぼくに不快な思いをさせたが、ぼくの方だって同じくらいみんなに不快な思いをさせているのに気づいた。みんなが一緒にいて話し込んでおり、母さんも楽しそうにしている部屋に、もしぼくが入っていけば、足を踏み入れた途端、母さんの顔に一抹の不穏な翳《かげ》りが現われるのだった。ミスター・マードストンの機嫌が最高なら、ぼくが足を引っぱってしまうことになった。またマードストンの姉さんの機嫌が最低なら、ぼくがそれを底なしにしてしまうことになった。ぼくもそれなりに事態は呑み込んでおり、母さんが年がら年じゅう犠牲になってて、ぼくに話しかけたりやさしく接したりすることで、そういう態度をとっていると二人を怒らせたりはしまいか、後になって大目玉を食らいはしまいかとこわごわだったこと、母さん本人ばかりじゃなく、ぼくまでもが二人を怒らせたりはしまいかと絶えずびくつき、ほんのちょっとぼくが身動きしたくらいでも、母さんが不安げに二人の様子をうかがっていたことに、ちゃんと気づいていた。そこでなるべく二人から離れていようと、ぼくは決意し、だから凍《い》てつくようななか、オーヴァーにすっぽりくるまって、何時間も侘《わび》しい寝室で本を貪《むさぼ》るように読みながら、教会の時計が時を打つのを耳にしていた。

時どき、夜になると、ぼくはキッチンに行ってペゴティーとおしゃべりをした。そこだと居心地がよかったし、憶病風が吹くこともなかった。けれども居間だと、そのどちらも御法度《ごはっと》。そこに垂れこめている何とも重苦しい雰囲気がどちらも塞《せ》き止めてしまうのだった。気の毒に、母さんの鍛練にはぼくが必要だとまだ思われていたし、試練の一つとして、ぼくが座をはずすというのは許されなかったのだ。

「デイヴィッド」ある日のこと、いつもどおり夕食の後、ぼくが部屋を出て行こうとすると、ミスター・マードストンが言った。「いやはや情けないかぎりだが、おまえはむっつりとした質《たち》だなあ」

「まったくむっつり屋だわ」マードストンの姉さんは言った。

ぼくはじっと立ちつくし、うなだれた。

「いいか、デイヴィッド」ミスター・マードストンは言った。「むっつりして強情というのは、数ある気性のなかでも、最低だぞ」

「それに、これまでわたしがお目にかかったこの手の気性のなかでも、この子のが」マードストンの姉さんは言った。「一番手におえない頑固なものだわね。クレアラさん、あなたにも分かってたんでしょうね」

「ちょっとよろしいですか、ジェーン義姉《ねえ》さん」母さんは言った。「でも自信がちゃんとおありなんでしょうか――ぶしつけで申し訳ありませんけど、ジェーン義姉さん――つまりデイヴィーのこと、義姉さんは理解してやってくださってるって」

「できてないんなら、当然今頃、自分のこと、恥ずかしく思ってるでしょうよ、クレアラさん」マードストンの姉さんは言い返した。「この子にしろ、どこの子のことにしろ、理解ができないっていうんならね、自分がご大層な者だなんて言いやしませんよ。でもね、常識ぐらいならちゃんと持ち合わせているわよ」

「そりゃ、そうですわね、ジェーン義姉さん」母さんは言った。「義姉さんのご理解のほどは、それはもう空前絶後で――」

「あらまあ、嫌だわ。お願いだから、そんな言い方よしてちょうだい、クレアラさん」マードストンの姉さんはむっとして、遮《さえぎ》った。

「でも、本当にそうなんですもの」母さんは再び話し出した。「それに誰だって知ってますわ。いろんなことで、わたし自身大いにためになってますから――少なくともそのはず――、なんといってもそのことを承知しているのは、他の誰でもない、このわたしなんですから。だから、よろしいですか、こんなに遠慮してお話ししてるんですわ、ジェーン義姉さん」

「あたしにはあの子のこと理解してやれないって、そういうことなのね、クレアラさん」両手首のところの小さな鎖を整えながら、マードストンの姉さんは答えた。「それならどうぞ、あたしにはあの子のこと、からっきし理解してやれないって、そういうことで結構よ。あたしなんかには、あの子はたいそうご立派すぎますものね。だけど弟の人を見通す力をもってすれば、たぶんあの子の性格を見抜けるんじゃないかしらね。それに、あたしたちが――あまりお行儀のいいやり方じゃなかったけど――話を遮ってしまったとき、弟はそのことを話しかけてたんだと思うのよ」

「いいか、クレアラ」ミスター・マードストンは低く落ち着いた声で言った。「考えてみるに、そういう問題には、君よりもずっとうまく、しかも感情に流されずに判断できる人間がいるんじゃないかな」

「エドワード」おどおどしながら母さんは答えた。「わたしなんか厚かましいかぎりで、あなたの方がどんな問題でも、ずっとずっとうまく判断できますとも。あなたとジェーン義姉さんのお二人なら。わたしはただ言っただけで——」

「君は何かだらだらと軽率なことを言っただけだよ」あの人は言った。「もう二度とそんなことは言わないようにしてもらいたい。いいね、クレアラ。君は自分のことだけ構っていればいいんだ」

母さんの唇は動いた、まるで「ええ、いいわ、エドワード」と答えたかのように。けれど実際のところ一言も口には出さなかった。

「情けないかぎりだ、デイヴィッド、さっきも言ったが」顔をこちらに向け、目はぼくをきいっと見据えながら、ミスター・マードストンは言った。「おまえがむっつりした質《たち》だってのがだ。これはだ、なんとか直そうと努力もしないで、おれの目の前でただおめおめと助長していくのを、黙って見逃しておける性格ではないぞ。いいか、ひとつ努力して変えようとしなきゃいかん。おまえが変えられるよう、こちらもひとつ努力しなきゃいかんなあ」

「よろしいでしょうか」ぼくは口ごもりながら言った。「今度帰省してから、ぼく一度だってむっつりしてたつもりはなかったんですが」

「嘘をついてごまかすな、いいか」烈火のごとく怒って、あの人が言い返したので、まるで二人の仲裁でもしようとするかのように、母さんは思わず知らず、わなわなと震える手を差し伸べたのだった。「むっつりして、自分の部屋に閉じこもってたじゃないか。当然ここにいなきゃいかんときに、おまえは自分の部屋に引きこもってただろう。さあ、いいな、きっぱり言い渡すぞ。あそこじゃない、ここにいなさい。それとだ、ここで素直に言うことを聞きなさい。分かるな、デイヴィッド、ぜひとも実行してもらうからな」

マードストンの姉さんは、かすれたクックッという笑い声を立てた。

「おれに対してだな、ぜひともうやうやしく、てきぱきと何でも進んでやる態度を示してもらうからな」あの人は続けた。「それとジェーン・マードストンとおまえの母さんに対してもだぞ。さも伝染病地帯ででもあるかのように、子供っぽい駄々をこねて、この部屋を煙たがってもらっちゃ困るんだ。さあ、お坐り」

あの人は犬に命令するようにぼくに命令し、ぼくも犬みたいに従った。

「もう一つあった」あの人は言った。「どうもおまえは卑しくてつまらない相手がいいらしいなあ。いいか、使用人と仲良くしてもらっちゃ困るんだ。おまえが直さなきゃならんいろんな点はだ、キッチンでは直らんからだ。おまえのことをそそのかしてる女のことは、何も言うまい――そりゃ、クレアラ、君は」声をひそめ、母さんの方に話しかけて、「古い付き合いだろうし、昔馴染みの思い込みもあって、あの女のこととなるとどうも弱くて、まだ断ち切れんからな」

「実に訳の分かんない思い込みだわね」マードストンの姉さんは言った。

「ただ言いたいのはだ」ぼくの方に話しかけて、あの人は再び話を続けた。「ペゴティーみたいな連中と付き合うのは止《よ》せ、絶対にやめろということだ。いいか、デイヴィッド、分かったな、だから忠実におれの言うとおりに従わないときにはだ、どういうことになるか、分かるな」

ぼくはよく分かっていた――気の毒に、母さんに関する限り、たぶんあの人の思惑以上に十二分にだ――、だから忠実にあの人の言うとおりに従った。もう自分の部屋に閉じこもることもなく、ペゴティーのところに逃げ出していくこともなく、ただただ夜になって寝る時間が来るのを待ちわびて、来る日も来る日も鬱々と居間にいつづけていた。

そりゃもう窮屈でいらいらするのを、ぼくは我慢した。何時間もじっと同じ姿勢で坐りつづけ、腕や足をちょっと動かしでもして、落ち着きのない子だねえとマードストンの姉さんにぶつぶつ言われはしまいか（あの女《ひと》は実際、ちょっとのことにもかこつけてそうしたのだが）、また目をちょっとキョロキョロさせでもして、あら、毛嫌いしてるみたいな目つきだわ、あら、詮索するみたいにじろじろ見てる目つきだわと、ぼくへの小言の新たなきっかけになるようなことをあの女《ひと》が偶然見つけてきやしまいか、とびくびくしていた。そりゃもう、退屈で耐えきれないったらなかった。時計がカチカチいうのに耳を澄まし、マードストンの姉さんが小粒のぴかぴか光る鋼色《はがねいろ》のビーズを糸に通していくところをじっと見つめながら、ひょっとしてこの女《ひと》でも結婚するってことがあるのかなあ、で、その場合、相手はどんなついてない奴だろうなあと考え、それから暖炉の繰形《くりかた》の仕切りを数えてみたり、壁紙の渦巻模様や螺旋《らせん》模様にしきりに見入っていたかと思うと、今度は天井の方へ目をやっていきもした。

冬の悪天候のなか、泥だらけの小道をぼくはたった一人、そりゃもう、どこもかしこもほっつき歩いたが、例の居間やマードストン姉弟のことが、なんとしても片時も頭から離れなかった。背負わなきゃならない大きなずっしり重い荷物というか、また決して醒めない白昼の悪夢というか、それとも心に貼りついては弱らせていく重圧といったところだった。

そりゃもう、しんと水を打ったように静まりかえったなかで、どぎまぎ気後れしながら食べる食事ときたらなかった。なんかナイフとフォークが余分にあるな、余分なのは自分の分じゃないか。なんか食欲も余分にあるな、余分なのは自分の食欲じゃないか。皿と椅子もなんか余分にあるな、余分なのは自分の分じゃないか。なんか人間が余分にいるな、その余分なのは、このぼく自身じゃないか、といつもいつも感じていた。

　そりゃもう、夜ときたら、いたたまれないったらなかった。ろうそくが灯《とも》されると、何か自分のことをしなさいということだけど、だからといって思いきって娯楽の本を読もうという勇気もなく、頭はカチカチ、心はもっとガチガチの算数の論文か何かをじっくりと読むことにしたが、するとその途端、度量衡表《どりょうこう》が「英国《ブリタニア》よ、統治せよ」（英国の愛国歌。仮面劇『アルフレッド』〔一七四〇年〕中の音楽）とか「憂鬱を追っ払え」（作者不明の英国の愛唱歌だが、モーツァルトのオペラ『魔笛』〔一七九一年〕中で使われている）の曲に合わせてメロディーとなって、そうなるとこの表の音符はじっとしていてはくれないから、もはや勉強なんかできたものじゃなく、それはおばあさんが針に糸を通すみたいなもんで、一方の耳からもう一方の耳へ、ぼくの不運な頭をするっと掠《かす》めていってしまうのだった。

　どんなに気を抜くまいとこらえても、そりゃもう、あくびや居眠りが自然と出てきてしまうのだった。こっそりと、こっくりこっくりやってたのが、そりゃもう、ぎくっとして目が醒めたこともあった。たまにほんの少し話しかけたところで、一切返事をしてもらえなかった。みんなはぼくのことを見て見ぬ振りをしながら，そのくせ邪魔な奴だと感じている。ぼくは，そりゃもう，ただのがらんどうなんだと思えた。時計が夜の九時を打ち始めたわよ，さあ寝なさい，とマードストンの姉さんがぼくに命じる声を聞きつけると，そりゃもう，心の底からほっとするのだった。

こんな風に休みはだらだらと進み，とうとうマードストンの姉さんが「休みは今日で最後だわね」と言う朝が来て，休みを締めくくるティーを出してくれた。

なごり惜しくなんかなかった。このところぼうっとだれてしまってたが，ちょっとは元に戻ったし，それにスティアフォースに会いたくてたまらなかったのだ。ただし，クリークル校長先生の姿がその背後にぬっと出てきはしたのだが――。ミスター・バーキスがまた門のところに現われ，そして母さんがぼくの方に身をかがめて，さよならを言うと，マードストンの姉さんはまた，警戒警報の口調で「クレアラさん」と言った。

ぼくは母さんと赤ん坊の弟にキスをしたが，すると急に悲しくなりはしたけど，学校に戻るのが嫌というわけじゃなかった。なぜって，ここでは二人の間にぽっかりと大きな溝が出来，毎日毎日が別れの連続だったからだ。ぼくの心の中に今も生き生きと蘇ってくるのは，母さんがぼくをぎゅっと抱き締めてくれたこと――これもこのうえなく熱のこもったものだったが——よりも、そのすぐ次に起こったことだった。

運送屋の馬車に乗り込むと、ぼくのことを呼んでいる声が聞こえた。窓の外を見ると、母さんはぽつんと一人で庭の方の門のところに立って、赤ん坊を両手に抱きかかえ、ぼくに見えるようにしてくれていた。その日は風ひとつ吹かない、しんしんと冷える天候で、赤ん坊を抱きかかえながらぼくの方を食い入るようにじっと見つめていたが、母さんの髪の毛一本、洋服のひだ一つ、そよとも揺れはしなかった。

こんな風にぼくは母さんを失《な》くした。後になって学校で、よくこんな風に母さんの姿が夢の中に現われたが——ぼくのベッドの近くに黙ってすうっと立っていた——あの時と同じ食い入るような表情でじっとぼくを見つめ——両手には赤ん坊を抱きかかえているのだった。

第九章　忘れられない誕生日

学園での出来事は、三月にぼくの誕生日のお祝いがくるまで、すっかり省略することにする。スティアフォースがますます憧れの的になったこと以外、とりたてて何も思い出さない。この学期が終われば(それより早いということはないが)、スティアフォースは学園を出て行くことになっており、ぼくの目に映るその姿はいよいよ血気盛んで自立して見えもしたから、以前にもまして人の心を惹きつけもしたが、それ以上のことはとりたてて何も思い出さない。この頃、ぼくの心に刻まれた強烈な記憶が、他の大したことのない思い出をすっかり呑み込んでしまい、たった一つだけとり残された形になってるみたいだった。

だいたい、セーラム学園に戻って、それからぼくの誕生日がくるまでに丸々二カ月もの間があったなんてことからして信じられないくらいだ。だから、事実が当然そうでなきゃならないのを承知してるから、ああそうかと受け入れるだけなのだ。そうでもないと間隔なんか全然なくて、絶対に矢つぎ早にやってきたと思いたくもなる。

誕生日の日がいったいどんな感じだったかは、もちろんよく憶えている。学園のあたり一面に垂れこめていた霧のにおいが今でもする。ぼんやりとその中から白い霜も見えている。霜のおりた髪の毛が頬っぺたにひんやりと湿っぽく垂れてくる。ほの暗い教室を隅の方まで眺め渡すと、霧の深い朝、あちこちにろうそくがパチパチと音を立てて明りを灯《とも》しており、生徒たちが両手の指にハッハッと息を吹きかけ、足を床にバタバタと打ちつけていると、底冷えのする寒さのなかに、息が白く渦巻いて立ちこめている。

朝食後に運動場から呼び集められたときのこと、シャープ先生が入ってきて言った。

「デイヴィッド・コパフィールドは応接間に行くこと」

てっきりペゴティーからかごにどっさり詰めた食べ物が届けられているものと思い込み、この指図に元気がぱあっと出た。そそくさと席からぼくが離れると、周りにいた子も何人か、結構な差し入れのおすそ分けを忘れないでくれよ、と申し立ててきた。

「何も急がなくていいんだよ、デイヴィッド」シャープ先生は言った。「時間はたっぷりあるんだから、別に急がなくったっていいんだ」

ここで斟酌《しんしゃく》していれば、何か情のこもった先生の口調に、当然はたと驚いていたはずのものを、それがあいにくと後になってみるまで、ぼくは全然思い当たりもしなかった。ただもう応接間に直行し、するとそこではクリークル校長先生が朝食の真っ最中で、鞭と新聞とを前にして坐っており、校長先生の奥さんの方は手に手紙を広げているのだった。けれども食べ物をどっさり詰め込んだかごは、どこにもないではないか。

「デイヴィッド・コパフィールドさん」ソファーの方へぼくを案内し、隣に腰をおろすと、校長先生の奥さんは言った。「折り入ってお話ししたいと思ったのよ。ぜひあなたにお伝えしなければならないことがあるものですからね、いいですか」

当然ぼくはクリークル校長先生の方を見たが、校長先生はぼくの方は見ようともせず、ただ首を横に振って、厚切りのバター付きトーストを頰張り、それでため息をなんとか押し止《とど》めたのだった。

「あなたはまだ小さいから、世の中が毎日刻一刻と移り変わることなんて分からないでしょうね」校長先生の奥さんは言った。「それと、世の中の人たちが亡くなっていくってことなんかもね。でもわたしたちみんな、そのことを知っておく必要があるんですよ、デイヴィッドさん。若いうちに知る人もいれば、年をとってから知る人もいるし、生きている間、年がら年じゅう思い知らされるって人もいますけれどね」

ぼくはまじまじと奥さんを見つめた。

「休み明けに家を出るとき」校長先生の奥さんは、ちょっと間をおいてから言った。「みなさん、お元気でしたか」また間をおいてから、「お母さま、お元気でしたか」

なぜなのかはっきり分からないが、ぼくはぶるぶると震え、ただまじまじと奥さんを見つめ続け、ちっとも答えようとはしなかった。

「つまり」奥さんは言った。「お伝えするの、とっても悲しいんですけど、今朝お便りがあって、お母さまの具合が、かんばしくないそうよ」

クリークル校長先生の奥さんとぼくとの間に霞《かすみ》がかかり、一瞬、奥さんの姿は霞の中を動いているようだった。すると、ぼくは焼けるように熱い涙が頬を伝っているのが分かり、奥さんの姿も再び動かなくなった。

「お母さま、とっても危ないんですよ」奥さんは付け加えた。

何もかもぼくは呑み込めた。

「どうもお亡くなりになられたようなのよ」

そう伝えてもらう必要などなかった。もう侘《わび》しく、わあっと泣き出していたし、この広い世間で親のない子になったことを嚙みしめていた。

奥さんはぼくにとてもやさしかった。一日中そこにぼくをいさせてくれ、時どきはぼくを一人にもさせてくれた。だからぼくは泣きじゃくり、泣き疲れて眠り、目が醒めてはまた泣いた。もう涙も涸《か》れてしまってから、ぼくは考え始めた。すると胸がこのうえもなく重苦しくつかえ、悲しみは慰める術《すべ》もなく、うっとうしい痛みとなっていた。

けれども、思いの丈《たけ》はどうも萎《な》えたままだった。つまり、ぼくの胸に重くのしかかってきた不幸を一途に突きつめるでもなく、周辺をのらりくらりと思いめぐらすのだった。閉め切って静まりかえっているぼくらの家のことを思った。小さな赤ん坊のことを思った。それは校長先生の奥さんが言うところでは、ここしばらくげっそりとやせ衰えてしまっていたというから、たぶんこっちも生きられはしないだろうとのことだった。ぼくらの家のそばにある教会墓地に眠る父さんの墓のこと、それと、よく見覚えのある木の下で母さんも永眠することを思った。たった一人取り残されると、椅子の上に立ち上がり、ぼくは鏡を覗き込んで、目は赤いかな、悲しげな顔をしてるかな、と見てみた。何時間か経ってから、本当にもう涙が涸れてしまったんだとしたら(どうもそうらしいのだが)、家に近づいたとき——というのも、お葬式に帰ることになっていたからで——、この大きな痛手に関連して、いったいどんなことを思いめぐらせば、悲しみの情がこみあげてくるものだろうかと考えた。今でもふと思うことだが、他の生徒たちの中にあって、ぼくは自分が一目置かれ、悲痛な思いをしているから偉い奴になってるんだってことに、ちゃんと気づいていた。

いやしくも嘘いつわりのない真実の悲しみに子供が打ちひしがれることがあるとすれば、このぼくがそうだった。だけどその日の午後、みんなは学校で授業をしているというのに、ぼくはといえば運動場をほっつき歩きながら、自分は偉い奴なんだってことに一種の満足感を覚えていたことを思い出す。みんなが授業へ行く途中、窓の外のぼくの方に視線をちらっと向けてきたとき、自分は特別の人間だと感じたし、それで、もっとふさぎこんだ風を見せ、もっとゆっくりと歩きもした。授業が終わると、みんなが出てきて、こぞってぼくに話しかけてきたが、誰にでも天狗《てんぐ》になったりしないで、むしろ以前とまったく同じようにみんなと接している方がいいんだと、内心ぼくは思った。

次の日の夜、家に帰ることになったが、乗るのは郵便馬車ではなく、「農夫号」という名の夜行の大型乗合馬車で、主にこのあたりの人々が旅の際、短区間を中継ぎに使っているものだった。その夜、いつもの話をしてきかせるのは止《よ》しにしたのだが、トラドルズはぼくに、枕を貸してやるよ、と言ってきかなかった。そんなことをして、いったい何の役に立つと思ってるんだか、ぼくにはさっぱり分からなかった。だってぼくにも自分のがあったんだから。だけど、気の毒にあいつが人に貸せるものといったら、骸骨をいっぱいに描き込んだ、たった一枚きりの便箋以外じゃ、これしかなかったんだ。その便箋だって、別れぎわに、悲しいのを慰めてくれるだろうし、心を落ち着かせるのに役立ちもするだろうからと、ぼくにくれてしまったのだ。

翌日の午後、ぼくはセーラム学園を後にした。その時はここを出て、もう二度と戻らないとは夢にも思わなかった。一晩じゅう旅はひどくのろのろしたものだった。だから翌朝九時か十時になるまでヤーマスには着かなかった。ミスター・バーキスを捜して窓の外を見たけれど、そこにはいなくて、代わりに、でぶっちょで、ハアハア息切れする、陽気な感じのちびのおじいさんが、喪服を着て、半ズボンの膝に色褪《あ》せた小さなリボンのふさをつけ、黒の靴下をはき、鍔広《つばびろ》の帽子をかぶって、ふうふういいながら馬車の窓のところにやってきて言った。

「コパフィールドの坊ちゃんですか」

「はい、そうです」

「よろしかったら、一緒に来てくださいね」ドアを開けながら言った。「喜んでお宅にお連れしますから」

この人はいったい誰なんだろうなあと思いながら、ぼくは手を差し出し、狭い通りにある一軒の店へとぼくらは歩いていったが、そこにはオーマー服地屋、洋服仕立て屋、小間物屋、葬儀斡旋屋、その他各種と書いてあった。狭苦しくて息の詰まりそうなちっぽけな店で、仕立て上がったのや、仕立て上がってないのや、ともかく店いっぱいにありとあらゆる布地があふれ、窓には一面にシルクハットとボンネット帽があふれていた。ぼくらは店の奥手にある小ぢんまりとした従業員室の中に入っていったが、そこでは三人の若い娘さんが、テーブルの上にどっかと積み上げられた膨大な量の黒い服地を前に作業していて、こまごました切れっ端《ぱし》や裁《た》ち屑《くず》が床一面に散らかっていた。部屋には暖炉の火が赤々と燃え、熱を加えた黒縮緬《ちりめん》のむせかえるようなにおいが立ちこめていた——その時は何のにおいだか見当もつかなかったけど、今だから分かっているんだ。

せっせとよく働き、気分もよさそうな感じの三人の若い娘さんは顔を上げてちらっとぼくを見ると、再び仕事に戻った。針を持って、ちく、ちく、ちく。と同時に窓の外の小さな中庭の向かい側の作業場から、一定間隔で調子を合わせるような金づちの音が聞こえてくるが、変奏は一切なし。とん――とんとん、とん――とんとん、とん――とんとん。

「さあてと」若い娘さんの一人に、わが指揮者は話しかける。「捗《はかど》り具合はどんなもんかね、ミニー」

「仮縫いのときまでには間に合うわ」顔も上げず、楽しげに娘さんは答えた。「心配しないで、お父さん」

ミスター・オーマーは鍔広の帽子を脱いで腰をどっかとおろすと、ハアハア息切れしていた。贅肉《ぜいにく》がつきすぎていたから、しばらくハアハア息切れしてからでないと、物が言えなかったのだ。

「そりゃ、結構」

「お父さん」おどけて、ミニーは言った。「まあ、イルカみたいになっちゃって」

「うん、どうしてなんだか見当もつかないがな」考え込んで、ミスター・オーマーは答えた。「どうやら、そうだね」

「お父さんて、まったくお人好しなんだものねえ」ミニーは言った。「お気楽なんだから」

「深刻ぶったところで仕方ないだろう、なあ」ミスター・オーマーは言った。

「ほんと、そうね」娘は答えた。「わたしたちみんなここで、賑やかにわいわいやっているんですもの、ありがたいわ。ねえ、お父さん」

「そうだな」ミスター・オーマーは言った。「さて、ひと息ついたから、このお若い学生さんの寸法を取ることにしようかな。店の方へお来し願いますかな、コパフィールドの坊ちゃん」

申し出に従い、ぼくはミスター・オーマーの先に立って歩いていった。反物《たんもの》の巻きを見せられ、これは超極上もんで、肉親の場合でもないと喪服には立派すぎますとか話してくれ、それからぼくの体の寸法をあちこち取って記帳した。書き留めながらも、商品の話をしてくれて、あるデザインには「流行《はや》ってきてるんですよ」と言い、別のデザインには「すたれちゃったんですよ」と言った。

「こういったことで、巨額の金を損しちまうことが、手前どもには往々にしてあるんですよ」ミスター・オーマーは言った。「ですけどね、流行ってのは、人間みたいなもんですよ。流行が生まれても、いつ、どうして、どんな風にだかは誰にも分かんないでしょ。消えちまうのも、いつ、どうして、どんな風にだかは、やっぱり誰にも分かんないんですからね。そんな風に見ていけば、なんだってすべて、生き物みたいなもんですよ、手前の考えですがね」

ぼくには悲しすぎて、どうもこの問題を話し合えそうもなかった。もっとも、たとえどんな状況にあったって、この話はぼくにはどだい無理ってもんだ。それからミスター・オーマーはもう一度ぼくを従業員室に連れていったが、途中息をするのが辛《つら》そうだった。

そして今度は、ドアの向こう側で、狭くてとても急な階段から下に声を掛けていた。「ティーとバター付きトーストを持ってきてくれ。」ぼくは腰をおろして、あたりをきょろきょろ見回したり、考え込んでみたり、部屋でちくちく縫う音と中庭の向かい側で金づちを叩く調子のいい音とに聞き入りながらしばらく時を過ごしていると、それがお盆の上に載って現われ、しかもぼくのために出されたものだと分かった。

「坊ちゃんのことはよく存じ上げてましたよ」ぼくのことをしばらくじっと見つめてから、ミスター・オーマーは言ったが、そうこうする間、ぼくの方はといえば、朝食には一向に気乗りしなかった。なぜって、あたりの黒いものに圧倒されて、食欲がひいちゃったからだ。「ずっと前からよく存じ上げておりましたよ、坊ちゃん」

「そうでしたか」

「お生まれなすったときからね」ミスター・オーマーは言った。「いや、お生まれになる前から、と言った方がいいかもしれませんね。坊ちゃんより前にお父さまを存じ上げてましたからね。背は五フィート九インチ半でしたね。で、今じゃ土の中、二十五フィート立方で眠っておられる」

「とん――とんとん、とん――とんとん、とん――とんとん」と中庭の向かい側からの音。

「数字におきかえますと、土の中、二十五フィート立方で眠っておられるんですからねえ」ミスター・オーマーは愉快そうに言った。「ご本人の遺志か、奥さまのお指図かは忘れちまいましたがね」

「ぼくの弟がどうなったか、ご存じですか」ぼくは尋ねた。

ミスター・オーマーは首を横に振った。

「とん――とんとん、とん――とんとん、とん――とんとん」

「お母さまの腕に抱き締められておいでです」ミスター・オーマーは言った。

「可哀相に。死んじゃったんだね」

「もうこれ以上なるべくお心を煩わしますな」ミスター・オーマーは言った。「そうです、赤ん坊は逝っちまいました」

この消息を聞かされて、ぼくの傷はまた、にわかにうずきだした。ほとんど手をつけなかった朝食を済ませると、ぼくはこの小ぢんまりとした部屋の片隅にあった別のテーブルのところへ行って頭をうつぶせた。と、すかさずミニーは、そこにあった喪服に涙でしみがついちゃいけないとばかりに、その上をすっかり片づけてしまった。

ミニーは可愛らしく気立てのいい娘さんで、ぼくの目に垂れかかった髪の毛を、そっとやさしく払いのけてくれた。だけど、仕事がほぼ完成し、しかも早めに終わったのでえらくご満悦そうで、ぼくの気持とはすっかりかけ離れていた。

じきに合いの手の金づちの音も止《や》み、ハンサムな若い青年が中庭を通って部屋に入ってきた。この男の人は片手に金づちを持ち、口に小さな釘《くぎ》をいっぱいくわえていたが、口を開くには、全部吐き出さなきゃならなかった。

「おや、ジョーラム」ミスター・オーマーは言った。「捗り具合はどうかね」

「大丈夫です」ジョーラムは言った。「出来あがりましたから」

ミニーはさっと顔を赤らめ、あと二人の娘さんはお互い顔を見合わせて微笑した。

「なんだって。じゃあ、わしが昨日の夜クラブに行ってたとき、ろうそくの光で仕事をしてたのかね、そうなのかね」ミスター・オーマーは片方の目を閉じて言った。

「はい」ジョーラムは言った。「言ってたじゃないですか、これが済んだら、ちょっと旅に出ようって、一緒にね、ミニーとおれと――それからオーマーさんとね」

「あれ、わしはてっきりおまえたちに除《の》け者にされると思っとったよ」ミスター・オーマーは咳《せ》き込むほど笑いころげて、言った。

「――ご親切にもそう言ってくださったもんで」青年は再び話を続けた。「だからもう一心不乱に精を出したんですけどね、出来ばえを点検していただけませんか」

「そうだな」立ち上がって、ミスター・オーマーは言った。「おい、なあ。」ところが急に話すのをやめると、ぼくの方を振り向いた。「ご覧になりたいですかな、その――」

「だめよ、お父さん」ミニーが言葉をさしはさんだ。

「いや、その、その方がほっとするんじゃないかと思ったからなんだがね」ミスター・オーマーは言った。「だけど、おまえの言うとおりだろうね」

みんなして出来ばえを見にいったのが、よりにもよって大切な大切なぼくの母さんの棺だったことに、なんでぼくがピンときたのか、どうもよく分からない。棺を作る音なんか一度も聞いたことはなかったし、ぼくの知るかぎり、棺なんて一度も見たこともなかった。だけど、あのとんとんという音がずっと鳴り響いていた間、何の音なのかがちらっと頭を掠《かす》めもしたし、青年が入ってきたときには、何を作っていたのか、たしかにピンときたんだ。

仕事がやれやれ片づいてしまうと、名前の方はどうも耳にせずじまいだった二人の娘さんが、洋服にくっついた切れっ端や糸くずを払い落とし、店の方へ行ってそっちを整頓し、そしてお客を待ち構えた。ミニーはといえば、あとに残って、二人がこさえたものを折りたたむと、きちんとかご二個に収めたのだった。膝の上でこれをやっていたのだけれど、そのあいだ楽しそうな軽やかな歌を口ずさんでいた。ジョーラムが入ってきて、まず間違いなくミニーの好《い》い人だろうが、せっせと仕事をしているミニーにこっそりキスをすると(ぼくのことなど、てんでお構いなしみたいだったから)、君のお父さん、馬車の用意に出掛けてしまったから、おれも急いで支度しなきゃ、と言った。それで青年も出て行ってしまい、そうするとミニーもポケットに指貫《ゆびぬき》と鋏《はさみ》を入れ、黒糸を通した針をドレスの胸に刺し、それからドアの後ろにある小さな鏡を見ながら、手早く外套を着込んだが、鏡に映ったそのうれしそうな顔をぼくは見逃さなかった。

隅のテーブルに坐って頰杖をつき、ぼくは一部始終を見ていたけれども、頭の中では全然別のことに思いを馳《は》せていた。馬車がじきに店の前につけられ、まず最初にかご二個を載っけて、次にぼくが乗せられ、それから例の三人が続いた。いま思い出してみると、それは、長い尻尾《しっぽ》をした黒い馬が引く、くすんだ色の小型二輪馬車のような気もするし、あるいは大型四輪貨物運搬馬車のような気もする乗り物だった。いずれにせよ、ぼくらみんなが乗っても、まだ十分余裕があった。

生まれてこのかた(今なら多少知恵もついただろうが)、正直、この人たちと乗り合わせたときほど妙ちきりんな気持を味わったためしはなかったと思う。つまり、この人たちがこのしめやかな別れのため、今までどんなにせっせと仕事に精を出していたかを思い浮かべてみて、それが今はこんなにはしゃいで馬車に乗ってるところを見るにつけ、ということだが、それでも腹は立たなかった。この人たち、なにしろやたらとはしゃいでいた。全然縁もゆかりもない別人の世界に放り出されたようで、むしろ怯《おび》えていた。

おやじさんは馬を御するので前の席に坐り、若い二人はその後ろに陣取って、話しかけられるたびに、二人しておやじさんのぽっちゃりした顔の左右にそれぞれ身を乗り出して、あれこれとご機嫌をとってやっていた。二人はぼくとも話をしたかったのだろうけど、ぼくはひとり隅っこでひるみ、ふさぎの虫にとりつかれていた。乱痴気騒ぎじゃなかったものの、二人がいちゃいちゃして浮かれているのには辟易《へきえき》し、こんなに哀れみの情がないんだから、二人に天罰が降りないかなあと思ったくらいだった。

そんな感じで、途中で馬にまぐさをやったり、自分たちも食事や酒で大いに楽しくやるために停まったとき、あの人たちが手をつけたものにも、ぼくは何ひとつ手をつけられず、結局絶食は破られずじまいだった。こんな感じだったから、家に着くと、ぼくはできるだけ素早く馬車の後ろから飛び降りた。かつて目はぱっちり輝いていたが今ではまぶたを閉ざしてしまったといった風情で、盲人のようにぼくを眺める厳粛さの漂う窓から、一行と一緒のところを見られまいとした。それと、家に帰って、いったいどうやったら涙を誘われるだろうなどと、あれこれ思案する必要なんかなかったんだ――母さんの部屋の窓と、その隣の、あのいい時代にはぼくの部屋だった、その窓を見れば十分だったんだ。

ドアのところに着かないうちに、ぼくはペゴティーの腕の中にいて、そのまま家の中に連れていかれた。ペゴティーはぼくのことをひと目見た途端、悲しみが一気にこみあげていたが、じきに抑え、死者の眠りの邪魔をしないようにとでもいうのか、ぼそぼそ小声で話し、そっとゆっくり歩いていた。ペゴティーはもうずっとベッドで休んではいなかったのだ。じっと寝ずの番をして夜を明かしていた。お気の毒な奥さまが埋葬されますまでは、決してお一人には致しません、と言うのだった。

ミスター・マードストンは、ぼくが居間に入っていっても気にとめる風もなく、暖炉のそばに坐ったままで声もなく泣き、肘掛け椅子に身を沈めて、あれこれ考え事をしていた。マードストンの姉さんは、手紙や書類でいっぱいの机に向かって、せっせと仕事をしていたが、ひんやりする爪先だけを差し出して、耳ざわりな小声で、喪服の寸法はもう取ったの、とぼくに訊いた。

「はい」ぼくは言った。

「それで、シャツは」マードストンの姉さんは言った。「持って帰ってきたのかしら」

「はい。服は全部持って帰ってきましたから」

この女《ひと》が、さぞしっかりしてるからなんだろう、これが後にも先にもぼくが頂戴した慰めの言葉のすべてだった。いわゆるこの人流に自制だとか、しっかりだとか、精神力だとか、常識だとかと称しているもの、それから自分の生来の無愛想さ加減を余すところなく鬼のごとく冷酷に列挙しているものを、こういう折にひけらかすことに、おそらくとびきりの快感を覚えていたんだ。特に事務の才のあるのがご自慢だった。だから今では何でもかんでも書き物の形で落ち着けていって、何事も情に流されないことで、その才を証明して見せていた。その日いっぱいと、それ以降も朝から晩までずっと、例の机に向かって坐り、硬いペンでカリカリと音を立てながら落ち着きはらって書き物をし、みんなにも冷静な小声で話しかけていたが、顔の筋肉ひとつ弛《ゆる》めることもなかったし、声の調子が和らぐこともなかったし、着ている服をちょっとでも乱して現われるということも決してなかった。

で、弟の方はといえば、時に本を手にしてはいたものの、ぼくの見るところ、少しも読んではいなかった。本を開けては読んでる風に眺めていたけれど、丸々一時間一ページもめくらずじまいで、それからおもむろに本を置くと、部屋の中を行ったり来たりしだした。ぼくは腕組みして坐り、何時間も何時間もこの人をじっと見守り、歩数を数えていた。この人が姉に話しかけたのは皆無に近かったし、ぼくに至っては皆無だった。家中が静止していたなか、まあ時計は別として、この人が唯一じっとしていないものだったろう。

葬式前の数日間、ペゴティーに会うことはほとんどなかった。ただ、階段を昇り降りするさいに、母さんと赤ん坊が安置してある部屋のそばにいつもその姿を見かけたのや、毎晩ぼくのところにやってきて、寝つくまで枕元に坐っていてくれたきりだった。埋葬の前の日かその前の日のこと——一日か二日前のことだったと思うのだが、なにせ悲しみに包まれていた頃のこと、時が経過するのを刻むものを何も見出せないまま、頭が混乱していたのには気づいていた——ペゴティーはぼくを例の部屋に連れていってくれたのだった。思い出せることといったら、ただ、ベッドのあたりが美しいほど清潔で清々《すがすが》しい雰囲気にあふれ、ベッドに掛けられた何か白い覆いの下では、家中に広がる厳粛な静寂さが目に見える形で現われ、横たわっているように思えたのと、ペゴティーがそっと覆いを折り返そうとしたときに「ああ、だめだよ、だめだよ」と叫んで、ぼくがその手を押さえたことぐらいだ。

もし葬式が昨日のことだったとしても、これほど鮮明には憶えていないだろう。ドアから入ったときの、上等の居間のあの雰囲気、暖炉の火が赤々と燃え、デカンターにはワインがきらきら輝き、グラスやお皿の柄、ケーキのほんのりと甘いにおい、マードストンの姉さんの洋服やぼくらの喪服のにおいだとかいったものを。チリップ先生が部屋にいて、近づいてくると、ぼくに話しかける。

「さてデイヴィッドさん、お元気ですかな」先生は親切に尋ねる。

元気いっぱいだとはとても言えない。ぼくの手を先生は握りしめてくれる。

「これは、これは」柔和に微笑し、目にきらりと何か光らせて、チリップ先生は言う。「周りにいる小さなお子さんもどんどん大人になっていくんですなあ。われわれが見違えるほど、大人になっていくんですなあ、ねえ」

これはマードストンの姉さんに促したものだが、その返事は頂けない。

「ここも実によくなりましたなあ、ねえ」チリップ先生は言う。マードストンの姉さんは眉をひそめ、形式的に一礼するだけの返答だ。怖《お》じ気《け》づいたチリップ先生はぼくと一緒に隅の方へ行き、もう口を開こうとはしない。

ぼくがこんなことを書くのも、起きていることを一切合財書いているからであって、家に帰ってから、なにもわが身が可愛いとか可愛くなったとかいうのではない。さて、折しも鐘が鳴り出して、ミスター・オーマーともう一人の人がぼくらの支度をさせにやってくる。ずっと前、ペゴティーがぼくによく話していたように、父さんの後をあのお墓まで付き添っていった人たちもまた、同じこの部屋で支度させられたんだ。

ミスター・マードストンと、お隣のミスター・グレイパー、チリップ先生、そしてぼくがいる。ドアから外に出て行こうとすると、担ぎ手たちと棺は庭で待機している。それから、ぼくらの先に立って、まず小道を下り、ニレの木を過ぎ、門を抜けて教会墓地へと進んでいくのだが、そこは夏の日の朝、小鳥がさえずるのをぼくが始終耳にしていたところだ。

　ぼくらは墓を取り囲んで立つ。その日はぼくには他のどんな日とも違って見えるし、光も、他の日とは同じ色調ではなく――もっと哀しい色に見える。ここには厳粛な静寂が流れているが、それも今は土の中に眠るものとともに、ぼくらがそのまま家から引きずってきたものにほかならない。帽子を脱いでたたずんでいると、牧師さんの声が屋外のどこか遠くから響いてくるのだけれども、はっきり歯ぎれよく「私は蘇りであり、命である、とイエスは言われた」(「ヨハネ伝」第十一章二十五節)と言ってるのが聞こえる。すると、ぼくは泣きじゃくる声を耳にし、会葬者とは離れたところに立つ、この世の中で誰よりも一番大好きな、思いやり深く忠実なあのお手伝いに目が留まるのだが、子供心に、いつか神さまだって、きっとペゴティーのことを「よくやった」(「マタイ伝」第二十五章二十三節)とおほめになるに決まっている、と思う。

この小ぢんまりとした人垣の中には馴染みの顔も多い。教会でぼくがいつもキョロキョロしてた頃の馴染みの顔とか、それと母さんが若くて綺麗な盛りに村にやってきた折、初めてお目にかかった人たちの顔なんかが見える。いや、この人たちのことなんかどうでも構わない――どうでもよくないのは、ぼくが哀しくてやりきれないってことだ――はずなのに、ぱっと見ただけで、あれ、この人たちみんな知ってるじゃないか。それにずっと後方に控えてはいるが、ミニーもじっと見物してるし、その視線ときたら、ぼくの間近にいる、好《い》い人の方にちらちら注がれてるじゃないか。

事は済み、土がかけられて、ぼくらはその場を離れ、家路につく。目の前にぼくらの家がそびえ立っているが、何ひとつ変わらず美しく、そしてぼくの心の中で、それは過ぎ去った日々の幼い思い出と、揺るぎなくしっかりとつながったものなので、いま家を見ることでじわじわっとこみ上げてくる哀しみに較べたら、それ以外のぼくの哀しみをすっかりかき集めてみたところで、とうてい太刀打ちできるもんじゃない。が、みんなはぼくをせっせとせき立てて連れていこうとするし、チリップ先生はぼくに話しかけてくるし、家に着けば着いたで水を含ませてくれるしで、それで自分の部屋に行ってもいいですか、と許可を求めてみると、先生は例のごとく女の人みたいにしなやかに、ぼくを行かせてくれる。

これは何もかも昨日の出来事だ。それ以降の出来事はぼくのもとから離れて、忘れ去ったことが何でも再び現われ出てくるという岸辺へと流れていってしまったのだが、この日だけは、それこそ大洋にぽつんと一つそびえる岩みたいに、厳然と流されずに突っ立っている。

ペゴティーはきっとぼくの部屋にやってくるだろうと思っていた。その時の安息日のような静けさは(忘れていたが、その日は本当に日曜日みたいだった)、ぼくら二人にはかえってうってつけだった。小さなベッドの上、ぼくと並んで腰かけ、たぶん赤ん坊の弟をこんな感じで宥《なだ》めすかしてたように、ぼくの手をとり、唇に持っていったり、自分の手の中でさすってみたりしながら、これまでのいきさつについて話したかったことは何もかも、ペゴティー流の言い方でしゃべったのだった。

「奥さまは決してお加減がよくありませんでした」ペゴティーは言った。「もう長いことね。気持に迷いがあってお幸せじゃありませんでした。赤ちゃんが生まれて、最初は元気になられるかと思ったんですけど、以前よりかえって弱られ、日に日にちょっとずつやせこけていきました。赤ちゃんが生まれるまでは、一人っきりで坐ってるのがお好きで、そうしてしくしくと泣いてましたが、お生まれになってからは、歌をうたってきかせ——とっても穏やかにね、だもんで、あたしなんか一度、奥さまの歌声を耳にして、こりゃてっきり天に舞い上がっていく天女の歌声だろうと勘違いしたくらいですからね」

「奥さまはますますおどおどなさって、近頃じゃ、なんかもう怯えてらしたように思います。きつい言葉でも掛けられようものなら、奥さまは打ちのめされてしまったようでしたね。ですけど、このあたしにだけはいつも昔のまんま。ふつつか者のペゴティーに対しては決してお変わりなくてね、ええ、あのおやさしい方ったら」

ここでペゴティーは言葉を切り、しばらくぼくの手をポンポンとやさしく叩いていた。

「最後に昔と変わらない奥さまを拝見したのは、デイヴィー坊ちゃまが帰省なすったあの夜のことでしたよ。学校にお戻りになった日に、奥さまはあたしにこう言われました。『もう二度と可愛くっていとおしい息子には会えないんだわ。分かっているの。何か予感がして、これは本当になるわ』って」

「その後の奥さまはじっと耐え抜かれました。何度も何度も、君には思慮がない、お気楽だってあの二人に言われるたびに、ご自分からそういう振りをなすってね。でもね、そんなことは、もうその時には何もかも過ぎ去ったことになっていました。このあたしには話されたこと、旦那さまには一言も話されなかったんですよ——他のどなたにもそのことを打ち明けられるの、不安だったんですね——、でもとうとうある晩のこと、こういう事と次第になる一週間とちょっと前ですが、奥さまは旦那さまに話されました。

「あなた、わたし、もう長くはなさそうです」と」

「『今はもうどうでもいいのよ、ペゴティー』その夜、奥さまをベッドにお寝かせした折、こうあたしにおっしゃいました。『主人、わたしの言ってること、毎日ちょっとずつ信じるようになるでしょう、可哀相にね、もうほんの数日のことですもの、そうしたらわたし、事切れてしまうでしょう。ああ、本当に疲れちゃったわ。これが眠りなら、眠ってる間、わたしのそばに坐っていてちょうだいね。離れちゃ嫌よ。二人のわが子の上に神の御恵みがあらんことを。父親のいない息子に神のご加護のあらんことを』と」

「それからは一度も奥さまのそばを離れませんでした」ペゴティーは言った。「階下のあのお二人ともよく話をしておいででした——だって大切に思ってらっしゃいましたから。そりゃ、ご自分の周りにおいでの方どなたのことも、大切に思わないではいられない方でしたからね——でもあの二人が枕元を離れてしまうと、いつだってこのあたしの方をお向きになって、それはまるでペゴティーがいれば安らぎがあるけれども、そうでなければ絶対に眠れないって感じでしたよ」

「最後の夜のこと、夕方でしたか、あたしにキスをなすって、奥さまは言われました。「もし赤ちゃんも死ぬことになったら、ペゴティー、どうかわたしの腕に抱かせて、一緒にお墓に連れていかせてくれるよう、あの二人に頼んでちょうだいね」(そういうことになりました。だって可哀相な赤ちゃんは奥さまよりも一日しか長く生き延びませんでしたから。)「大事な息子にはわたしと赤ちゃんの眠るお墓に付き添ってくれるようにしてちょうだいね」奥さまはおっしゃいました。「それから、お母さんがここに臥《ふ》せったとき、デイヴィーの幸せをお祈りしたのは、一回きりじゃなくて千回もだったって話してやってね」と」

この後、また沈黙が流れ、そしてまたポンポンとやさしくぼくの手は叩かれた。

「かなり夜も更《ふ》けましてね」ペゴティーは言った。「奥さま、何か飲むものが欲しいとおっしゃって、で、飲んでしまわれると、苦しいのを耐えてるように、あたしにニッコリ微笑《ほほえ》んで、それはもう——とってもお綺麗でしたわ」

「夜が明けて太陽が昇り始めたその時、奥さまはおっしゃいました。「前の主人のコパフィールドは、いつもわたしにとても思いやりがあって何でも察してくれたわ、それにわたしにじっと耐えてくれもしてね。そしてね、わたしが自分が分からなくなって迷っていたとき、わたしに言ってくれたの、慈しむ心の方が知恵より素晴らしいし強いものだって、それとわたしと一緒になって自分は幸せ者だってね。」それからこうおっしゃったんです。「ペゴティー、いい、もっとあなたのそばにいさせてちょうだい」って。というのも、奥さまはすっかり衰弱なすっていましたから。「あなたのしっかりした腕を首の下に入れてもらえるかしら」とおっしゃいました。「そしてあなたの方を向かせてちょうだい、だってあなたの顔がなんだかずっと遠くに薄れていくんですもの。もっと近づけておいてほしいの。」あたしは言われたとおりに致しました。それで、ああデイヴィー坊ちゃま。最初にデイヴィー坊ちゃまにお伝えしたお別れの言葉が現実のものになるときがとうとう来てしまったんです——おいたわしいそのお顔を、ふつつか者でつむじ曲り、昔馴染みのこのペゴティーの腕の中にほっと安心して委《ゆだ》ねた途端にね——、そしてまるで子供が寝ついたように息を引きとられたんですよ」

こんな風にペゴティーの話は終わった。母さんの死を知った瞬間から、最近の母さんのことはぼくの中からすうっと消えていってしまった。逆にその時から、ごく幼い頃、印象に焼きついている若い母親としての母さんだけを思い出すようになっていった。それはつまり、きらきらと輝く巻き毛を指にくるくるからめてみたり、黄昏《たそがれ》どきに居間でぼくとダンスに興じたりしている母さんの姿だ。今ペゴティーが話してくれたことも、母さんの晩年を思い起こさせるどころか、ぼくの心の中にずっと以前の残像の方を深く植えつけてしまう結果になったのだった。妙なことかもしれないが、これは真実だ。死ぬことで、母さんは穏やかで気苦労を知らない若い時代に舞い戻り、その他のことは何もかも綺麗さっぱり抹消されたんだ。

お墓に眠る母さんは、ぼくがまだ幼い頃の母さんのままだった。その腕に抱かれている幼な子もかつてのぼく自身で、永遠に母さんの胸に抱かれてあやしてもらっていた。

第十章　構われなくなり、自活のお膳立てをされる

葬儀の日が無事終わり、家の中に明りがふんだんに入れられるようになると、マードストンの姉さんが行なった最初の仕事は、ペゴティーに一カ月前の解雇通知を申し渡すことだった。もとよりこんなご奉公はペゴティーの方だって真っ平だったろうけれども、ひとえにぼくのために、この世で一番いいことより優先して居坐ってくれていたんだと思う。ペゴティーは、もう別れなければならないときが来たとぼくに言い、その理由も話してきかせてくれた。そしてお互い嘘いつわりなく慰め合った。

ぼくのこと、あるいはぼくの今後に関しては一言も触れられず、処置を講じられることもなかった。一カ月前の解雇通知を申し渡してぼくもお払い箱にできたら、たぶん連中はさぞうれしかっただろう。一度だけ勇気を振りしぼってマードストンの姉さんに、ぼくはいつ学園に戻ることになるんですかと訊いてみたところ、冷やかに、もう全然戻

らなくていいでしょうね、との回答が返ってきた。それ以上のことは一言も話してもらえなかった。ぼくはいったいどうなってしまうのか、知りたくて知りたくてたまらなかったが、それはペゴティーにしても同じだった。だけどこの件に関しては、ぼくにしろペゴティーにしろ、何の情報も集められなかった。

実はぼくの生活環境に一つ変化が起きたのだが、これで目下抱えていた不安が相当解消されてしまった。それにしても、こういうことをちゃんと思案する力があったら、当然、先々もっとやっかいなことになりかねないと気づいていたはずだろう。それはこういうことだ。どういうわけか、これまでぼくに仕掛けた締めつけがすっかり外されてしまったのだ。もう居間の自分の席に退屈しながらじっと坐っているよう申しつけられるどころか、かえって何度か、いつもの席に坐っていたら、マードストンの姉さんに、出てお行きなさいとばかりにこわい顔をされもした。それとか、たとえペゴティーと一緒にいても、近づいてはいけませんと言われるどころか、ミスター・マードストンが同席でもしてなけりゃ、ぼくがどこに行ったのか捜すとか、どうしてるか尋ねるなんてことも全然されなくなった。最初はミスター・マードストンが自分でぼくの勉強を見ようとするんじゃないか、それともマードストンの姉さんおん自らがその仕事に当たられるんじゃないかと毎日びくびくものだった。けれどもこんな気遣いは理由のないことで、予想のつく限りでは、どうやら構ってもらえなくなるんだと、じきに感じ始めた。

合点がいったからといって、そのとき別段それがぼくに苦痛となったという気はしていない。母さんが死んじゃったショックでまだ頭がくらくらしてたから、枝葉末節のことなど、すっかりぼうっとなって腑抜けになっていた。実際、思い出せることといったら、もう勉強は教えてもらえなくなるんだろうなあとか、もう構ってもらえなくなるんだろうなあ、そしたら、さぞむっつりとしたボロ姿の大人に成り下がって、村をあちこちぶらつく、怠け者ののらりくらりとした生き方をすることになるのかなあとか、それとも物語のヒーローみたいに成功を求めてどこかに逃げ出していき、こんな情けない空想をうまく吹き飛ばしてしまえないものかなあとかと、時どき考えあぐねていたことだ。だけど、こういうのは、いわばぼくの部屋の壁にぼんやり絵に描かれるか文字に認《したた》められるかしたものを、ともかく時どき坐ってはじっと見つめている、束の間の夢か幻であって、だから消え失せてしまうと、壁はまた元通りののっぺらぼうに戻るのだった。

「ペゴティー」ある日のこと、キッチンの火で両手を暖めていたぼくは、思案するようなつぶやき声で言った。「マードストンさんは前よりかぼくのことが好きじゃなくなったみたいなんだ。そりゃ、ぼくのこと大して好きだったためしはないけどね、ペゴティー。だけど今は、できるものなら、もうぼくの顔も見たくないって感じなんだよ」

「たぶん悲しいからなんですよ」ぼくの髪をなでながら、ペゴティーは言った。

「そうだね、ペゴティー、ぼくだって悲しいもの。悲しいせいであぁだとしたら、気にしちゃいけないんだよね。だけど、そうじゃないよ。いや、違うよ、そうじゃないよ」

「どうしてそうじゃないって分かるの」ちょっと間をおいてからペゴティーは言った。

「ええと、悲しいからっていうのは、そりゃ話が違って、全く別のことだよ。今だって、マードストンの姉さんと暖炉のそばに腰掛けて、ちゃんと悲しんでるさ。だけどぼくが部屋の中に入っていこうとするとね、ペゴティー、他にも何かあるんだよ」

「あの男がなんですって」ペゴティーは言った。

「カッとするんだよ」あの人の陰気なしかめっ面《つら》を思わず知らず真似しながら、ぼくは言った。「ただ悲しいだけなら、あんな風にぼくのこと見やしないさ。ぼくはただ悲しいだけだけど、だったらもっと思いやりが出てくるはずだよ」

ペゴティーはしばらく一言も口をきかなかった。それで、ぼくも同じように口をつぐんで、両手を暖め続けることにした。

「デイヴィー坊ちゃま」とうとうペゴティーは言った。

「なあに、ペゴティー」

「このあたしに考えつくありったけの術《すべ》を当たってみました——つまり、なす術も、ない術もすっかりね——ここブランダストンで適当な働き口をなんとか見つけようってわけだったんですよ。でもね、そんな口ひとつもないんですから」

「それで、どうするつもりなの」思いに沈みながらぼくは言った。「ひとつ世の中に出て行って、成功でも求めようっていうの」

「ヤーマスに戻るしかなさそうなんです」ペゴティーは答えた。「そしてそこで暮らすことになるでしょう」

「もっとずっと遠いところに行ってしまうのかと思ったよ」ちょっと元気が出て、ぼくは言った。「それで、行く先不明も同然になっちゃうのかと。じゃあ、ペゴティー、そっちで時たま会えるんだね。地の果てに行ってしまうんじゃないんだね」

「うまく行けば、それどころか」実に生き生きとしてペゴティーは叫び声をあげた。「ここにおいでになるかぎり、よろしいですか、あたしの目の黒いうちは毎週お会いしに参りましょうとも。目の黒いうちは毎週一回ずつね」

この約束で、重くのしかかる胸のつかえがすっきり取り除かれたような気がした。けれども、これでもまだ全部じゃなかった。というのも、ペゴティーはさらに続けてこう言ったからだ。

「いいですか、デイヴィー坊ちゃま、まず兄さんのところに二週間ばかり行ってこようと思ってます――自分のことをよく見つめ直してみて、もう一度あたしらしさを取り戻すのにぜひとも必要な時間でしょうから。さてと、ずっと考えてたんですけど、あの方たちは目下のところ別にデイヴィー坊ちゃまにここにいてほしくはないようですから、一緒にお連れさせていただくことにしましょう」

ペゴティーは別として、ぼくの周りの人たちとの関係が違ってくるということにまではならずに、この時、ぼくに楽しい思いをさせてくれるものがあったとしたら、これをおいて他にはなかっただろう。ぼくのことを明るく大歓迎してくれた正直者の人たちの顔に再び囲まれ、教会の鐘が鳴り響くなか、小石を水面に放り投げていると、ぼんやりとした船影が霧の中から現われてきたりした気持のよい日曜日の朝の穏やかさが蘇ってきたり、ちびのエミリーとあちこちぶらつき回っては、ぼくの悩みを聞いてもらい、そして浜辺の貝殻や小石に悩み除《よ》けの呪文をかけてみたことなんかを思いめぐらすと、気持は穏やかになった。かと思うと次の瞬間には、マードストンの姉さんがきっと許してはくれないいんじゃないかと落ち着きを失《な》くしもした。だが、それもじきに決着をみた。というのも、ぼくらがまだ話し込んでいたときに、あの女《ひと》は夕刻の食料貯蔵庫の点検にやってきたのだけれど、ぼくが思わずどっきりするほどの大胆さで、ペゴティーは即座にこの話題を切り出したのだった。

「そんなところへ行くと、この子、怠け癖がつくんじゃないの」ピクルスの壜を覗き込みながら、マードストンの姉さんは言った。「で、怠け癖って、諸悪の根源でしょ。だけど、ここにいようが——どこにいようが、あたしの考えじゃ、この子はどうせ怠け癖がつくわね」

腹に据えかねて今にも言い返さんばかりなのが見てとれたけど、ぼくのためにペゴティーはぐっと呑み込んで、黙りこくっていた。

「ふん」視線の方はピクルスに釘づけにしたまま、マードストンの姉さんは言った。「これが何よりも肝心なことよ——何にもまして肝心ね——つまり弟がひっかき回されたりせず、不快な思いもさせられずに済むことがね。お行きなさいって言った方がよさそうね」

感謝はしたが、うれしそうな素振りは一切見せなかった。賛成してくれたのを撤回されては困るからだ。それに、これは賢明なやり方だったと考えざるを得ない。なぜって、あの女《ひと》は黒い目玉がまるでピクルスの中身を吸い上げでもしてしまったかのように、突然ひどく酸っぱそうな渋い顔をしだして、ピクルスの壜からぼくの方へとじっと視線を移してきたからだった。けれども許しは貰えたし、取り消しにもならずに済んだ。なにしろ、その月が終わると、ペゴティーとぼくとは旅の準備にとりかかったのだから。

ミスター・バーキスはペゴティーのトランク数個を受け取りに家の中に入ってきた。これまで庭の門を通ってやってきたところを見たためしはなかったが、今回は家の中まで入ってきた。そして一番でっかいトランクを肩に担ぎ上げて出て行くときに、ぼくの方にちらっと視線をくれたのだけれど、これは曰《いわ》くがあるな、とピンときた。もっとも、ミスター・バーキスの顔つきに曰くなどというものの入り込む隙があるとしての話だが。

ペゴティーにとって長いことわが家だったところでもあり、また、その人生で二つの強い愛着が――母さんとぼくへのだが――育《はぐく》まれたところを後にするとあって、ペゴティーは当然落ちこんでいた。相当朝早くから、教会墓地をも歩き回っていて、馬車に乗り込んでも、じっと坐りこんで、ハンカチで目頭《めがしら》を押さえたまんまだった。

こんな風な間じゅう、ミスター・バーキスはカタッとも物音ひとつ立てることはなかった。巨大なぬいぐるみみたいに、いつもの座席にいつもの様子でじっと坐っていた。だけど、にわかにペゴティーが自分の周りに気を配ったり、ぼくに話しかけ始めると、ミスター・バーキスはこっくりとうなずいて、何度かニヤニヤと笑った。これは誰になのか、何のつもりなのか、ぼくにはさっぱり見当がつかなかった。

「いい天気ですね、バーキスさん」努めて愛想よく、ぼくは言った。

「まずまずだな」いつも加減して話して、めったに自分の見解を詳《つまび》らかにしないミスター・バーキスは言った。

「今はなんだかペゴティー、すごく気分がよさそうですよ、バーキスさん」喜ばせてやろうと、ぼくは言った。

「やっぱり、そうかい」ミスター・バーキスは言った。

賢人ぶって考え込んでから、ミスター・バーキスはペゴティーの方をじっと見て言った。

「本当にいい気分かい」

ペゴティーは笑って、そのとおりよ、と答えた。

「けど、本当に嘘いつわりなく、その、いい気分なのかい」だんだんと席近くににじり寄って、ペゴティーを肘でつっ突きながら、ミスター・バーキスは唸《うな》るように言った。「そうなんだね、本当に嘘いつわりなく、すごく気分がいいんだな、そうだね、ええ」こう訊くたびに、ミスター・バーキスはますますペゴティーの方にするする近寄っていって、肘でつっ突くのだった。だから、とうとうぼくらはみんな、馬車の左手の端《はじ》っこに固まってしまい、ぼくはぎゅうぎゅう押しつぶされたので、たまらなかった。

ぼくが困ってるからと、ペゴティーはミスター・バーキスに注意してくれて、それですぐに少しばかり楽にしてくれ、それから徐々に離れていってくれた。けれどミスター・バーキスはどうも、話の口実を見つけるなんてまどろっこしいことはせずに、手際よく、気分よく、的を射たやり方で自分の意思を表明するもってこいの手段があったじゃないかと考えついたとしか、ぼくには思えなかった。しばらくあからさまにくすくすっと笑った。そしてやがてペゴティーの方をもう一度向くと、繰り返すのだった。「やっぱり、すごく気分はいいのかい。」前と同じようにぼくらをぐいっと押しつけてきたから、とうとう息もできないほどに、ぼくは体を締めつけられた。またそのうち、同じことを訊いてきてぼくらを襲来しては、同じ結果を見るのだった。ついには、さあ襲ってくるぞと分かるそのたびに、ぼくはさっと席を立ち上がって、踏み台の上に立つと、景色を見ている振りをした。だから、それからはうまくいった。

ご親切にも特にぼくらのために酒場《パブ》のところで馬車を止めて、ミスター・バーキスは茹《ゆ》でた羊肉とビールをぼくらに奢《おご》ってくれた。ペゴティーがビールを飲んでる最中だっていうのに、例の詰め寄る発作が起きて、あやうくペゴティーを窒息させるところだった。旅も終わりに近づくと、仕事は増えるわ、時間はないわで、艶事《つやごと》はお預けになったし、ヤーマスの石畳に降り立ったときには、ぼくらはみんな馬車に揺られたせいでふらふらになっていて、とてももう他のことなんかに手を染める状態じゃなかったと思う。

ミスター・ペゴティーとハムは懐かしい場所でぼくらを待っててくれていた。実に親身になって、ぼくとペゴティーを迎えてくれ、ミスター・バーキスと握手を交わしたが、横目遣いに照れてたミスター・バーキスの表情ときたら、申しわけ程度にちょこんと帽子を後ろにかぶった頭の天辺《てっぺん》から足の先まで、その感じがみなぎってたけど、いかにも間が抜けてるなあと、ぼくは思った。二人がペゴティーのトランクをめいめい一個ずつ取って、ぼくらの方は出掛けようとした。と、その時、ミスター・バーキスが深刻な顔つきで、ぼくにアーチ道の下に来いと人差し指で合図を送ってきた。

「おい」ミスター・バーキスは唸るように言った。「やったぜ」

ぼくは見上げて、その顔を覗き込み、見抜いたよという風に答えた。「へえ」

「あれで終わりにはならなかったんだ」打ち明けるようにうなずきながら、ミスター・バーキスは言った。「やったぜ」

もう一度ぼくは言った。「へえ」

「いいか、誰が意欲満々な奴かだ」わが友は言った。「それはバーキスだ。それにバーキスをおいて他にはいないんだ」

ぼくは、うん、とうなずいた。

「やったよ」握手しながら、ミスター・バーキスは言った。「味方だぜ。最初にあんたはちゃんとやってくれたんだからな。やったよ」

特に分かりやすくしようとすればするほど、ミスター・バーキスは言うことがやたら謎めいてくるので、もしペゴティーが呼んでくれなかったら、一時間もまじまじと顔を見つめたまま突っ立ってて、結局、止まっている時計の文字盤で何時か知ろうとするのと同じように、その顔から何かを知ろうなんて無駄骨折りをしてたかもしれない。ぼくらが家路を急いでいたとき、あの人、何いってたの、とペゴティーが訊いたので、やったぜって言ってたよ、と話した。

「厚かましいったらありゃしない」ペゴティーは言った。「でも構わないわ、ねえ、デイヴィー坊ちゃま、このあたしがお嫁に行くことを考えてるとしたら、どう思います」

「そうだね――そうなってもぼくのこと、ペゴティー、今と同じくらい好きでいてくれるよね」ちょっと考えてから、ぼくは答えた。

と、ぼくらの前を歩いていた肉親ばかりでなく、往来を行き交う人々もびっくり仰天したことには、この根っからのお人好しはぱたっと立ち止まると、すかさずぼくをぎゅっと抱き締め、いつまでも変わらず大切に致しますとも、と何度も誓うのだった。

「おっしゃりたいこと、言ってくださいませ、さあ」これが済んで、再び歩き始めると、またペゴティーは訊いてきた。

「お嫁に行こうって思ってるんなら――バーキスさんとかい、ペゴティー」

「そうなんです」ペゴティーは言った。

「それはすごくいいと思うな。だって、そうしたら、いいかい、ペゴティー、ぼくに会いにやってくるのにも、いつだって馬車があるし、お金もかかんないし、絶対に来てくれるってことだもんね」

「お利口さん、ごもっとも」ペゴティーは叫んだ。「ここ一日ずっと考えてたことなんですよ。そうなんです、ええ。で、つまるところ、一本立ちした方がいいって思ったんですよ、いいですか、ましてや、よそさまの家でなんかより、自分の家での方が今となってはずっといい気分でちゃんと働けるってもんですからね。今さら、人さまに雇われるっていったって、何が自分に合ってるのか分かんないんです。それにいつも、お可愛らしい奥さまが眠ってらっしゃるおそば近くにいられますしね」思いに耽りながら、ペゴティーは言った。「そうしたら、好きなとき、いつだってお目にかかれますし、このあたしがお陀仏しても、そんなに離れてない場所に埋めてもらえるでしょうから」

ぼくらはどちらも、しばらくは一言も口をきかなかった。

「けど、こんな考え、一切やめにします」陽気にペゴティーは言った。「もしデイヴィー坊ちゃまがどうしても反対だとおっしゃるのなら——教会で三回の結婚予告を、たとえその三十倍にしてやってもらったとしても、果てはポケットの中で指輪がすり減っていったとしても、やめにしますからね」

「ぼくのこと見て、ペゴティー」ぼくは答えた。「そしてぼくが心底喜んでないか、そして心から望んでないか、ちゃんと判断してみてよ。」なにしろ心から、ぼくには願ったり叶ったりのことだったのだ。

「そう、まあ」ぼくをぎゅっと抱き締めながら、ペゴティーは言った。「昼も夜もこのあたしにできるかぎり、しかも筋道の通ってる四方八方から、このことを考えてみたんですよ。でももう一度考えてから、兄さんとも相談しようと思ってますの。ですから、それまではあたしたちの間の、デイヴィー坊ちゃまとあたしだけの秘密にしときましょうね。バーキスって、気取らないいい人ですもん」ペゴティーは言った。「だから、あの人のそばでね、本分を尽くすよう努力して、もし仮にこのあたしが——もし仮にこのあたしが何かこう「すごくいい気分」になれないとしたら、それはもうあたしの方の落度《おちど》って気がするんです」心から笑いながら、ペゴティーは言った。

ミスター・バーキスの例のセリフをここで引き合いに出してきたのは、実にぴったしはまってて、ぼくら二人は思わず可笑《おか》しくてたまらなくなって笑いころげてしまい、ミスター・ペゴティーの家が見えてきた頃には、すっかり上機嫌になっていた。

なんだかぼくの目にはちょっとばかり小さく詰まってしまったように見えた以外、家は以前のままのようだった。そしてミセス・ガミッジも、まるであれからずっとそこに立っていたみたいに、ドアのところで待ち構えていた。家の中も、ぼくの寝室の青いマグカップに生けた海草にいたるまで、すっかり昔のままだった。ぼくは小屋に行って周りを見渡した。すると、世間一般をぐいと締めつけてやりたいという思いにとりつかれた例のロブスターやカニやザリガニが、昔の懐かしい隅っこに以前のまま一塊《ひとかたまり》になっているようだった。

けれど、ちびのエミリーの姿はどこにも見当たらず、そこでミスター・ペゴティーに、どこにいるのと訊いた。

「学校に行ってますよ」ペゴティーのトランクを運んだために火照《ほて》った額を拭《ぬぐ》いながら、ミスター・ペゴティーは言った。「じきに帰ってくるさね」南ドイツ産の木製時計に目をやりながら、「二十分か三十分もすればな。おいらたち、なんだかみんなしてあれがいないと、ぽっかり穴があいたみたいでね、本当にさ」

ミセス・ガミッジが悲しげな声を出した。

「元気出せよ、母ちゃん」ミスター・ペゴティーは大きな声を出した。

「他のどなたさんより、このあたしがそのことを一番身にしみて感じてるんですったら」ミセス・ガミッジは言った。「どうせ、あたしゃ、亭主に先立たれ、先々も先さまもないはみ出し者ですから、あの子ぐらいなもんでしたからね、このあたしに楯突《たてつ》かない人間なんて」
ミセス・ガミッジはめそめそ泣いて、首を横に振り、暖炉の火をふうふうと熱心に吹き出した。そうしている間、ミスター・ペゴティーの方はぼくらをぐるっと見渡して、聞かれないように口に手を当てて、低い声で言った。「なに、死んだあいつのことさ。」前にここに来たときから、ミセス・ガミッジの気の持ち方がさっぱりよくなってないんだなと、これでぼくははんときたのだった。

さて、何から何まで家は相変らず実に気持のいいところだったというか、当然そうでなきゃならないはずなのに、どうも同じだという感じがしてこなかった。むしろぼくはがっかりした。それもたぶん、ちびのエミリーがいなかったせいだろう。帰り道を知ってたから、じきにぶらぶらと外に出て行って、待ち伏せすることにした。

ほどなく遠くに人影が見え、それは大きくなったとはいえ、まだ背丈は相変らずの、ちびのエミリーだとじきに分かった。だけど、だんだんこちらに近づいてくるにつれ、青い瞳がもっと青くなり、えくぼを浮かべた顔がもっと輝きを増し、姿形がもっと綺麗に華やかになるのを見ていると、ふいに不思議な気持に襲われ、エミリーのことなんか全然知りもしなくて、何かもっと遠くのものを見つめてでもいるみたいに、やりすごしてしまった。もっとずっと後になってからも、やはり同じようなことをまたしてもやったような気もするし、そうでなきゃぼくの思い違いかもしれない。

ちびのエミリーの方も、これっぱかりも気にしちゃいなかった。ぼくのことをちゃんと見てたけど、振り返ってぼくの背に声を掛けるどころか、アハハと笑って、駆けていってしまった。これには後を追っかけざるを得なかったが、すごくすばしっこくって、追いついたのは、かれこれ家に着こうってときのことだった。

「あら、あなただったの」ちびのエミリーは言った。

「へえ、誰だか、ちゃんと分かってたくせに、エミリー」ぼくは言った。

「そういうあなたの方だって、あたしが誰だか、ちゃんと分かってたんじゃなかったのかしら」エミリーは言った。ぼくはキスしようとしたけど、エミリーは両手でサクランボみたいな唇を覆い、もう子供じゃないんだからと言って、もっと大きくアハハと笑い声を立てながら、家の中へ小走りに入っていってしまった。

どうもぼくのことをからかうのが楽しいらしいんだけど、これはあの子がすっかり変わってしまった点で、ぼくには不思議でたまらなかった。テーブルにはティーの用意が出来ており、ぼくらの小さな置き戸棚も以前のところに収まっているというのに、ぼくの隣に来て坐るどころか、よりによってぶつぶつ小言屋のミセス・ガミッジのところに行ってしまった。そこでミスター・ペゴティーが、どうしてまた、と問いつめていたのだが、髪の毛をくしゃくしゃにして顔をすっかり覆い隠し、アハハと笑うばかりだった。「困ったお嬢ちゃんだな、まったく」大きな手でポンポンと叩いてやりながら、ミスター・ペゴティーは言った。

「そうだ、そうだ」ハムは叫び声をあげた。「デイヴィーさん、本当にそうなんですよ。」そうして腰をおろすと、何か感心してるんだか、喜んでるんだかで、顔を真っ赤にさせながら、しばらくエミリーの方を見てくすくすっと笑っていた。

実際のところ、ちびのエミリーはみんなにすっかり甘やかされていて、とりわけ誰あろうミスター・ペゴティーなんかは、エミリーが近寄ってざらざらの頬ひげに頬ずりするだけで、何でも思いどおりにさせてしまえるのだった。少なくとも、これはそうしてる現場を目撃したぼくの意見だ。だいたいミスター・ペゴティーには、そうしたって全然悪くない道理があったんだと思う。それにしても、エミリーは、とってもやさしくて気立てのいい子だし、茶目っ気なのと内気なのとを同時に嫌味なく振舞えてしまうので、以前にもましてぼくはその虜《とりこ》になっていった。

それにエミリーは思いやりもあった。というのも、ティーが済んで、みんなで暖炉の周りに坐っていた折のこと、ミスター・ペゴティーがパイプをくゆらせながら、母さんに死なれたぼくの話に触れると、エミリーはその目に涙をいっぱい浮かべ、テーブル越しにいたわるようにぼくの方をじっと見ていたので、ありがたく思えて仕方なかった。

「ああ」あの子の巻き毛をつまんでは、手の上に水でも流すように滑らせながら、ミスター・ペゴティーは言った。「ほら、ここにも親に先立たれちまった子が一人いるじゃねえか。それから、こっちにも」手の甲でハムの胸をとんとんと叩きながら、ミスター・ペゴティーは言った。「もう一人いる。もっとも、あんまりそんな風には見えねえがなあ」

「もしペゴティーさんがぼくの後見人だったなら」首を横に振りながら、ぼくは言った。「ぼくだって、あんまりそんな風には感じないでしょうよ」

「うまいこと言うね、デイヴィーさん」感きわまって、ハムは叫び声をあげた。「やったぜ。うまいこと言うね。これ以上うってつけのセリフはないね。ハッハッ」――ここでハムは、ミスター・ペゴティーが手の甲で叩いたののお返しをし、ちびのエミリーは立ち上がって、ミスター・ペゴティーにキスをした。

「それで、例の友達はどうしましたか」ミスター・ペゴティーはぼくに言った。

「スティアフォースのことですか」ぼくは言った。

「その名前だ」ハムの方を振り向きながら、ミスター・ペゴティーは言った。「おいらたちの商売に何か関わりがあったと思ってたんだけど」

「ラダフォードって、言ったくせして」笑いながら、ハムは述べた。

「そうさ」ミスター・ペゴティーは言い返した。舵《ラダー》で舵取《ステイア》りするんじゃねえか。大して違いはねえさ。友達はどうしてます」

「学校を出てきたときはすごく元気にやってましたよ、ペゴティーさん」

「友達の鑑《かがみ》ってもんだな」パイプを突き出しながら、ミスター・ペゴティーは言った。「こと友達って話になれば、あれこそまさに友達の鑑ってもんだな。そうだな、あの人にお目にかかってうれしくないってんなら、いやはやそれこそお天道《てんと》さまだって驚き桃の木ってもんだ」

「それにすごくハンサムでしょ」そのほめ言葉に浮かれ気分になって、ぼくは言った。

「ハンサムですって」ミスター・ペゴティーは大きな声をあげた。「坊ちゃんとまあ互角ってとこですな――どんくらいにかってえと――ええと、つまりその、あの人が互角にならねえもんなんか思いつかねえからな。なにしろ、やたら図太いしな」

「そうなんですよ。それが根っからの持ち味ですからね」ぼくは言った。「ライオンみたいに勇敢だし、それでいてざっくばらんもいいとこなんですよ、ペゴティーさん」

「それに、今にして思うと」パイプの煙の中からぼくを見て、ミスター・ペゴティーは言った。「勉強の方だって、あの人なら大概なんだってお手のもんじゃないですかい」

「そうなんですよ」大喜びして、ぼくは言った。「物知り博士なんですから。ぶっ魂消《たまげ》るほど頭も切れるしね」

「友達の鑑ってもんだな」訳知りみたいに頭をぐいっとのけぞらせて、ミスター・ペゴティーはつぶやいた。

「面倒なものなんか、何ひとつないみたいで」ぼくは言った。「ひと目見るだけで、勉強だってちゃんと分かっちゃうんですから。あんなにクリケットのうまい人なんてまずお目にかかれませんよ。チェッカー・ゲームだって、好きなだけいくらでも駒をくれるんだけど、いともたやすく負かされちゃうんですからね」

ミスター・ペゴティーはもう一度頭をぐいっとのけぞらせて、「もちろん、あいつならそんなとこでしょう」と言わんばかりだった。

「口の方だって超一流だから」ぼくは話し続けた。「みんな意のままに言いくるめられちゃうし、あの人が歌をうたうのを聞いた日には、それこそペゴティーさん、ぐうの音《ね》も出ないでしょうよ」

ミスター・ペゴティーはもう一度頭をぐいっとのけぞらせて、「きっとそうだろうとも」と言わんばかりだった。

「それに気前はいいし、品があって堂々とした人だから」お気に入りの話題にすっかり夢中になって、ぼくは言った。「どんなにほめ言葉を並べても、言い足りないくらいなんです。学園ではずっと年下で低学年のぼくを、あの親分肌でずっと庇《かば》ってくれたんですけど、いくら感謝したって、きっとし足りないでしょう」

次から次へと立て板に水とばかり先を続けていると、ふとぼくの視線は、テーブルに身を乗り出してるちびのエミリーの顔に止まったのだが、その顔は息を殺し、青い瞳を宝石みたいにきらきら輝かせ、頬を赤く火照らせて、一心に耳をそばだてていたのだった。呆気《あっけ》にとられるほど真剣な様子だったし、それに綺麗だったので、ちょっと驚いて話すのをやめてしまった。だから、みんな同時にエミリーの様子に気づいたのだった。なぜって、ぼくが話すのをよすと、みんなで大笑いしてそっちの方を見たからだった。

「エミリーはあたしとおんなじで」ペゴティーは言った。「その人にひと目会ってみたいんでしょう」

エミリーはぼくらみんなに見られてしまったので、ばつが悪そうにうなだれて、顔を真っ赤にした。じきにほつれた巻き毛の合間から、ちらっと見上げてみて、まだみんなが自分の方をじっと見つめているのが分かると(少なくともぼくは、何時間だってじっと見つめていられたに違いないが)、さっと逃げ出してしまい、とうとう床につく時間近くまで姿を現わさなかった。

船尾にある例の懐かしい小さな寝台の上に横になっていると、風は以前と同じようにゴーッとむせび泣きながら、荒野を掠《かす》め通ってやってきた。だけどその時のぼくには、逝ってしまった人々を悼《いた》んでむせび泣く声に聞こえて仕方なかった。そして夜のうちに海が荒れ模様になり、船を押し流してしまいはしないかなどとは考えたりせず、この前、この風のむせび泣く声を聞いてから、荒れ模様になって、幸せだったぼくの家を沈没させてしまった、人生の荒海の方のことを思いめぐらしていたのだった。風の音も海の音もぼくの耳から遠のいていくにつれ、就寝の祈りのなかに、大きくなったら、どうかちびのエミリーと結婚させてください、と短く願い事を差しはさみ、そして温かい気持になって眠りについたのを憶えている。

以前とほとんど同じように毎日が過ぎていったが、ただ――一つだけ大きな違いがあった――それはつまり、今回はちびのエミリーとぼくとが、めったに浜辺をぶらぶら散策しなくなったことだ。エミリーは勉強やら針仕事やらをかかえこんでいたので、昼間はだいたい毎日、家にいたためしがなかったからだ。だけど、たとえそうじゃなかったとしても、ぼくらは以前の懐かしい散策にはもう出掛けなかったような気がした。もちろんエミリーはやんちゃだったし、いつも駄々をこねてたけど、予想してたよりか大人っぽい娘になっていた。一年経つか経たずのうちに、はるかぼくの手の届かないところに離れていってしまったかのようだった。ちゃんとぼくのことを好いていてはくれるのだけど、笑いものにして、ぼくをじらしもするのだった。それに、迎えに出れば出たで、今度はこっそり別の道から帰ってきてしまい、ぼくがとぼとぼと家に戻ってくると、戸口のところでアハハと笑っているのだった。なんといっても楽しかったときというのは、あの子が入口のところに坐ってじっと仕事に精を出していて、ぼくの方はその足許の木の踏み段に腰をおろし、本を読んで聞かせてあげたことだ。あれほど麗《うら》らかな四月の昼下がりの陽射しというものに、後にも先にも出遇ったためしなどなかった気がするし、懐かしい舟の家の入口のところに坐る、あれほど晴れやかな幼い姿に、後にも先にも出遇ったためしなどなかったろうし、またあれほどの青空、あれほどの碧《あお》い海、それに黄金色に輝く大気の中へと次々船出していく、あれほどまばゆい船というものに、後にも先にも出遇ったためしなどなかったように、今でもこのぼくにはそんな気がする。

ぼくらが到着した最初の晩のこと、ミスター・バーキスが、なんだかひどく間が抜けたぎこちない感じで、オレンジ一山をハンカチにくるんで現われた。この品物のことには一言も触れずじまいだったので、帰ってしまってから、てっきり誤ってこれを置き忘れていったのだろうと思った。届けてあげようとばかり、ハムが後を追っかけてみて、実はペゴティーにどうぞというつもりだったことが、帰宅してから判明したのだった。それからというもの、毎晩きっちり同じ時刻に、しかも同じように小さな包みを携《たずさ》えて現われ、やっぱりそのことには一言も触れずじまいで、決まって戸口の陰に置いたまま帰ってしまうのだった。この愛のご進物は色とりどりで、風変りな銘柄ぞろいだった。なかでもぼくが思い出すのは、豚の脚を二匹分とか、ばかでかい針差しとか、半ブッシェルほどのリンゴ、黒玉《ジェット》のイヤリングだったり、大玉のスペイン・タマネギに、ドミノ・ゲーム一箱や、かごに入ったカナリア一羽とか、塩漬けの豚肉の脚一本とかだった。

　思い出してみると、ミスター・バーキスのプロポーズというのも実に奇妙奇天烈《きてれつ》だった。めったに口をきく人ではなかったが、例の荷馬車のときとまったく同じ態度で暖炉のそばに坐り、向かい側にいたペゴティーをしつこいほどしげしげと見つめていたのだった。ある夜のこと、愛が突きあげてきたせいだと思うが、ペゴティーが糸にろうを塗るのに持っていたろうそくのかけらめがけて突進すると、チョッキのポケットにそれをしまい込み、持ち帰ってしまったのだった。それからというもの、一番のご満悦というのが、必要があれば、ポケットの裏地に幾分か溶けてべっとりくっついてるそのかけらを取り出し、そして用が済めばもう一度ポケットにしまい込むということであった。ミスター・バーキスはことのほかうれしくてたまらないようで、まさか相手に話をしてもらいたいなんて思われてるとは、露《つゆ》ほども気づかない様子だった。ペゴティーを連れ出して原っぱへ散歩に行っても、おつむの中は天下泰平もいいところ、時おり例の「すごくいい気分かい」と尋ねることで十分満足だった。で、ミスター・バーキスが帰ってしまうと、今度はペゴティーの方が時どきエプロンで顔を隠し、三十分もアハハと笑い続けてたのを憶えている。本当にぼくらは多少なりともみんなして可笑《おか》しがってた。ただ可哀相にミセス・ガミッジだけは、かつての自分のプロポーズもやっぱりちょうどあんな具合だったからなのだろうか、もたもたした二人のやりとりに、絶えず亡きご亭主のことをじっと思い出していた。

　とうとう逗留期間もそろそろ尽きようとしていた頃、ペゴティーとミスター・バーキスがそろって一日遊びに出掛け、そしてぼくとちびのエミリーが二人のお伴をするという段取りになった。一日中エミリーと一緒にいられると思うと、ぼくはうれしくてたまらず、前の晩はうつらうつらうつらまどろんだきりだった。朝早くからみんなごそごそと起き出し、まだ朝食をとっているうちに、ミスター・バーキスがお目当てのいとしい人の許へと二輪馬車を御してやってくるのが、遠くに見えた。

　ペゴティーはいつもどおりのこざっぱりとした地味な黒ずくめだったけれど、ミスター・バーキスの方は紺色の上着を新調して華やいでいた。ただ仕立て屋がおまけたっぷりに寸法を取っていたせいで、袖口は寒さの一番厳しい時期だって手袋もいらないだろうって長さだったし、襟《えり》は襟でピンと高く突っ立ってたものだから、後ろの髪の毛は押し上げられ、頭の天辺にニョキッとはね上がっていた。ぴかぴか光るボタンも超特大だった。脚にぴったりくっつく茶色のズボンと揉《も》み革のチョッキで、もう完璧にきめて、ミスター・バーキスは絶品のお偉いさんってところだった。

ドアの外でわいわいがやがややってたとき、ミスター・ペゴティーは年季の入った靴を片方用意し、幸福を祝してぼくらの後ろから放り投げるばかりになっていたが、特にそのお役目にミセス・ガミッジを指名した。

「いけません。他のどなたさんかがなすった方がいいんです、ダニエル」ミセス・ガミッジは言った。「どうせあたしゃ、先々も先さまもないはみ出し者ですからね、何だってかんだってあたしに楯突くんですから。先々もあり、先さまもあろうって人のことになりゃね」

「やれよ、母ちゃん」ミスター・ペゴティーは声を大きくした。「取って、放り投げなよ」

「いけません、ダニエル」めそめそと泣き出し、首を横に振りながら、ミセス・ガミッジは言い返した。「これほどずきんと身にもしみなきゃ、そりゃ、やる気も出るんだろうけどさ。あたしみたいに、ダニエル、あんたは身にしみないからね。それに何だってかんだって、あんたに楯突きゃしないよね。あんたの方からだって別に楯突きゃしないしね。さあ、あんたが自分でなすった方がいいよ」

だけどここでペゴティーは見かねて、ガミッジさん、やらなきゃだめよ、と馬車から大声を張りあげたのだった。それまで、あわただしく一人一人をまわって挨拶して、全員にキスしてたのだが、今はもう馬車にみんなして収まってしまっていたからだった（エミリーとぼくとは並んで小さな二つの椅子に腰掛けていた）。そんなわけでミセス・ガミッジがそのお役目を引き受けた。ただし残念ながら、せっかくのぼくらのおめでたい門出に水を差してしまったと付け加えなくてはならない。というのは、間髪を入れず、ミセス・ガミッジはわっと泣き出し、ハムの腕の中にがっくり崩れて身を委ねると、どうせあたしゃ厄介者で、すぐにでも救貧院に入れられちまった方がましなんだよ、と言い出したからだ。ぼくとしては正直いって、これはなかなか気のきいた思いつきで、いっそハムが実行に移せばなあ、と思った。

ともかくぼくらは日帰りの遊びに出掛けたが、まず、いの一番にやったのは教会に寄ることで、ミスター・バーキスは馬を柵につなぐと、ちびのエミリーとぼくを馬車に待たせたままにして、ペゴティーと一緒に中へ入っていった。チャンス到来とばかり、エミリーの腰に手を回して、もうすぐぼくはいなくなってしまうんだから、お互い今日一日は仲良くしようよ、そして楽しくやろうよ、と言ってみた。ちびのエミリーは賛成し、キスもさせてくれたので、ぼくは思いあまって、今になって思い出してみると、どうや

ら、もう他の子なんか絶対好きになれっこないし、君の気を惹こうなんて奴はどこのどいつだろうと血の雨を降らせてやる、と口走った気がする。

これはちびのエミリーに大受けだったっけ。あなたよりずっと年上だし分別もあるのよって感じで、つんと澄ました風をして、妖精みたいな大人びた娘《こ》はぼくのことを「お馬鹿さんね」と言った。と同時にアハハと、可愛らしく笑い出したので、ぼくは顔を見つめていられるうれしさで、人を小馬鹿にした呼び方をされても、嫌な気分はぱあっと吹き飛んでしまった。

ミスター・バーキスとペゴティーはずいぶん長いこと教会にいたが、とうとう出てきて、ぼくらは田舎へと繰り出した。道すがら、ミスター・バーキスはぼくの方を振り向き、ウィンクして言った——ところで、以前にはおおよそこの人にウィンクができるなんて、思いもよらないことだった。

「馬車に以前書いた名前は何だったかな」

「クレアラ・ペゴティーだったよ」ぼくは答えた。

「それじゃ、幌がここにあるとしてだな、いま書くとしたら、なんて名前になると思うかね」

「また、クレアラ・ペゴティーかい」ぼくは言ってみた。

「クレアラ・ペゴティー・バーキスだ」そう返答すると、ミスター・バーキスは馬車がゆさゆさと揺さぶられるほど、ゲラゲラ笑い出した。

要するに、二人は結婚式を挙げたのだ。だから教会に入っていったのもその目的だった。ペゴティーは地味に式を挙げることを決意し、だから牧師さんがペゴティーを花婿に引き渡したので、式には立ち合う者もなかった。ミスター・バーキスがやぶから棒に二人の結婚の発表をやらかしたときには、ペゴティーはちょっと困った風だったけど、大切に思っていることには何の変わりもないのよとばかり、ぼくのことを、これでもかこれでもかとぎゅっと抱き締めていたが、それからじきに我に返ると、すっかり済んで本当によかったわ、と言った。

わき道の小さな宿屋まで乗り入れたが、あちらではぼくらを待ち構えていたし、すっかり打ち解けた食事をして、その日一日を大満足で過ごしたのだった。もしペゴティーが十年間毎日結婚式を挙げ続けてたとしても、よもやこれほどでんと落ち着きはらってはいまい。つまり、いつもと寸分違わなかった。今までどおりにそのままで、ティーになる前にちびのエミリーとぼくを連れて散歩にも出たんだ。ところがミスター・バーキスの方は、哲学者然としてパイプをくゆらせ、自分の幸せに耽って、うれしさを嚙みしめているらしかった。そうだとしたら、食欲が研ぎ澄まされたのはそのせいだった。なにしろ、ぼくははっきりと記憶しているのだけど、ミスター・バーキスは食事のときにあんなにたっぷり豚肉も野菜も食べたし、鶏も一羽か二羽ぺろりと平らげてしまったというのに、ティーのときになると、茹でたベーコンの冷やしたやつを腹に入れないではいられなくなって、しかもどっさり大盛りを、実になんてこともなくやっつけてしまった。

　あの結婚式というのは実に変てこで天真爛漫《らんまん》で、突飛《とっぴ》だったなあと、折にふれ、あれからぼくは感じるようになった。暗くなると、じきにぼくらはもう一度馬車に乗り込み、星を眺めてはその話をしながら、和気あいあいと家路についた。ぼくがもっぱら星の解説役になり、ミスター・バーキスはびっくりするほど心を開いてくれた。知っているかぎり、ぼくは全部話してあげたけど、教えてあげようとぼくが思いついたことは何でもかんでも信じてしまったんじゃないだろうか。というのも、ぼくの才能にやたら深く敬意を表しており、その時にしたって、ぼくの聞いているところで新妻に「この子は若きローシャスだ（古代ローマの喜劇俳優ロスキウスのこと。子役として評判の高かったベティー坊や〔一七九一－一八七四〕は、「若きロスキウス」と呼ばれた）」と話していた——どうもそれは神童というつもりだったらしいのだが。

星の話題も尽き、というかミスター・バーキスの理解能力を尽き果てさせてしまうと、ちびのエミリーとぼくは古いショールを外套がわりにして、家に着くまでそれにくるまって坐っていた。ああ、エミリーのことが好きで好きでたまらなかった。もしぼくらが結婚して、どこかに行って森や野原に囲まれて暮らし、全然年をとることもなく、全然勉強もしないで子供のままで、手をつないで陽を浴びながら花の咲き乱れる草原をぶらぶら歩き回り、夜になると苔《こけ》を枕に清く安らかに快い眠りにつき、死ぬときがくれば小鳥たちに埋葬されるとしたら、(思うに)なんて幸せなことじゃないか。現実なんか少しも入りこまない、ぼくらの無垢《むく》の光で輝き、はるか彼方の星のようにおぼろげな、なんかそんな夢幻の世界が、道すがらずっとぼくの心に浮かんでいた。ペゴティーの婚礼に、ちびのエミリーとぼくの二つの純真な心が寄り添ったんだと考えると、今でもうれしい。愛の神々と美の女神たちが、内輪の婚礼の行列にこのような幽姿を見せて参列したんだと考えると、ぼくは今でもうれしい。

さて、夜もいい頃合にぼくらはいつもの舟の家に再び帰り着いたが、ここでバーキス夫妻はお別れを言って、自分たちの家へ寄り添うように帰っていった。そうなって初めて、ぼくにはもうペゴティーはいないんだと感じた。ちびのエミリーの顔を風雨からしのいでいない、どこかよその屋根の下だったなら、ぼくは哀しくて心がずきずきしたまま床《とこ》についていたことだろう。

ミスター・ペゴティーもハムも、ぼくがどんな思いをしているのか、ぼくと同じくらいにちゃんと察してくれていた。そこでこれを追い払うようにと、夜食と、温かい顔とでぼくを迎えてくれたのだった。今回の滞在中でたった一度きり、今夜だけ、ちびのエミリーも寄ってきて例の置き戸棚の上に、ぼくと並んで坐ってもくれた。だからそれは素敵な一日の、素敵な結びとなった。

夜の潮時のことだった。ぼくらが床についてじきに、ミスター・ペゴティーとハムは漁に出掛けていった。たった一軒の家に男はぼく一人、エミリーとミセス・ガミッジの守《も》り役としてとり残されたことで、ものすごく勇気が湧いた。だから、ライオンかヘビか、それとも質《たち》の悪い怪物がぼくらに襲いかかってきたら、そいつを木端微塵《こっぱみじん》にやっつけてやって、栄誉を一身に担うんだがなあと、ただひたすらに願った。だけど、その夜、ヤーマスの荒野にはその手のものはあいにくどれ一つ徘徊することはなかったので、朝まで竜の夢を見て、せめてその代わりにしたのだった。

朝になるとペゴティーがやってきたが、まるで運送屋のミスター・バーキスのことなんか、初めから終わりまでこちらもほんの夢だったかのように、いつもどおり窓の下にやってきてぼくに声を掛けた。朝食が済むと、ぼくを新居に連れていってくれたが、とても綺麗な小ぢんまりとした家だった。そこにある家具の中でぼくの目を一番ひいたのは、居間（タイル張りの床のキッチンが、いわゆる普通の茶の間がわりになっていた）にあった何か黒っぽい木製の引き出し机で、上部はふだんは引っ込んで納まるようになってるが、開けて下ろすと書き物机になっていて、その中には大型四折本のフォックスの『殉教者列伝』（一五六三年出版。十四世紀からメアリー一世統治時代に至る、カトリック教会から英国国教会への改宗に服従しなかったプロテスタント殉教者の記録）が入っていた。今は一言も思い出せないけれども、この貴重な本を見つけるとすぐに、ぼくは脇目もふらず読み耽った。後からも遊びにいったら必ず椅子の上に膝立ちして、この宝物が安置してある宝殿を開き、両手を机の上いっぱいに広げて、やはりこの本を穴のあくほど読むのだった。とはいっても、どうやら何よりも後学のためになったのは、無数にあったさし絵の方で、そこには身の毛もよだつ、いろんな種類のむごたらしい光景が描いてあった。けれども殉教者とペゴティーの家とは、それ以来、ぼくの頭の中で切っても切れないものとなり、それはいまだにそうなんだ。

その日、ぼくはミスター・ペゴティーとハムとミセス・ガミッジとちびのエミリーにお別れを言って、夜はペゴティーの家の小さな屋根裏部屋に泊った（ベッドの枕元には例のクロコダイルの本があった）が、ペゴティーは、いつだってそこはぼくの部屋だし、ぼくのためにいつだってそっくりそのままにしておきますよ、と言ってくれた。

「若いうちでも、年とってからでも、デイヴィー坊ちゃま、あたしが生きてて、あたしのおつむの上にこの家がどっかと覆いかぶさってるかぎりはね」ペゴティーは言った。「いつ何時《なんどき》なりともお待ち申し上げられるようにしておきますからね。毎日ちゃんと手入れしておきますから。ちょうど以前、懐かしい小さなお部屋をちゃんと手入れ致しましたようにね。ですから、仮にシナにお越しになるとしたって、お留守の間じゅうずっと、まったく同じにちゃんと手入れしてあるとお考えになってよろしいんですよ」

この昔馴染みの子守りの実直さと忠実ぶりとをぼくは心に深く感じ、できるだけお礼を言った。だが、あちらはそれだけではどうも満足がいかなかった。というのも、翌朝、ペゴティーは、ぼくの首に両腕を回し、そんな風に言ってくれたばかりか、午前中にぼくは家に帰ることになっていたが、とうとうミスター・バーキスともども、馬車に乗ってぼくを家まで送ってくれたからだ。門のところで別れたけれど、別れは気楽というのでもへっちゃらという風でもなかった。ペゴティーを乗せたまま馬車は行ってしまい、ぼくはと言えば、ニレの老木の下にとり残され、愛情や好意を寄せてぼくを見守ってくれる人の顔なぞ、もはや一つとしてない家をじっと見つめていたが、それは実に不思議な光景だった。

そうしてぼくは構ってもらえなくなってしまったが、いまだに振り返るたびに哀れに思える。あっという間に独りぼっちになり――親しく声を掛けてもらえることもなく、同い年ぐらいの子供たちと遊ぶこともなく、さっぱり覇気もなく、あれこれぼく自身で考えあぐねる以外、思いを分かつ相棒もない――これがいま綴《つづ》っている文章に暗い影を投じているような気がする。

たとえどんなに厳しい学校でもいいから行かせてもらえたら――ともかく何かを、どこででも構わないから、教えてもらえたら、ぼくは何だって犠牲にしたろう。こんな一《いち》縷《る》の望みも、ぼくに現われ出てくることはなかった。あの人たちはただもうぼくを嫌悪し、不機嫌に、不敵に、そして不変に、ぼくのことを見て見ぬふりをした。ミスター・マードストンもこの頃から金に窮してきたように思うが、このことはどうということもない。ともかくぼくが癪《しゃく》の種で、自分からぼくをうんと遠ざけることで、実はぼくにはあの人に養育してもらえる権利があるんだという考えを忘れさせてしまおうとしたんだと、そうぼくはにらんでいる――そしてそれはうまくいった。

実際に虐待を受けたわけではなかった。叩かれたり、食事を貰えないというのではなくて、ぼくの受けたいじめというのは、気を抜ける間《ま》というものがなく、しかも計画的で情け容赦のない手口だった。毎日毎日、毎週毎週、毎月毎月、冷淡のかぎり、ぼくは何ひとつ構ってもらえなかった。時どきふとそのことを思い出すと、もしぼくが病気にでもなっていたとしたら、あの人たちはどうしていただろうかと考える。独りぼっちの部屋に寝かされて、いつものように心細く、治るまでじっと苦しい日々を送っていただろうか、それとも誰かがぼくのことを救い出してくれただろうか、と。

マードストン姉弟が家にいるときは、二人と一緒に食事をした。二人が留守のときは、ぼく一人で飲み食いした。いつも家や近所のあたりをぶらぶら歩き回り、すっかりほっぽらかされたままだったが、ただ二人はぼくに友達を作らせまいと気を配ってはいた。たぶん友達でも出来たら、誰かに愚痴《ぐち》をこぼすかもしれないと勘繰《かんぐ》ったのだろう。このため、チリップ先生はしょっちゅう遊びにおいでと誘ってくれたのだけど(数年前に、小柄でやせた明るい色の髪をした奥さんを亡《な》くしていて、独り身でいたのだ。ぼくがこの奥さんのことを思い出すのも、薄色の三毛猫とついつい頭の中で結びつけてしまうからだが）、先生の診療室で鼻につんとくる薬品類のごたまぜのにおいを嗅ぎ、ぼくには目新しい本を読んだり、先生になごやかに教えてもらいながら、乳鉢で何かをすって粉にしたりして、午後を楽しく過ごすようなこともめったにないことだった。

同じ理由で、おそらく昔からのペゴティー嫌いも手伝って、めったにペゴティーの家にも遊びに行かせてもらえなかった。約束を忠実に守って、ペゴティーは週に一度はぼくのところにやってくるか、でなきゃ、どこか近くで落ち合ったが、一度たりとも手ぶらで来るということはなかった。けれども、ペゴティーの家に遊びに行く許しがおりなくて味わわされた失望落胆は数限りなく、また辛くもあった。それでも、ごく時たま行かせてもらえたが、そこで気づいたのが、ミスター・バーキスは意外とけちん坊で、いやペゴティー流によく言えば「ちょっと物惜しみしがち」で、ベッドの下の旅行用トランクの中にどっさりお金を貯めこんでいたことだが、ミスター・バーキスは、上着やズボンで満杯になってるだけさと、ぬけぬけとしらばっくれていた。この金箱の中に財産は厳重にしまい込んであり、しかもそっと目立たぬように隠してあったので、ペゴティーがはした金の支払いにも知恵を絞り、策を練って、やっと出す気にさせるという具合だったから、土曜日ごとの支払い金となると、ペゴティーは持久戦の手の込んだ計略、まさに火薬陰謀事件（一六〇五年、議事堂の爆破と、ジェイムズ一世と議員の殺害を企てたカトリック教徒の陰謀）ばりのものを着々と準備しておかなければならなかった。

この間ずっと、もしかして、とかけていた望みも所詮かなわぬことで、もう構ってもらえるなんて絶対にあり得ないのだとひしひしと感じていたので、昔馴染みの本がなかったら、ぼくはすっかり惨憺《さんたん》たる有様だったろう。本が唯一ぼくの慰めであって、本がぼくに対して嘘いつわりがなかったように、ぼくも本に対して嘘いつわりはなかった。だからもう何度読み返したんだか分からないほどに、幾度も幾度も本を読み返した。

さて、何にせよ記憶を失わないでいられるかぎりは、どうにも忘れようにも忘れられない、人生のある一時期に近づいた。そしてその思い出は、別に呪文を唱えなくても、お化けみたいにしょっちゅうぼくの前に現われ、あとのもっと楽しい時代にまでも、やっぱり出てきてしまうのだった。

ある日のこと、表に出て、日頃の生活習慣からついつい物憂げにあれこれ考えに耽って、そこいらをうろうろしていたが、家の近くの小道を曲がったところで、ミスター・マードストンが男の人と歩いているのに出くわした。ぼくはどぎまぎして、二人のそばを通り過ぎようとしたが、男の人に呼びとめられた。

「おや、ブルックスじゃないか」

「いいえ、おじさん、デイヴィッド・コパフィールドです」ぼくは言った。

「まさか、ブルックスだろ」男の人は言った。「シェフィールドのブルックスだろう。それが君の名前だ」

こう言われて、ぼくはもっと注意して男の人を見てみた。笑い声でぼくも思い出したが、以前に——それはどうでもいいこと——、いつだったかなんて思い出す必要はない、ミスター・マードストンとはるばるロウストフトまで会いに出掛けていった、あのミスター・クィニオンだと気づいた。

「で、元気かい。どこの学校に行ってるんだ、ブルックス」ミスター・クィニオンは言った。

ぼくの肩に手を置いて、くるりとぼくの向きを変えさせると、自分たちと一緒に歩かせた。どう答えたらいいのか分からず、ぼくは半信半疑でミスター・マードストンをちらっと見た。

「今、家《うち》にいるんだ」あの人は答えた。「今はどこにも通《かよ》っていない。どうしたもんか分からなくてさ。いやあ、こいつは難物だよ」

あの人は、一瞬、例のちぐはぐの視線をぼくに向け、それから嫌悪感からか、どこかよそに視線をそらしたが、しかめっ面《つら》をし、その目には陰鬱さを帯びていた。

「ふむ」ミスター・クィニオンは言ったが、ぼくら二人を見ていたように思った。「いい天気だな」

しんとしてしまった。そしてぼくは、どうやったら肩に掛けられた手をうまいこと払い除《の》けて逃げ出せるかなあと考えていたが、するとこの男は言った。

「相変らず、かなり手に負えないらしいな、なあ、ブルックス」

「そのとおり、手に負えないもいいとこだ」じりじりして、ミスター・マードストンは言った。「行かせてやれよ。邪魔すりゃ、ありがた迷惑にしか思わんだろ」

こう匂わされて、ミスター・クィニオンはぼくを放してくれたので、一目散にぼくは家に帰った。前庭に入りながら振り返ってみると、ミスター・マードストンが教会墓地のくぐり戸に寄りかかり、ミスター・クィニオンが話しかけているところが見えた。二人ともぼくを目で追っていたので、きっとぼくのことを話してるんだなと思った。

その夜、ミスター・クィニオンはぼくらの家に泊った。翌朝、朝食が済んで自分の椅子を片づけてから、部屋を出て行こうとすると、ミスター・マードストンがぼくを呼びとめた。それから、マードストンの姉さんが机に向かっていた方のテーブルへと落ち着きはらっておもむいた。両手をポケットに突っこんだまま、ミスター・クィニオンは窓の外を眺めていた。そしてぼくはといえば、三人みんなを眺めながら、突っ立っていたのだ。

「デイヴィッド」ミスター・マードストンは言った。「若いもんにはだ、ここは活動の世界であって、ふさぎ込んでたり、のらくらしているところじゃないんだぞ」

——「今のあなたがやってるようなね」マードストンの姉さんは加勢した。

「ジェーン・マードストン、頼むから、おれにまかせてくれよ。いいか、デイヴィッド、若いもんにはだ、ここは活動の世界であって、ふさぎ込んでたり、のらくらしているところじゃないんだぞ。特におまえみたいな気性のな、若い奴はだ、直さんといかんところがうんとあるんだし、それには強制的に労働の社会の習わしに従わせて、その根性をへし折ってしまうのが、なんといっても一番の近道だろう」

「だって、意地っぱりなんて、ここじゃご免ですからね」マードストンの姉さんは言った。「ぺしゃんこにつぶしちまうのが、そういうのには必要なの。それにぺしゃんこにつぶしちまわなきゃだめなんだから。ぜひ、そうなってもらいますよ」

半ば諌《いさ》めるような、それでいて同意するような表情を姉の方に向けながら、あの人は続けた。

「分かってると思うが、デイヴィッド、おれは金持じゃない。ともかく、今なら分かるな。おまえはこれまでにもうかなり教育は受けてきたよな。教育というやつは金がかかる。仮に金がかからないとしても、それに、おれに十分余裕があったってだ、おまえをこれ以上学校に行かせたところで、おれには、少しもためになるとは考えられん。おまえを待っているのは、世間との戦いだ。だから早く始めれば始めるほどいいんだ」

つたないにしろ、ぼくなりに戦いならとっくに始めているさと、ふと心に浮かんだようにも思うが、今にしてみれば、果たして始めてたと言えるのかどうか怪しい気もする。

「時には「会計事務室」の話なんか、耳にしたことがあるだろう」ミスター・マードストンは言った。

「会計事務室ですって」ぼくは繰り返した。

「ワインの商売をしてるマードストン＝グリンビー商会のだ」あの人は答えた。

たぶん、ぼくは曖昧な顔をしたのだ。というのも、あの人があわてて言葉を続けたからだ。

「「会計事務室」の話とか、商売とか、ワイン貯蔵室《セラー》とか、埠頭《ふとう》とか、何かその手のことを耳にしたことがあるだろう」

「商売の話を聞いたことがあるように思います」この姉弟の資産のことでぼんやりと知ってたことを思い出し、ぼくは言った。「いつのことだったかは分かりませんけど」

「いつかなんてどうでもいいんだ」あの人は言った。「クィニオンさんがその商売を管理されてるんだ」

ぼくは窓の外を眺めているこの人を見直して、ちらっと目を向けてみた。

「クィニオンさんは若い人を雇っているが、同じ条件でおまえを雇わないでもないとおっしゃっているんだよ」

「この子にだ」振り向き加減に、低い声でミスター・クィニオンは言った。「他に先の見込みがないとしてだよ、マードストン」

じりじりとして、腹を立ててでもいるような素振りを見せて、ミスター・マードストンはこの人の話にも知らん顔で、再び話を続けた。

「条件というのはな、自活に十分な、飲み食い代と小遣いがちゃんと出る給料だ。下宿代は（もう手配済みだが）おれが払う。それに洗濯代もだ――」

「――それはあたしの見積り書に低く抑えといてやりましょう」マードストンの姉さんは言った。

「着るものも面倒はみてやろう」ミスター・マードストンは言った。「当面は自分で買うなんて、まず無理だろうからな。だから、デイヴィッド、クィニオンさんとロンドンに行くんだ。そして一本立ちして世の中に乗り出すんだ」

「つまり、お膳立てはこちらがするってことですよ」マードストンの姉さんは言った。「だから、どうか本分を尽くしなさいね」

この通告の意図するところは、ぼくを追い払うことだとはよく分かっていたけれども、それで果たしてうれしかったのか、怯《おび》えてしまったのか、はっきり憶えていない。ぼんやりした感じでは、戸惑って、振り子のようにこの二つの気持の間をふらふら揺れ、どっちにも傾くことはなかった気がする。それに、ミスター・クィニオンは翌朝出発することになっていたから、自分の考えをすっきりまとめる余裕もぼくにはさほどなかった。

母さんのために縮緬《ちりめん》の黒い喪章を周りに巻きつけた、よれよれの白い小さな帽子をかぶり、黒い上着を着込んで、堅くてごわごわのコーデュロイのズボン――今まさに始まろうとする世の中との戦いには、一番脚にいい武装だわね、とマードストンの姉さんは考えていた——をはいていたこのぼくの姿を、さあ、ご覧なさい。そんな身づくろいをし、浮き世のわずかばかりの全財産を詰め込んだ小さな旅行かばんを前に置き、先々もなけりゃ先さまもないはみ出し者の子供(さしずめミセス・ガミッジならそう言ってたところだろうが)として、ミスター・クィニオンとロンドン行きの大型乗合馬車に乗り込むため、駅伝馬車でヤーマスに向かう独りぼっちのこのぼくの姿を、さあ、ご覧なさい。ぼくらの家と教会が徐々に遠くへ小さくなっていくところや、木の蔭のお墓がいろんなものに遮《さえぎ》られて、すっかり見えなくなっていくところや、尖塔が、懐かしいぼくの遊び場から高くそびえていたのも、もう姿を消してしまって、それで空がすっかり空っぽのがらんどうになってしまったのを、さあ、ご覧なさい。

第十一章　自活を始めるものの、気乗りしない

今は世の中というものを十二分に思い知ったから、何かにひどく驚くなんてことさえ、もうできなくなってきた。それにしても、まだあんなに年端《としは》もいかなかったというのに、いとも簡単に投げ捨てられてしまうというのは、いま考えてみてもちょっと驚かされることだ。申し分のない才能を持ち、しっかりした観察力があり、利発だし、一途で繊細な、精神的にも肉体的にも傷つきやすい子供なのに、誰ひとりぼくのために何の抗議もしてくれなかったのは不思議な感じがする。けれども、現に誰もぼくに何もしてくれなかった。だから十歳にして、マードストン＝グリンビー商会であくせく働く小僧になっていた。

マードストン＝グリンビー商会の倉庫は河岸《かし》にあった。ブラックフライアーズ地区にあったのだが、近年の再開発でこのあたりは様変りしてしまったものの、そこは河へと

カーヴを描いて下り坂になっている狭い通りの一番奥の建物で、突き当たりにある数段の階段を下ると、船着き場になっていた。そこはぐらぐらに崩れかかった古い家屋で、専用の桟橋《さんばし》がついており、潮が満ちると水がすれすれまで来ていたが、潮が引いてしまうと泥の中にはまり込んでいたから、文字どおりネズミが一面に駆けずり回っていた。おそらく百年にも及ぶほこりと煙とで色褪《あ》せた鏡板をはめた部屋や、朽ちた床や階段、ワイン貯蔵室《セラー》の中をチュウチュウ鳴いたり、ちゃかちゃか格闘する古株の灰色のネズミや、それに建物自体の汚れと腐朽など、こういったものはずっと昔のことではなくて、ほんのたった今のこととしてぼくの心に焼きついている。ぶるぶる震える手でミスター・クィニオンの手を握りしめ、不幸にも初めてこの中に入っていったときの何もかもがそっくり同じままに、今もぼくの目の前に浮かんでくる。

マードストン＝グリンビー商会の商売は実にいろいろなお客を相手にしていたが、主力部門はワインと蒸留酒を郵便船に荷積みすることだった。それが主にどこへ向けたものだったかは今はもう忘れてしまったけれども、その中には東インド諸島と西インド諸島の両方へ船旅をしたものもあったように思う。結果、数えきれないほどの空壜《あきびん》が出てくるわけで、子供から大人まで男たちが数人、空壜を光に透かして調べてみて、欠陥のあるものは撥《は》ね、あとは水でゆすぎ洗浄する、という仕事に雇われていた。空壜が底をつくと、今度は中身の詰まった壜に糊《のり》でラベルを貼るか、コルクで栓をするか、コルクの上にシールで封をするか、それとも仕上がった壜を樽に詰めるかした。この作業が全部ぼくの仕事で、それに雇われていた子供たちの一人が、このぼくってわけだ。

ぼくを含めて三人か四人の子供がいた。作業場は倉庫の隅に設けられていたが、そこは会計事務室のミスター・クィニオンが腰掛けの下段の桟《さん》に立ち上がって、机の上の方にある窓からぼくを見ようと思えば、見えるところにあった。こんなにめでたく、自立を始めることになった最初の日の朝、一番年長の常雇いの子がぼくに仕事を教えるように命じられた。名前はミック・ウォーカーといい、ぼろのエプロンに紙の帽子というないでたちだった。ぼくに話してくれたところでは、父親は艀《はしけ》の船頭で、ロンドン市長就任披露行列には黒いベルベットの頭飾りをつけて参列するのだそうだ。それから、主に相棒になって働くのは別の子だと言って、ミーリー・ポテイトーズ（粉ふきイモの意）という――ぼくにとっては――珍妙な名前の少年を紹介してもくれた。けれどもこの少年は、なにもこのように洗礼のとき命名されたわけじゃなくて、青白いか粉を振ったような顔色のせいで、この倉庫でこの名を頂戴したということが判明した。ミーリーの父親は船頭で、おまけに消防士の異彩も放つのだが、ある大劇場では現にこっちの資格で雇われ、またそこでは誰だかミーリーの幼い肉親が——妹のことだろうが——おとぎ芝居《パントマイム》で鬼の子の役をやったのだそうだ。

落ちぶれてこんな連中に引き込まれていったときの、心に秘めたぼくの辛い苦しみを言い表わせる言葉などない。これから毎日顔を突き合わせる連中と、もっと幸せだった子供時代の仲間——スティアフォースやトラドルズや他のみんなは言うまでもないが——とを較べてみたし、大きくなったら学識のある偉い人間になるんだという望みが、胸の中で無残に打ちくだかれるのを感じた。今はもう希望の希の字もないんだという思い、自分の置かれた境遇への屈辱感、そして、これまで勉強し、考え、喜び、また想像力と競争心を奮い立たせてきてくれたものが、少しずつぼくの中からすうっと消えていって、もう二度と蘇ってくることはないんだと、幼な心に思い知ったときのみじめさ、こういったものが深く刻まれた記憶を、言葉に書き表わすことなんか到底できやしない。その日の午前中、ミック・ウォーカーがどこかにいなくなるたびに、壜を洗っていた水に涙が混ざった。そして胸にひびでも入っていて、ひょっとして張り裂けるんじゃないかと思えるほど、ぼくはむせび泣いた。

会計事務室の時計が十二時半を指し、みんなは食事に行く準備をし始めたが、その時、ミスター・クィニオンがドアをトントン叩き、ぼくに中に入るようにと促した。中に入っていくと、茶色のフロックコートにぴったりとした黒の半ズボンと靴というなりの、太りぎみの中年の人がそこにいたが、卵に毛がないように、この人の頭にも毛が一本もなく（それにしても大きな頭で、やたらてかてか光っていた）、こちらにもろに向けた顔はものすごく間延びしていた。服は見すぼらしかったが、シャツの襟《えり》は人目を惹いた。それから色の褪せた大きなふさが二つ付いた、粋《いき》な感じのステッキを携えており、フロックコートの外側には片眼鏡を下げていた――この眼鏡がお飾りのためだというのは、後になってから気づいた。なぜってこれを使って見ることなんてまずなかったし、第一そうしたら何にも見えなかったのだから。

「例の子ですよ」ミスター・クィニオンは暗にそれとなく言った。

「この子が」見知らぬ人は言ったが、保護者気取りの声の調子と、言いようのない何か上品ぶった態度とが、やけにぼくの印象に残った。「コパフィールドの坊ちゃんですね。元気にやってなさるかな」

ぼくは、すこぶる元気ですが、で、そちらさまもつつがなくお元気でしょうか、と言った、本当は不快もいいところだったのに。だけどその頃、ぼくは性分としてあれこれ苦情を言ったりはしなかったので、通り一遍の、すこぶる元気ですが、で、そちらさまも、とやっといたのだった。

「私の方は」見知らぬ人は言った。「おかげさまで、実に元気ですよ。マードストンさんからお手紙を頂きまして、私どもの家の裏手の部屋に、まあ、目下そこは空いておりますが——で、要するに、その、貸間ですな——要するに」見知らぬ人はニッコリ笑い、突如、打ち明け話でもするように言った。「寝室としてですが——今こうして光栄にもお目にかかっているお若い前途ある方を引き受けてはもらえないかというんです。」見知らぬ人は手を振り動かし、それからあごを襟許に落ち着かせた。

「こちらはミコーバーさんとおっしゃるんだ」ミスター・クィニオンはぼくに言った。

「えへん」見知らぬ人は言った。「そういう名前です」

「ミコーバーさんは」ミスター・クィニオンは言った。「マードストンさんの知り合いなんだよ。注文が入ったときには、注文の委託業務をしてくださっているんだが、君の下宿の件で、マードストンさんがお便りを差し上げ、それで下宿させてもらえることになったんだよ」

「住所は」ミスター・ミコーバーは言った。「シティー・ロードのウィンザー・テラスです。要するに」例の上品ぶった態度をし、おまけにまたまた突如、打ち明け話でもするように、ミスター・ミコーバーは言った──「私がそこに住んでいるわけでして」。

ぼくはペコリとお辞儀をした。

「どうやら」ミスター・ミコーバーは言った。「この首都のご遊歴にしても、今のところ、さほど広範囲には及んでいないようですし、神秘なる近代のバビロン（ディズレリの小説『タンクレッド』〔一八四七年〕より。悪徳に満ちたロンドンのことを示す）を通り抜けて、シティー・ロード方面に辿り着くのにも、ちょっと手こずりそうな気が致しますので──要するに」ミスター・ミコーバーはまたまた突如、打ち明け話でもするように言った。「道に迷われるかもしれませんから──夕方に迎えに参りまして、一番の近道でお連れして差し上げましょう」

ぼくは心から礼を言った。というのも、そんな面倒を申し出てくれるとは、親切なことだったたからだ。

「何時に」ミスター・ミコーバーは言った。「致しましょうか──」

「八時頃ですね」ミスター・クィニオンは言った。

「それじゃ八時頃に」ミスター・ミコーバーは言った。「じゃあ、また、さようなら、クィニオンさん。お邪魔しましたね」

そして帽子をかぶると、ステッキを小脇にかかえてミスター・ミコーバーは出て行ったが、会計事務室から姿を消したとき、背筋をぴんと伸ばして、鼻歌をうたっていた。

それからミスター・クィニオンは改まって、ぼくに、マードストン＝グリンビー商会の倉庫で、ぼくの記憶ではたしか週六シリングの給料で、しっかり働ける限り役に立ってもらいたい、と言い渡したのだった。もっとも六シリングだったか、七シリングだったかは、はっきりしない。この点に関してはっきりしないところをみると、どうも最初六シリングだったのが、後から七シリングになったような気もする。一週分をその場で払ってくれたので(ミスター・クィニオンのポケット・マネーだったと思う)、そこから六ペンスをミーリーに払って、その夜、旅行かばんをウィンザー・テラスまで運んでもらった。なるほど小さいかばんだったが、それでもぼくの力には余る重さだった。さらに六ペンスを食事代に使ったが、食事はミートパイと近所のポンプを一押しした分の水で、食事のための休み時間は、通りをぶらぶら歩き回って過ごしたのだった。

夜、約束の時間にミスター・ミコーバーがもう一度現われた。ぼくは顔と手を洗って、例のお上品気取りにせいぜい敬意を表することにし、そしてぼくらの家――今はそう呼ばなきゃいけないんだろうから——まで一緒に歩いていった。ミスター・ミコーバーは、ぼくが翌朝すんなり行き道が分かるようにと、歩きながら、通りの名前や角《かど》の家の形をぼくにちゃんと覚えさせようとしてくれた。

ウィンザー・テラスの家(この人と同じくらい見すぼらしいけれど、できるかぎり見栄を張っているところもまた同じだったが)に着くと、やせてしなびた女性で、みじんも若々しさのない奥さんのミセス・ミコーバーに引き合わせてくれたが、居間で(二階には家具が何ひとつなくて、近所の人々の目をごまかすのに、ブラインドを下ろしたままにしてあった)赤ん坊を胸に抱いて坐っていた。赤ん坊は双子の一方だった。ちなみにここで言わせてもらえば、この家族と暮らした経験すべてを通しても、双子が同時に奥さんの許から離れているのをまず見たことがなかった。双子のどちらかが絶えずお乳を吸っている状態だった。

他にも二人子供がおり、長男は四歳くらいで、長女は三歳くらいだった。それに加えて、一家の女中で、鼻を鳴らす癖のある、浅黒い顔色の若い娘とで一家は成り立っていたが、この娘、三十分と経たないうちに、実は自分は「みなす児」で近所の聖ルカ救貧院から来ているのよ、と話してくれた。ぼくの部屋は家の天辺で裏手にあった。狭苦しい部屋で、あたり一面の壁紙には装身具の模様を刷り込んであったが、青いマフィンとしか幼な心には想像がつかなかったし、家具ときたら、からきしなかった。

「思いもよらなかったんですよ」部屋を案内しに、双子やあとのみんなを引き連れて、奥さんは上にあがってくると、ひと息入れるのに坐り込んで言った。「パパとママと暮らしていた娘時代にはね、まさか下宿人をおかなきゃならない事態なんて。でも、うちの良人《ひと》は困ってますから、わたし個人の気持を云々するなんて、よしにしなくちゃ」

「そうですね、おばさん」ぼくは言った。

「うちの良人が困っているの、今がどん底ってところなんです」奥さんは言った。「果たして乗り切れるんだかどうだか、見当もつきません。わたしがパパとママと楽に暮らしてた頃は、いま使ってる意味なんかじゃ、困るって言葉の意味すら理解できなかったのにですよ。でも経験で身につくんですね——パパがよく言ってましたっけ」

ミスター・ミコーバーは海軍の将校だったと奥さんが教えてくれたのか、ぼくが勝手にそう想像したのかは、はっきりしない。分かっていることといったら唯一、どうしてだか分からないけれども、昔々海軍にたしかにいたんだって、いまだに確信があることだ。ミスター・ミコーバーは、今では数多くのあっちこっちの商店のために、方々へ注文取りに飛び回ってはいたが、残念ながらほとんど何も儲からずじまいだった。

「借金取りがうちの良人に猶予してくれようとしないなら」奥さんは言った。「責任を取らなきゃならなくなるのは、あちらさまの方ですから。それに決着をつけるにしたって、あちらさまは早いに越したことはないのでしょうから。石から血なんか出てきやしませんように、今のところ、うちの良人からは内金だって何ひとつ（ましてや訴訟費用なんて）出てきやしませんのよ」

　ぼくが早いうちに自立したから、奥さんはぼくの年齢を取り違えてしまったものなのか、あまりにこの問題で頭がいっぱいなので、他に話し相手が見つからなければ、ひょっとして双子に向かってだって、そのことをしゃべりかねなかったのか、いまだに判然としないけれども、こんな口調で奥さんは始め、付き合いのあった間じゅう、終始こんな感じだった。

　可哀相なミコーバーの奥さん。わたし、努力しようとしてきたの、と奥さんは言ったし、事実努力したのも間違いない。表のドアの真ん中には大きな真鍮《しんちゅう》の看板がでかでかと掲げてあって、「ミセス・ミコーバー女子学苑」と彫ってあった。けれども若い娘さんがその学校に通っているのや、あるいは見にきたとか、申し込みにきたところも、また若い娘さんを受け入れる準備を少しでもしているところも、ついぞぼくは見たことがなかった。訪問客で会ったり声を聞いたりしたのは、もっぱら借金取りばかりだった。連中は四六時中やってきていたし、暴れ狂う者もあった。たとえば、汚れた顔の男など、たぶん靴屋だったと思うが、朝の七時から、じりじりと廊下に入り込んできて、階上のミスター・ミコーバーめがけて大声で怒鳴るのだった——「さあ、まだ出掛けちゃいねえだろう、いいか、金を払えよ。隠れるなよ、いいか、そいつぁ卑怯だぜ。おれだったら卑怯な真似はしねえぞ。金を払うんだぞ。払えってんだ、聞こえねえのか、さあ」。こうなじったのに、一向に返事がないと、カッとなって「ぺてん師」だとか「泥棒」とかいった言葉を口走るのだった。これでも利き目がないとなると、時には、最後の手段とばかりに、通りを向かい側に渡って、ミスター・ミコーバーがいると分かっている三階の窓に向かってわめき散らすのだった。こうなると、ミスター・ミコーバーは悲しいのと悔しいのとで茫然自失となり、剃刀《かみそり》で命を絶つ素振りをするに及んだが(一度など、奥さんの悲鳴で気づかされた)、だけど三十分も経たないうちに、あきれるほど精魂こめてぴかぴかに靴を磨き上げると、鼻歌をうたいながら、ふだんにもまして上品ぶった態度でいそいそと出掛けていくのだった。奥さんにしても、立ち直りのまったく早いところは同じだった。三時には国の税金に卒倒しておきながら、四時には子羊の骨付き肉《チョップ》にパンを添えたのを食べたり、温かいビール(ティースプーンを二本、質屋に入れて工面したものだ)を飲んだりしていたのだから。ある日のこと、何か思いもかけず、まだ六時だというのにぼくが帰宅したら、ちょうど財産の差押えが入り終わったところで、奥さんが(もちろん双子の片方を抱いたまま)、振り乱した髪の毛が顔にかかったまま気絶して、暖炉の下に倒れているのを見つけた。なのに、そのまったく同じ日の晩、キッチンの火を前に子牛のカツレツを頰張りながら、奥さんがパパとママとか、昔親しく交わっていた人々とかの話をぼくにしてくれたときの上機嫌ぶりときたら、ついぞお目にかかったことのないほどだった。

この家で、この家族と一緒にぼくは自分の暇な時間を過ごしたのだった。一ペニーのパン一個と一ペニー分の牛乳というぼくだけの朝食は自分で準備した。さらに晩に帰宅したとき、夜食用にパンをもう一個とわずかばかりのチーズとを、ぼく専用の食器入れのぼく専用の棚にしまっておいた。こうすれば、週給の六シリングか七シリングをおおかた使い果たしてしまうことになるのは十分承知していた。それに一日じゅう倉庫に出掛けていって、とにかくそのお金で一週間生活しなければならなかったのだ。天地神明に誓ってもいいが、いま思い出してみても、月曜日の朝から土曜日の夜まで、どこの誰からもどんな形にもせよ、忠告一つ、相談一つ、激励一つ、慰め一つ、協力一つ、それに援助の一つも、ぼくはまったくしてもらえなかったんだ。

本当に幼かったし、子供だったたし、自分自身の生活を管理する能力なんかまだほとんどなかったから——まさかあるはずもない——朝、マードストン＝グリンビー商会に行く途中、ケーキ職人の店先で半値に下がった売れ残りのパイについつい手を出してしまうのをどうすることもできず、食事代に取っておかなきゃならないお金をしょっちゅう使い込んだ。すると、食事抜きで済ませるか、ロールパン一個かプディング一切れを買うかになった。プディングのお店を二軒憶えているが、懐具合によってぼくはこれを使い分けた。一軒は聖マーティン教会近く——教会の裏手側——の路地にあったが、ここは今ではもうすっかり跡形もない。その店のプディングはスグリが密集しており、豪華なご馳走用プディングだった。それだけに一ペニーのごく普通のプディングとさほど大きさは変わらないのに、二ペンスと割高だった。普通のプディングの方でいい店は、ストランド街にあった——あれから建て替えられ、今でもまだそのあたりのどこかにある。ずんぐりして白茶けてて、重かったし、ぐにゃぐにゃのプディングだったが、えらく平べったいレーズンがまばらに、全体にぽつんぽつんと入っていた。毎日、ぼくが通る頃に熱いのが出来あがって、何度となくこれを食事代わりにした。きちんきちんと、しかもたっぷり気前よく食事をするときには、惣菜屋《そうざい》で、豚肉の乾燥ソーセージと一ペニーのパン一個か、四ペンスの牛肉の赤身料理一皿を買うか、仕事場の向かいにある、名前を忘れてしまったけれども、ライオン亭だか、ライオンとなんとか亭だかという貧相な古い酒場《パブ》から、パンとチーズ一皿とビール一杯を取るかした。一度、パンを紙にくるんで、本みたいに小脇にかかえ(朝、家から持ってきたものだが)、ドルーリー・レイン近くにある牛肉煮こみ料理で有名なレストランに入っていったのを憶えているが、ここで美味《おい》しいと評判の料理の「小皿」を注文して、持参のパンと一緒に食べることにした。こんな見も知らぬちびがたった一人きりで、お化けみたいにすうっと入ってきたのを、ウエイターが果たしてどう思ったのかは分からない。だけど、今でもまぶたに焼きついてるのは、ぼくが食事しているところをじろじろ見て、おまけに別のウエイターも呼びとめて、見てみろと促したことだ。チップに半ペニーあげるにはあげたけど、いらないと言ってくれたらよかったのに。

三十分、ティーの時間があったように思う。懐具合のいいときは半パイントの出来合いのコーヒーとバター付きパンを一枚買った。お金がからっきしないときは、フリート街の鹿肉店を眺めるか、コヴェント・ガーデン青物市場まで足を伸ばして、そんな時にはパイナップルを見物した。ぼくはアデルフィ（建築家ロバート・アダム〔一七二八―一七九二〕が弟ジェームズの助力を得て建造した住宅街。アデルフィは兄弟の意）あたりをぶらぶらするのが大好きだったが、そこはいくつものうす暗いアーチの連なった不思議なところだったからだ。ある日の夕刻、アーチをいくつかくぐって、前に広々とした空地のある、テムズ河に臨む小さな酒場《パブ》に出た。そこでは石炭運搬夫たちがダンスをしており、ぼくはベンチに腰かけ、この連中を見ていた。果たして、あちらはぼくのことをどう思ってたことだろうか。

　ほんの子供でちびだったから、食事の後、喉を潤しにビールか黒ビールを一杯ひっかけようと、見も知らぬ酒場《パブ》のカウンターに入っていくと、残念ながら出してもらえないことがよくあった。憶えているのでは、ある暑い日の夕刻、酒場《パブ》のカウンターに行って、おやじさんに言った。

「ここで最高級――一番上等――のビールは一杯いくらですか」というのも、その日は特別の日だったからだ。何だったかは忘れた。おそらく誕生日だったのかもしれない。

「二ペンス半のが」おやじさんは言った。「純正超高級ビールだよ」

「じゃあ」お金を差し出してぼくは言った。「たっぷり泡の立った純正超高級ビールを一杯くれませんか」

おやじさんは返事代わりに、顔に妙な笑いを浮かべて、頭の天辺からつま先まで、カウンター越しにぼくをまじまじと見た。そしてビールを出してくれるどころか、衝立《ついたて》の方を振り返っておかみさんに何か言った。おかみさんは手に縫い物を持ったまま、衝立の奥から現われ、一緒になってぼくのことをじろじろ見るのだった。ぼくら三人が突っ立ってる光景は、今でも目の前に浮かんでくる。ワイシャツ姿のおやじさんはバーの窓枠に寄り掛かり、おかみさんの方はカウンターの小さなくぐり戸越しに覗き込んでいる。で、ぼくはといえば、ちょっとまごついて間仕切りの外から二人を見上げていた。この二人はぼくに山ほど質問を浴びせかけてきたが、たとえば、ぼく、お名前は、とか、いくつなの、どこに住んでいるの、どうして働いてるの、どうやってここに来たの、といった具合だった。誰にも迷惑の及ばないように、ぼくはこの全部の質問にどうやらうまいこと答えを言いつくろえたようだ。ぼくにビールを出してはくれたけれども、果たして純正超高級のだったかは怪しいものだ。そしておかみさんはカウンターのくぐり戸を開け、かがみ込むと、お金を返してくれて、感心感心というようでもあり、不憫《ふびん》ねとい

CIGARS
NECTAR
XXXXX
J. PHILPOT.
WINES
IN BOTTLE
HOUSE
OLD
ALE
SODA WATER

うようでもあるが、まさしく女の人らしい思いやりのあるキスをしてくれた。

経済的に行き詰まってたのとか生活に苦労してたのとかを、無意識に何気なく、なにも大げさに吹聴してるんじゃない。ミスター・クィニオンが一シリングくれようものなら、決まって食事代かティーに消えた。ぼくは、朝から晩まで見すぼらしい子供として、どこにでもいる大人たちや子供たちにまじって働いていた。栄養も十分でなく、満腹感もなく、ぼくは通りをうろついていた。神さまのご慈悲がなかったら、やすやすとこそ泥か浮浪児になり果ててたって、不思議はなかっただろう。

けれどマードストン＝グリンビー商会でぼくは多少特別扱いされた。猫の手も借りたいほど忙しいのに、ミスター・クィニオンはいたって頓着しない人であり、一風変わった商品を商売にしていたけど、できるかぎりのことをしてくれたし、ぼくのことを他のみんなとはまったく別扱いにしてもくれた。それにぼくとしても、相手が大人であれ子供であれ、どういうわけでそこに来る羽目になったのかなんて一言もしゃべらなかったし、そこにいるのが恨めしいなんておくびにも出さなかった。人知れず苦しみ、しかも身を切るほど苦しんだのを知ってるのは、ぼくだけだ。どれほど苦しみを重ねたかは、もう前に述べたように、ぼくの力では到底、言葉で言い表わすことなんかできるようなもんじゃない。けれど胸のうちにじっと納め、黙々とぼくは仕事をした。他の連中と同じ程度に仕事ができなければ、無礼に扱われたり馬鹿にされたりするのは、逃れようもないだろうと、最初から分かっていた。じきに他の子供たちに劣らず、少なくとも手早く手際よく、ぼくもできるようになった。連中とすっかり仲良くなったけれども、ぼくの態度と行儀はやっぱり連中のとは違い、それが溝を作っていた。この連中や大人の人たちは、ぼくのことをだいたい「若さま」だとか「サフォークのお坊ちゃん」と呼んでいた。梱包《こんぽう》部門の頭《かしら》のグレゴリーという奴と、荷馬車の御者で赤い上着をきていたティップという奴が、時どきぼくのことを「デイヴィッド」と呼びかけはしたものの、それは大抵こっそり打ち明け話をしていたときか、仕事をしながら、もうすっかり記憶から消え失せてしまったけれど、何か昔読んだ本の結末のことで二人を楽しませてやろうとしていたときぐらいだったと思う。ミーリー・ポテイトーズが一度反旗を翻して、ぼくが依怙贔屓《えこひいき》されていると反抗したことがあった。だけどミック・ウォーカーがあっという間に鎮圧し、宥《なだ》めすかしてしまった。

こんな生活から抜け出すなんてまったく絶望的な気がして、すっかりそんなものと諦めていった。ただ今でも心からきっぱり言えるのは、ぼくがこの生活にたとえ一刻たりとも甘んじたことは決してなく、みじめで不幸せとしか言いようがなかったことだけだ。けれどもぼくはじっと耐えた。それにペゴティーに対してさえも、大切に思っていたし、屈辱感も手伝って、どの手紙にも（幾度となく文通はしていたが）本当のことは何ひとつ明かさなかった。

ミスター・ミコーバーが困ってることが、なおさらぼくの心の苦しみに重くのしかかった。独りぼっちの身の上だったから、この一家にぼくはすっかり親しみを覚え、奥さんのやりくり算段のことであくせくしてみたり、ミスター・ミコーバーの借金の重圧に気分が重くなったりして、あちこち歩き回ったものだった。ぼくにとっては豪華奮発の土曜日の夜——なぜって、六シリングか七シリングをポケットに入れ、あちこち店を覗き込んでは、これでいったい何が買えるのかと考えながら歩いて帰るのは、そりゃもう素晴らしいことだったし、それに早めに帰宅できるせいもあったが——、奥さんは決まって胸も張り裂けるような打ち明け話を切々とぼくにしてくるのだった。それにまた、前の晩に買っておいたティーかコーヒーを一人分、小さなひげ剃りの小鉢にいれ、遅い朝食をゆったり坐ってとる日曜日の朝も、やっぱりこの調子なのだ。土曜日の晩、ミスター・ミコーバーが話の初《しょ》っ端《ぱな》では興奮したようにむせび泣いておきながら、終わり頃には「ジャックの幸せ、可愛いナンよ」(劇作家・作詞家チャールズ・ディブディン〔一七四五―一八一四〕による唄「可愛いナン」の一節)を口ずさんでるなんてことは、別に珍しいことではなかった。この人が号泣しながら、晩御飯を食べに帰宅し、残された道は牢獄しかないんだと言い放っておきながら、床につく頃には、お得意のセリフだが、「待てば海路の日和あり」と、もう家に張出し窓をつける費用の計算をやってるというお気楽ぶりなんだ。それに奥さんにしたって同じ穴の狢《むじな》だった。

笑っちゃうほど、ぼくらには年齢差があったのに、それぞれの境遇から出てきたものだろうが、ぼくとこの夫婦の間には奇妙な対等の立場の友情というものが芽生えた。とは言っても、あちらさん持ちで飲み食いするのに誘われても、決して受け入れる気分にはなれなかった(肉屋やパン屋とはどうもしっくりした関係にないため、自分たちだけの分もろくにないということがしょっちゅうあるのが分かっていたからだ)。が、とうとう奥さんはぼくに秘密をぶちまけた。それはある日の夜、こんな風に始めたのだ。

「コパフィールドさん」奥さんは言った。「もう知らぬ仲じゃなし、思い切って言うと、うちの良人《ひと》が困ってるの、おそらくもうだめになるでしょう」

これを聞くと、ぼくはたまらないほど気の毒になって、奥さんの赤く腫《は》らした目を、精いっぱい思いやりをこめて見つめた。

「赤玉チーズの切れ端《はし》以外には――そんなんじゃ子供たちの足しにもならないんですよ」奥さんは言った。「食料庫はほんと、もうすっからかんなんです。わたしがパパとママと暮らしていた時分に、よく食料庫なんて話してたもんですから、今でもつい何気なく口にしてしまいますの。話というのは、家にはもう食べ物が何ひとつないってことなんですのよ」

「おや、大変ですねえ」ぼくはものすごく心配して言った。

ポケットには一週間分のお金のうち、二、三シリングが入っていたから――たぶん、この話をしていたのは水曜日の夜だったに違いない――あわてて、そのお金を差し出し、真心こめて、お貸ししますから、どうぞ受け取ってください、と奥さんに言った。けれども奥さんはぼくにキスをして、ポケットに押し戻し、そんなんじゃないの、と答えた。

「いけません、コパフィールドさん」奥さんは言った。「とんでもありませんわ。ですけど、あなたはお年齢《とし》よりもしっかりしてらっしゃるから、よかったら別の用をお願いできないかしら。そっちならありがたく、甘えさせていただくわ」

奥さんに、何なりと言ってください、とぼくは言った。

「わたし、もう金や銀の食器類は自分で手放してしまいましたの」奥さんは言った。

「ティースプーン六本、塩スプーン二本、砂糖入れ一対も、こっそり何回か別々に、自分の手でお金に替えましたのよ。ですけど双子って、やはりとても足手まといでしょ。それにパパとママのことなんか思い出すと、もうこういう仕事ってわたしにはすごく苦痛なんです。で、まだお金に替えられるこまごましたものが多少残ってはいるんですの。そういうのをうちの良人は処分する気になれないんですね。で、クリケットにしても」――これは救貧院から来ている娘のこと――「性根がさもしいもんですから、あまり信用をかけすぎてやっても、とんでもない勝手なことをしかねませんしね。コパフィールドさん、もしお願いできたら――」

ここで、ぼくは奥さんの話が呑み込め、何なりとどうか申しつけてください、と言った。その日の夜のうちに、持ち運びできそうな品々をぼくは処分し始めた。ほぼ毎朝のように、マードストン＝グリンビー商会に出勤する前に、同じ用向きに出掛けていくことになった。

ミスター・ミコーバーは、小ぶりの箪笥《たんす》の上に二、三冊本を載せ、それを蔵書と称していたが、まずこれが処分の対象になった。ぼくは一冊ずつシティー・ロードの古本屋に――ぼくらの家近くの一角は、当時ほとんど古本屋と小鳥屋ばかりが軒をつらねていた――持ち込んで、いくらなりと相手の言い値で売りさばいた。この古本屋の店主は、店の裏手の小さな家が自宅になっていたが、毎晩ほろ酔い加減になっては、翌朝決まって、おかみさんにがみがみ小言をいわれるのだった。早朝出掛けていくと、一度ならず折りたたみベッドにお休み中のところを謁見《えっけん》させていただいたが、一晩じゅう飲みすぎた証拠とばかり、額にけがをし、目の周りに黒いあざをこしらえていた(飲んでると喧嘩っ早《ぱや》くなるんだろう)。そして震える手で、床に脱ぎ捨ててある服のポケットをあちこち捜して、入り用なシリング銀貨を出そうと懸命になっている間、両手に赤ん坊を抱き、踵《かかと》のすり減った靴をはいてるおかみさんの方は、ずっと怒鳴りつけるのをやめる気配もなかった。時どきお金をなくしていて、ぼくに、また寄ってくれないかと言うことがあったが、するとおかみさんの方がちゃんと持っていて――おそらく酔っ払っている隙に取り上げてしまったのだろう――、ぼくと一緒に下に降りながら、階段でこっそり商談が成立してしまうのだった。

ぼくは質屋でもずいぶんと顔見知りになった。カウンターで指図していた主任の男性がぼくに目をかけてくれて、取引をしながらも、ラテン語の名詞や形容詞の格変化だとか、動詞の活用を耳許でぼくに言わせてたのを、今でも思い出す。こういう用向きがすっかり済むと、奥さんは、だいたいは夜食だったけれど、ちょっとしたご馳走をしてくれて、今でもよく憶えているが、この食事には格別な味わいがあった。

とうとうミスター・ミコーバーは土壇場に追い込まれ、ある朝早く逮捕されて自治区《バラ》の王座《キングズ・ベンチ》債務者監獄にしょっぴかれていった。家を出がけに、日輪が今や私には没した、と言い——だからぼくはミスター・ミコーバーの胸は張り裂け、ぼくも同じ思いだと本当に信じていたというのに、後になって耳にしたのは、この人がお昼前には生き生きとボーリングをやっているところを見かけた、というものだった。

連れていかれてから最初の日曜日に、ぼくは面会に行き、一緒に食事をすることになった。しかじかの所へ行くには、と道を尋ねると、そのほんのちょっと手前には別のしかじかの所があって、またこのほんのちょっと手前には中庭があるから、そこを横切って、どんどんまっすぐ先に進めば、看守がいますよ、とのことだった。このとおりにぼくは従った。で、ついに看守のところに着き(いやあ、それにしてもぼくは意気地のない子供だった)、ロデリック・ランダムが債務者監獄に入ったときには、古いぼろ切れしか身にまとっていない男がいたなあ、などと考えを巡らしていると、目はかすんでよく見えないし、心臓はどきどきして、ぼくには看守の姿がぐるぐる回って見えるのだった。

ミスター・ミコーバーは門の内側でぼくを待ち構えており、ぼくと自分の部屋へ上がっていき(最上階の下の階だったが)、そして二人で存分に泣いた。思い出すのは、自分の不運な人生を見て戒《いまし》めとし、そしてくれぐれも気をつけなさい、と大真面目に話してきかせてくれたことだが、それは、もし年収二十ポンドある人が十九ポンド十九シリング六ペンスで済ませて使う分には幸せにやってられるけど、二十ポンド一シリング使ってしまえば、みじめな結果になってしまうんだよ、というものだった。その舌の根も乾かないうちに、黒ビールが飲みたいとぼくから一シリングを借り、この額の支払い指図書を奥さん宛に書いたのをぼくに渡してよこし、ハンカチをしまい込むと、元気いっぱいになった。

ぼくらは小さな暖炉の前に腰をおろしたが、その錆《さ》びた火格子の内側には、両端に一つずつれんがが二個置いてあって、石炭を一度にたくさん焚《た》かないように工夫してあった。やがて、ミスター・ミコーバーと相部屋になっているもう一人の債務囚が、ぼくらが共同出資した羊の腰肉を持って、やっとパン焼き場から戻ってきた。それからぼくは、上の階の「ホプキンズ大佐」のところに、ミスター・ミコーバーがよろしくとのことですが、実はぼくはあの人の年若き親友でして、ナイフとフォークをお貸し願えないでしようか、と言ってこいとの使いに出された。

ホプキンズ大佐はミスター・ミコーバーによろしくと言って、ナイフとフォークを貸してくれた。その小さな部屋にはすごく汚らしい女の人と、娘であろう、ボサボサ頭の二人の青白い女の子がいた。貸してもらったのがホプキンズ大佐の櫛《くし》ではなくて、ナイフとフォークで助かったと思った。大佐自身ももじゃもじゃの頬ひげをたくわえ、骨董品ものの茶色い厚地の外套の下は一糸まとわぬ姿で、それはもう見すぼらしさも極まり果てていた。寝床は部屋の隅にぐるぐる巻き上げられ、なけなしの取り皿や大皿や壜は棚の上に置いてあった。ぼくの見たところ(どうしてかは分からないが)、ボサボサ頭の二人の女の子はホプキンズ大佐の子供に違いないけど、汚らしい女の人はどうもホプキンズ大佐と夫婦というわけではなさそうだ。ぼくが戸口におずおずと突っ立ってたのは、せいぜい物の二分ぐらいだったろうが、ナイフとフォークを手にしっかり握りしめてるのと同じくらい、いま目の当たりにしたことを何もかもしっかり握って、もう一度下へ降りていったのだ。

食事は、何だかんだ言っても、ジプシー風のところがあって楽しいものだった。昼すぎにホプキンズ大佐のナイフとフォークを返すと、ぼくは家に帰り、ミコーバーの奥さんに様子を話してあげて安心してもらった。ぼくの帰ってくるところを見て、奥さんは気を失ったが、後になって二人でその話をしながら励まし合おうとばかり、卵酒をこさえてくれたりしたのだった。

　家財が一家のためにどんな風に売却されたのか、誰が売ったのか、少なくともぼくではないということを除いて、ぼくは知らない。けれども売却され、ベッドと椅子が二、三脚と台所のテーブル以外は荷車で運び出されていった。ぼくら、つまり奥さんと子供たちとみなす児女中とぼくとは、ウィンザー・テラスのすっからかんの家の居間二部屋の中に残された家具だけで、いわばキャンプを張っていたようなものだった。それに夜も昼も、生活していたのはこの二部屋だけだった。ずいぶん長いことのような気はするけれど、どれくらい続いたのかは、はっきりしない。とうとう奥さんは意を決して、今では一人部屋を確保しているミスター・ミコーバーの監獄に引っ越すことになった。そこでぼくが家の鍵を家主のところへ返しにいったら、とても喜んで鍵を受け取った。それと、ぼくのは別だが、ベッドは全部王座《キングズ・ベンチ》の方に届けられた。別というのは、ぼくの方はこの刑務所近くで塀の外側に小さな部屋を借りることになったからだが、これにぼくは大満足だった。ミスター・ミコーバー一家とぼくは別れられないほどに、苦労を通してお互い一つに溶け合ってきたからだ。みなす児女中も同じように安い下宿を近所に世話してもらえた。ぼくのところは奥の静かな屋根裏部屋で、天井が斜《はす》になってて、窓から木材置場が見晴らせたのにはわくわくした。ミスター・ミコーバーがとうとう土壇場に追い込まれてしまったことを思うにつけ、そこはまさに天国のように思えた。

この間ずっと、最初と変わらない、やっぱりいつもどおりのやり方で、いつもどおりの連中と、不当に身を落としたんだというういつもどおりの気持で、ぼくはマードストン＝グリンビー商会で働いていた。だけどおそらくぼくにとって幸いだったのは、毎日倉庫に行く途中も帰る途中も、休み時間に通りをうろつき回っているときも、ぼくが目にする子供の誰ひとりとも知り合いになることもなければ、話すこともなかったことだ。やっぱりいつもどおり、ぼくは人知れずみじめな生活を送っていたが、いつもどおりの孤独で自分をたのみとする生き方だった。気づいた変化といったら、第一に自分が見すぼらしくなってきたということで、第二に、今ではミコーバー夫妻の面倒をみる重圧がずいぶん和らいだということだった。というのも、親戚だか友達だかが今の苦しい状況に救いの手を差し延べてくれることになり、監獄の外で長いこと暮らしていた時分よりも、中にいる方がずっと居心地よく暮らせるからだった。詳しいことはもう忘れてしまったが、何か話し合ったおかげで、ぼくもみんなと一緒に朝食をとるようになっていた。朝何時に門が開いて、中に入れてもらえたのかも忘れてしまったが、六時に起きるのはしょっちゅうで、門が開くまでの時間つぶしに、好きでぶらついていた場所は昔のロンドン・ブリッジだった。そこの石の引っ込んだところに坐って、人が通り過ぎるのを見たり、朝日が水面にちらちら輝き、そしてロンドン大火記念円塔の天辺が黄金色に燃えるように照り映えているのを、欄干《らんかん》越しに見渡したりしていた。時どき、みなす児女中がぼくに会いにここに来た折、波止場やロンドン塔に関する度肝を抜かすような作り話をしてやったが、願わくは当時は自分でも本当のことだと信じていたと思いたい、としか今は言いようがない。夕刻にぼくは監獄に取って返し、ミスター・ミコーバーと散歩道を行ったり来たりするか、奥さんとトランプのカジノ・ゲームをしながら、パパとママの思い出話を聞かされるかしていた。ミスター・マードストンがぼくの居場所を知っていたのかどうかは何とも言えない。マードストン＝グリンビー商会では、ぼくは一言も口外しなかったからだ。

ミスター・ミコーバーの危機的状況は、一応、山は越していたものの、ある「証文」のために、どうしようもないほど込み入っていたが、そのことはよく聞かされていたし、今にして思うと、借金取りと以前とり交わしていた「示談」のようなものだったのだろう。もっとも当時それはぼくには雲を摑むようなものであって、昔々、ドイツで広く行なわれていたという噂の、悪魔の羊皮紙文書（ファウスト伝説への言及。悪魔に魂を売り渡す際の、血で書いた財産証文の文書のこと）とどうやらごっちゃにしていた気がする。そしてついには、この文書もなんとか処理されたようで、何にしても以前の「危ないぞ、暗礁だ」は終わったのだった。また奥さんは、資産処分破産者救済法を適用してもらって、なんとかうちの良人《ひと》が釈放されるようにしようって「わたしの実家」で決めましたの、で、そうすればだいたい六週間くらいで放免になると思うんですのよ、とぼくに話してくれた。

「そうなれば」その場に居合わせたミスター・ミコーバーは言った。「手許にも現金があるから、なるものならばすっかり新しく生活をやり直せるに決まってるさ――要するに、待てば海路の日和ありだ」

　何かがきっと起こりそうなら何にでも夢中になるミスター・ミコーバーのことで、ぼくがいま思い出すのは、この頃、借金に対する投獄措置の法律に改正を求める下院への請願書を案出していたことだ。ここでその思い出話を書くことにするのは、今の変わり果てた自分の生活に昔読んだ本を当てはめてみて、現実に見ている往来だとか市井の男女を題材に自分だけの物語を生み出してゆくという、ぼくのやり方の一例になっているからだ。つまり自分の伝記を書くうちに無意識にぼくがふくらませていく人物のいくつか主要な特徴というのは、こうしているうちに徐々に形成されていったものだからだ。

刑務所にはクラブがあったが、立派な人物だとばかり、ミスター・ミコーバーはここで絶大な権威を誇った。ミスター・ミコーバーが請願書を出すという考えをクラブに披露すると、たちまちクラブは強く後押しした。そこでミスター・ミコーバーは(根っからお人好しで、自分のこと以外なら何にでも意欲を燃やし、およそ自分の得にはなりもしないことであくせくするのが何より幸せ、という人だから)、請願書にさっそくとりかかって案出し、どでかい紙に大きな字で清書してテーブルの上に広げ、クラブのメンバー全員に、もし希望すれば刑務所内の全員に対しても、あらかじめ約束の時間を決め、部屋にやってきてこれに署名してもらうようにしたのだった。

時迫ったこの署名の儀のことを聞くと、ぼくは矢も楯もたまらず、マードストン＝グリンビー商会から一時間の暇を貰って駆けつけたほど、みんなが次々と入ってくるところを見たくてしょうがなかった。もっともほとんどの人とはもう顔見知りだったし、あちらさんもぼくのことを知ってはいたが。そしてぼくはこのために、部屋の隅に陣取ったのだった。クラブの主要メンバーたちが、あふれるほどではないものの、この小さな部屋に入れるだけ入って、請願書を前に、ミスター・ミコーバーを支援した。一方、旧友のホプキンズ大佐は(このように厳粛な式に敬意を表してか、顔や手を洗っていたが)、請願書の間近に立つと、その中身を知らない人たちみんなに請願書を読んで聞かせていた。その時、ドアがぱっと開き、その他大勢が長い列をなして、中に入り始めた。一人が入って署名をし、外に出て行く間、数名が外で待機していた。次々入ってくる人みんなに、ホプキンズ大佐は言った。「もう読んだかな」――「いえ、まだ」――「読んでほしいかね。」相手がもし下手《したて》に出て、ちょっとでも聞きたいという素振りを見せようものなら、よし来たとばかり、ホプキンズ大佐は朗々とした大声で一言一句残らず読み上げて聞かせるのだった。だからもし二万人の人が聞かせてくれと頼んだら、この大佐なら、一人ずつ二万回だって読み上げかねない。「議会に召集されたる国民の代表各位」とか、「それゆえわれら請願者は謹《つつし》んで栄誉ある下院議会に申し出る次第」とか、「われら仁愛深き陛下の不幸なる民は」といった一節になると、まるで本物の食べ物が口の中に入っていて、美味しいんだってな感じに、玉を転がすようなうっとりする口調で読み上げていたのを、ぼくは思い出す。その間ミスター・ミコーバーは起草者の自負をちらっとのぞかせて聞き入り、向かいの塀の忍び返しを(こわい顔ではなかったけれども)食い入るように見つめていた。

サザックとブラックフライアーズの間を毎日行き来し、また食事の時間には人目につかない通りの、それにしても子供のぼくが踏みつけたせいで今はすっかりすり減ってることだろうが、石畳の上をうろつきながらすれ違った街の人々のうち、回想するぼくの目の前を、ホプキンズ大佐の朗々とした声につられて、またもや一列に並んでやってくるあの群衆の中に見うけられない顔が、果たして何人いただろうか。きりのない苦しみに閉ざされていた少年の頃をいま思い返してみると、こういう街の人々のことでぼくが創作した物語のどれほど多くが、思い出深い様々な実際の出来事の上に、ちょうど空想の霧といったように立ちこめていることだろうか。かつての懐かしい界隈《かいわい》を踏みしめると、一人の無垢でロマンチストの少年がぼくの前を歩いていて、こんな奇天烈《きてれつ》な体験やさもしい事柄から独自の想像の世界を生み出しているのを見て、思わず慈しみを覚えても不思議はない。

第十二章　なじめない自活に、一大決心する

その間、ミスター・ミコーバーの請願の方も機が熟し、聴聞会の運びとなり、しかもぼくにとってうれしくてたまらなかったのは、件《くだん》の釈放の命も受けたことだった。借金取りたちも執念深くはなかったし、ミコーバーの奥さんが話してくれたところによると、例の靴屋だって、堂々と公の法廷で、自分は何ら恨みは抱いていないが、ただし未払い分はきっちり払ってもらいたい、と強く言ったそうだ。思うにそれが人の道ってものだ、とも言ってたんだそうだ。

裁判が片づくと、ミスター・ミコーバーは王　座《キングズ・ベンチ》監獄に戻り、手数料を支払って、形式的な手続きも済ませ、そして晴れて釈放が現実のものになった。クラブでは熱狂的に迎えられ、その夜、ミスター・ミコーバーの栄誉をたたえた朗々たる声が飛び交うパーティーが開かれたが、その間に、奥さんとぼくは、もう寝ついた子供たちに囲まれな

がら、こっそり子羊肉のフライを食べた。

「こういう時ですもん、コパフィールドさん、話してきかせるわね」奥さんは言った。「もう少し卵酒を頂きながら」というのも、ぼくらはすでにもう嗜《たしな》んでいたからだが、「パパとママの思い出をね」。

「もうお亡くなりになったんですか」ワイン・グラスで乾杯してから、ぼくは尋ねた。

「ママは逝ってしまったのよ」奥さんは言った。「うちの良人《ひと》が困りだす以前だったか、まあ少なくとも切羽《せっぱ》詰《つ》まる前のことだったわ。パパの方は達者にしてて、何度かうちの良人の保釈に尽力してくれましたけど、沢山の方々に惜しまれて、やっぱり息を引きとりましたのよ」

奥さんは首を横に振って、腕にたまたま抱いていた双子の赤ん坊の上に、健気《けなげ》な涙をこぼしたのだった。

ぼくには重大事であって、尋ねてみるのにこれほどまたとない機会も望めそうにないから、奥さんに切り出してみた。

「ひとつ教えてくれませんか。つまり、ミコーバーさんがもう困ることもなくなったし、自由の身にもなられて、おばさんとミコーバーさんはこれからどうされるおつもりなのか、もう決められたんですか」

「わたしの実家が」いつもこのセリフを勿体ぶって言っている奥さんは言った。もっとも、実家と銘打ったなかにはいったい誰が含まれるんだか、ぼくにはさっぱり判然としないけれども。「わたしの実家が考えますには、うちの良人は思い切ってロンドンを離れ、田舎で力を発揮してみた方がいいのではないか、と。うちの良人はとっても力のある人なんですからね、コパフィールドさん」

「本当にそうですね」とぼくは答えた。

「とっても力がありますの」奥さんは繰り返した。「わたしの実家が考えますには、うちの良人ほどの能力のある人間なら、ちょっとコネでもあれば、税関で何か仕事があるんじゃないか、と。わたしの実家がなんとかできるのは地方ですから、うちの良人はプリマスに帰った方がいいに決まってるってね。地元にいるのがまず肝心だってことなんですよ」

「つまりいつ何時《なんどき》、声が掛かっても、と待ってるんですね」ぼくは言った。

「ええ、そのとおりよ」奥さんは答えた。「いつ何時、声が掛かっても、とね――待てば海路の日和ありですもの」

「それで、おばさんも一緒に行ってしまうんですか」

その日一日の出来事で、奥さんは、卵酒を交えていたからではないにしても、双子と一緒になって感情が高ぶってしまい、涙をはらはらと流しながら、答えた。

「わたし、決してうちの良人を捨てやしません。そりゃ最初は困っていること、このわたしに隠していたでしょうけど、でも根が楽天的な性分なもんだから、うちの良人のことですもの、なに、乗り切れるさって高をくくっちゃったんでしょうね。ママが遺《のこ》してくれたパールのネックレスとブレスレットは半値以下に買いたたかれて処分しちゃったし、パパが結婚のお祝いにプレゼントしてくれたセットになった珊瑚《さんご》のアクセサリーも、実際ただ同然で手放したんですよ。でもわたし、決してうちの良人を捨てやしませんわ。絶対にね」以前にもまして気持を高ぶらせて、奥さんは叫んだ。「わたし、決して捨てやしないわ。頼まれたって、だめなものはだめなんですから」

ぼくはものすごく居心地が悪くなった――まるでこのぼくがその手のことを何か頼みでもしたと、奥さんが勝手に錯覚したみたいで――、だから、ぎょっとしてぼくは奥さんを見つめ続けていた。

「うちの良人にはそりゃ悪いところも沢山あります。先々のことを考えないのだって、そのとおりです。貯えのことも借金のことも、このわたしは蚊帳《かや》の外に置かれてたのだって、そのとおりですとも」壁をにらみつけながら、奥さんは続けた。「けど、わたし決してうちの良人を捨てやしません」

奥さんはこの時にはもう絶叫していたから、ぼくは怖じ気づいて、クラブの部屋に逃げ出し、長テーブルでちょうど司会役を務め、

はい、はい、老いぼれ馬、
どう、どう、老いぼれ馬、
はい、はい、老いぼれ馬、
はい、そら、どーう（「ある日荷馬車を駆っていると」〔一七〇〇年〕のリフレインの部分）

と、コーラスの指揮をとっているところだったミスター・ミコーバーを遮《さえぎ》って、ぼくが、奥さんが緊急事態です、と知らせると、突然わっと泣き出し、たった今までご相伴にあずかっていた小エビの頭と尻尾をチョッキにいっぱいくっつけたまま、ぼくと一緒に抜け出してきた。

「エマ、どうだ」部屋に駆け込んで、ミスター・ミコーバーは叫んだ。「いったいどう

したんだい」

「わたし、決してあなたを捨てやしないわ」奥さんは大声で叫んだ。

「おまえ」両腕に奥さんを抱き締めながら、ミスター・ミコーバーは言った。「ちゃんと分かっているとも」

「この人、わたしの子供たちの父親なんですよ。この人、わたしの双子の子の父親なんですよ。この人、わたしの大切な旦那さまなんですよ」身もだえしながら、奥さんは大声をあげた。「だから、わたし、決してうちの良人を捨てやし――ま――せ――ん」

この献身的な愛情の証《あかし》にミスター・ミコーバーはいたく心打たれたので（ちなみにぼくは泣きくずれてしまったが）、おもいっきり烈《はげ》しく奥さんのことを上から包み込むように抱き締め、こっちをご覧、さあ、落ち着きなさい、と頼むように言った。けれども、ミスター・ミコーバーが奥さんに、こっちをご覧、と言えば言うほど、奥さんの方はいよいよ空《くう》を見つめ、そして気を静めなさい、と頼めば頼むほど、奥さんはいよいよ静まる気配はなかった。結局ミスター・ミコーバーの方がじきに観念してしまい、奥さんやぼくの涙に交えて、自分も大粒の涙を流すことになったが、果てはとうとうぼくに、ひとつお願いだが、うちのを寝かしつける間、階段のところで椅子に腰掛けててくれないかな、と頼まれる始末だった。その夜は、これでもういとま乞いしたいところだったけれども、面会客の退出を促す鐘が鳴るまで、ミスター・ミコーバーは聞き入れてくれようとはしなかった。そんなわけで、ぼくは階段の窓のところに坐りあぐねていたが、椅子を持参したミスター・ミコーバーがついに現われ、ぼくと並んで坐った。

「おばさんの具合、どうですか」ぼくは言った。

「すごくふさぎ込んでいるんだ」首を横に振りながら、ミスター・ミコーバーは言った。「反動で気力が失せたんだね。いやはや、ものすごい一日だったなあ。今や私らだけになってしまった——何もかもが離れていったんだな」

ミスター・ミコーバーはぼくの手をぎゅっと握りしめると、何やらうめき声をあげ、そして涙をはらはらと流したのだった。ぼくはじんと胸を打たれもしたが、肩透かしを食らったようでもあった。なぜって、長いこと待ち焦がれていた、この幸せなときに、さぞかしぱあっと派手に明るくやれるだろうと期待していたからだった。が、ふたを開けてみればミスター・ミコーバーにしても奥さんにしても、困っているのに慣れっこになってしまったものだから、晴れて自由の身という段になってみると、今度は打ちくだかれてしまったような感じがしたんだろう。いつもの二人の立ち直りの早さもどこへやら、あの晩のご両人の哀れな様子ときたら、その半分も哀れなところを、ぼくはこれまでついぞ目にしたことなどなかった。鐘が鳴り、ミスター・ミコーバーはぼくを門衛のところまで送ってくれ、挨拶をして別れる際には、ミスター・ミコーバーを一人っきりにおいていくのが、なんだか不安で仕方がないような、それほどにたまらなく可哀相な姿を見せていた。

けれども、ぼくにとっては思いがけないほど、混乱したり落ち込んだりした気分にすっぽり包み込まれていても、いずれミコーバー夫妻と家族とはロンドンを離れていくことになるんだろう、しかもぼくらの別れの時は差し迫っているんだと、はっきりぼくは気づいていた。ある思いがぼくの中で初めて芽吹いたのは――どんな風にぽかっと頭に浮かんだのかは判然としないけれども――、その夜、歩いて帰る途中と、そしてベッドに入って眠れない夜を過ごしていたときのことだった――そしてそれは後になって、微動だにしない決心という形に出来あがっていったのだった。

ぼくはミコーバー一家といっそう馴染みになってもいたが、何より窮地にいた頃の一家と家族同然の付き合いをしていたし、もしぼくにあの一家がいなかったら友人が一人もいないと言ってもよかったので、また新しい下宿を見つける羽目になって、もう一度見も知らぬ人々の中で暮らすのかと想像すると、すでに嫌というほど経験を積んで、その手のことはちゃんと身にしみていたから、その瞬間にまた今のような路頭に迷う生活の中に追い払われていくような思いがした。こんな生活の中で、ずたずたに傷ついた繊細な心と、胸の中でずっとくすぶり続けた屈辱感やみじめな気持が、こういう風に考えるだけでいっそう胸を締めつけてくるようになっていった。そこでこの生活にはもう我慢がならない、とぼくは結論を下したのだった。

　自分から事を起こさなければ、この生活から逃れられる望みはない、ということは百も承知だった。マードストンの姉さんからの便りはめったになかったし、ミスター・マードストンにいたっては皆無だった。けれども仕立ててあったり修繕してある衣服の小包みは二、三個、ミスター・クィニオン宛で、ぼくの許に届けられはした。そのどれにも紙切れが同封してあり、J・M（ジェーン・マードストンのこと）はD・C（デイヴィッド・コパフィールドのこと）がお仕事に身を入れ、全身全霊、責務に打ち込んでいるものと信じています、との内容で——ぼくが身動きできないほど日に日に根をおろしていっている、あくせく働くケチな労働者なんかではないのだとは、おくびにも出していなかった。

　心の中に宿した考えで最初は何も手につかない状態だったが、すぐ翌日には、奥さんがここを離れるつもりだと言ったのは、何も訳もなく話したりしたわけではないことが分かった。ぼくのいる家に一週間、間借りの仮住まいをし、その期限が切れると一家はプリマスに旅立つことになった。午後にミスター・ミコーバーが自ら会計事務室にやってきて、ミスター・クィニオンと話をし、自分が発《た》てば即ぼくが宙に浮いてしまうだろうから、ついてはぼくが下宿人として推薦できる人物であると太鼓判を押してくれたのだった。もっとも、そんなことは、ぼくとしては当然至極に決まっていたのだが。するとミスター・クィニオンは、もう一家を構えてて、貸せる部屋も持っている御者のティップを呼び入れ、その家にぼくがこれから下宿できるように手筈を整えた——ぼくら双方の合意の上で、とあちらさまが勝手に呑み込んだとしても、もっともなことだった。なにしろ、決心はもう固まっていたものの、ぼくは黙して一言も語らなかったからだ。

同じ屋根の下にともに暮らせる残りの日々を、毎晩ぼくはミコーバー夫妻と過ごした。そして時が進むにつれ、お互いにさらに情が通じ合っていったような気がする。最後の日曜日にぼくは夕食に招かれ、アップル・ソースをかけた豚の腰肉とプディングの御馳走をみんなで食べた。お別れのプレゼントにと、ぼくは前の晩に、ちびのウィルキンズ・ミコーバー——これは息子の方——にはぶちの木馬と、ちびのエマにはお人形とを買っておいた。さらに、じきに暇を出される運命のみなす児女中には一シリングを餞別《せんべつ》にやってあった。

別れが間近に迫っていたから、みんな微妙にぴりぴりしていたものの、それでも本当に楽しい一日を過ごした。

「わたし、絶対必ず、コパフィールドさん」ミコーバーの奥さんは言った。「うちの良人《ひと》が困っていた頃のことを振り返るたびに、あなたのことを思い出しますからね。あなたがしてくださったことって、本当に何もかも思いやりがあって、ご親切でしたものね。あなたは下宿人なんかじゃありませんでした。お友達だったんですよね」

「おい、いいかい」ミスター・ミコーバーは言った。「コパフィールドはだな」近頃ではぼくをこんな風に呼ぶようになっていたのだが、「同胞の身に暗雲が垂れ込めておれば、その苦境に同情を寄せる心もあるし、それに対して画策するおつむもあるし、また手腕もあるんだ――要するに、なきゃないでいいような、換金できる家財道具を売却するその手の才能があるってことだ」

ぼくは、このおほめの言葉に感謝の意を述べ、それと、じきにお別れすることになるのは本当に哀しいです、と言った。

「なあ君」ミスター・ミコーバーは言った。「この私は君よりも年をくっとるし、人生経験も積んだ人間だが――要するに、一般的に言えば金銭に困るってことでそれ相当に経験を積んだわけだ。今はだ、待てば海路の日和ありってことになるまで(今にもそうなるんじゃないかと待ち構えてはいるんだが)、アドヴァイスしかしてあげられないんだ。だが、私のアドヴァイスには耳を傾ける値打ちが山とあるからね、つまり――要するに、自分じゃそいつにさっぱり耳を傾けてこなかったばっかりに、それで」――それまで頭の天辺から顔じゅうすっかり笑みと喜びの色を浮かべていたミスター・ミコーバーが、ここにきて急に話すのをやめ、むずかしい顔を見せたのだが――「見てのとおりの情けないどん底野郎ってわけですよ」

「あら、嫌ですよ、あなた」奥さんは強い調子で言った。

「何ですねえ」すっかり我を忘れ、またニコニコしだしたミスター・ミコーバーは言った。「見てのとおりの情けないどん底野郎ですからね。アドヴァイスすることは、今日できることは決して明日に延ばしちゃいけないってことですね。遅延は時間の盗人《ぬすっと》。盗人はひっ摑まえろってね」

「パパの金言でしたの」奥さんは付け加えた。

「なあ」ミスター・ミコーバーは言った。「おまえのパパはあの人なりに実に申し分なかったよ。だから悪く言うなんてとんでもない話だ。かけがえのない人として見ると、もう二度とああいう人とは——要するに、あんな年齢《とし》になっても、眼鏡もかけずに細かい字は読めるし、ゲートルをつけたあの矍鑠《かくしゃく》とした足腰をしている人間とは——おそらく絶対に知り合いになれっこないからね。でも、私らの結婚にまで例の金言をあてはめてしまったんだからね。それで私らはあまりに結婚を急ぎすぎて、その結果、いまだに帳尻合わずで埋め合わせできずじまいなんだからね」

ミスター・ミコーバーはわきから奥さんの方をちらりと見て、付け加えた。「それを悔やんでるわけじゃないよ。いやまったく正反対なんだからね」こう言うと、一、二分の間、大真面目な顔をしていた。

「もう一つの方のアドヴァイスはね、コパフィールド」ミスター・ミコーバーは言った。「いいかな、年収の方が二十ポンドで年支出が十九ポンド十九シリング六ペンスなら無事に終わるし、年収の方が二十ポンドなのに、年支出が二十ポンド六ペンスになれば無惨に終わるんだよ。花はしおれ、葉は枯れて、お天道《てんと》さまはこの荒れ果てて寒々とした情景に沈んでゆき、そして——そして要するに、永遠に地べたに這いつくばらされてしまうんだよ、ちょうど今の私みたいにね」

実例をもっと印象強いものにしようとして、ミスター・ミコーバーはこのうえもなく上機嫌に満足しきってパンチ酒を一杯飲み干し、「カレッジ・ホーンパイプ舞曲」(チャールズ・ディブディン作)を口笛で吹いてみせた。

大丈夫です、戒めは絶対に肝に銘じておきますから、とぼくは口にしたけれども、実際はそんなことを言う必要はなかったのだ。なぜって、その時ぼくがほろりと心打たれていたのは目に見えていたからだった。翌朝、乗合馬車の出札所で一家に会い、後部屋上席に着くのをぼくは心細い気持で見つめていた。

「コパフィールドさん」奥さんは言った。「お世話になりましたね。何もかも決して忘れませんわ。忘れようったって忘れられるもんじゃありませんもの」

「コパフィールド」ミスター・ミコーバーは言った。「さようなら。ご多幸とご活躍を祈ってますよ。この真っ暗闇の私の定めではあっても、巡り来る月日のうちにはやがて、それが君への戒めにはなってたんだと自らに言いきかせられでもしたら、こうして自分なりの生き方をしてきたことが、あながち無駄じゃなかったと思えるでしょうよ。ひょっとして、待てば海路の日和ありってなことになりでもしてだ(なるとは確信してるんだが)、君の将来の道を開くお手伝いができれば、そりゃもう、このうえもなくうれしいことなんだがね」

奥さんは、子供たちと一緒に乗合馬車の後部座席に坐り、ぼくが物思いに沈んで一行を見つめ、路上に突っ立っているのを目にしたとき、その目からうろこが落ちて、このぼくが、なんとまあ、本当はちっちゃな子供だったんだろうと、今さらのように気づいたんだと思う。そんな風に思うのは、奥さんが初めて母親のような表情を顔に浮かべ、馬車の上にのぼってらっしゃいと合図して、そしてぼくの首に腕を回し、わが子にでもするようなキスをしたからだった。再び下に降りるやいなや乗合馬車は出発したが、みんなで振っているハンカチのせいで、一家の姿はほとんど見えずじまいだった。一瞬にして馬車は跡形もなく消え失せた。みなす児女中とぼくは道の真ん中で間が抜けたようにお互い顔を見合わせ、突っ立っていたが、それから握手して、じゃあまたと言い、おそらくあちらは聖ルカ救貧院に戻っていったんだと思う。そしてぼくの方は、マードストン＝グリンビー商会でうんざりする一日を開始するために出掛けていった。

けれども、そこでうんざりする日々をもうこれ以上重ねるつもりはなかった。もう嫌だ。逃げ出そうと決心していた――どうにかして田舎にいる、この世でたった一人の血のつながった身内の許に行って、ぼくの身の上話を伯母さんのミス・ベッツィに聞いてもらうんだ。

以前にもう書いたが、どうしてこんなやけっぱちの考えが頭に浮かんだのかはよく分からない。けれども、いったん浮かぶと、ずっと頭の片隅にこびりついて、徐々に決意へと固まっていったのだが、生まれてこの方、これほど断固たる決意なんかしたためしはなかった。一縷《いちる》の望みがあると思っていたわけではなかったが、どうあっても実行に移さなきゃならないんだと頭から決めてかかっていた。

この考えが最初ぽかっと頭に浮かんで、そうしてなかなか眠れなくなったときから、ぼくが生まれたときの、ああ哀れ、母さんの例の昔話を、何度も何度も、それこそ何百回となく繰り返し思い出していたが、懐かしい子供時代、母さんがこのことを話してきかせてくれるのが、何よりもぼくの楽しみの一つだったし、空で言えるようにもなっていた。伯母さんはこの話の中に恐ろしくてかなわない人物として登場し、そして姿を消してしまった。だけど伯母さんの行動には一つあれっと思うところがあって、ぼくはそのことについて思いめぐらすのが好きだったし、ちっぽけなものではあっても、ぼくに勇気をくれもしたのだ。それは、伯母さんがまんざら無骨とも思えない手つきで母さんの綺麗な髪の毛に触れたように思ったとき、母さんはどんな風に感じたのかなあと、それがぼくには忘れられなかったのだ。それに、これはひょっとしたら何もかも母さんの気のせいであって、まったく事実無根のことだったのかもしれないけれども、それでもぼくはここからちょっと想像をめぐらしては、こわい伯母さんも、ぼくの大好きで、またよく思い出に蘇ってくる母さんの美少女ぶりに、ほろりとやさしい気持になったのではないかという気がし、それでこの昔話がすっかり心なごむものになっているのではないかと思った。九分九厘おそらく、それが長い間ぼくの頭の片隅にあって、だんだん決意に育っていったということなのだろう。

そもそも、ミス・ベッツィがどこに住んでいるのかさえぼくは知らなかったから、ペゴティーに長い手紙を書いて、憶えていないかと問い合わせてみることにした。ぼくは、さもついでにという振りをして、いい加減な地名を挙げ、そこに住んでいるしかじかの女の人の噂を耳にしたが、ひょっとして伯母さんと同一人物ならぜひ会ってみたいのだけれど、という訊き方をした。手紙の中には、よんどころない用事で実は半ギニーばかり必要があり、すまないが返せるようになるまで貸してもらえまいか、また訳も後日説明するから、とも書いた。

ペゴティーからの返事はすぐに来たし、いつもながら紙面には深い愛情があふれていた。半ギニー（きっとミスター・バーキスの金箱から苦心惨憺《さんたん》して巻き上げたに違いないだろう）が同封してあって、ミス・ベッツィはドーヴァーの近くに住んでいるけれども、ドーヴァーの町の中か、ハイズか、サンドゲイトだったかフォークストンだったかはどうもはっきりしないというのだった。ただし、ぼくが同僚の一人にこの地名のことを尋ねてみると、みんな一つに固まっているとのことで、それじゃ、ぼくの目的にはこれで十分だとして、その週末には出発を決行することにした。

そもそもが真っ正直な小心者であるところに、出て行った後にマードストン＝グリンビー商会にぼくの悪評を残したくもなかったから、土曜日の夜まできちんと働かなきゃいけないと考えたし、それに最初ここにやってきたとき、前払いで一週間分の給料を貰っていたから、給料を受け取りにいつもの時間に会計事務室に出頭するような真似はしちゃいけないんだとも考えた。こういうはっきりした理由でペゴティーから半ギニー借りておいたのだった。なにせ旅は物入りだろうし、軍資金がなくては困るからだ。そして土曜日の夜が来て、ぼくらはみんな給料を受け取りに倉庫で待ち構えていたが、やっぱりいつも先頭をきる御者のティップが、いの一番にお金を貰いにいった。ぼくはミック・ウォーカーと握手をして、君が給料を受け取る順番が来たら、すまないが、ぼくは旅行かばんをティップの所に移すのに出掛けていったと、クィニオンさんに伝えてくれと頼み、それからミーリー・ポテイトーズに最後のさようならを言って、逃げ出したのだった。

　旅行かばんは河の向こう側にある元の下宿に置いたままだった。そこで、酒樽に打ちつける商会の住所票を一枚、裏にして「ドーヴァー、乗合馬車出札所にて留め置き。引き取り主、マスター・デイヴィッド」と宛先を書いておいた。荷物を家から運び出せた暁にはこれを貼ればいいばっかりに、ポケットに入れておいた。そして下宿へ向かう道すがら、乗合馬車出札所まで荷物を運ぶのを手伝ってくれそうな人を探して、あたりをきょろきょろと見回していた。

　ブラックフライアーズ街にあるオベリスク（一七七一年、ロンドン市長ブラス・クロスビーを記念して聖ジョージ広場に建立された）のそばに、ひょろりと脚の長い若い男が、空っぽのえらくちっこいロバ曳きの荷馬車を従えて突っ立っていた。ちょうど通り過ぎるときに、そいつと目が合って、それでそいつはぼくのことを「ペテン師野郎」と呼んで、「今度会ったら、いいか見てろ」と言ったが、きっとじろじろそいつのことを見たから、ぼくに当てつけたんだ。ぼくは立ち止まって、決して悪気があってこんなことをしたんじゃないんですが、ひと仕事引き受けてもらえるかどうか迷ってたからなんです、と言った。

「どんな仕事だ」ひょろりと脚の長い若い男は言った。

「荷物を運ぶんです」ぼくは答えた。

「どんな荷物だ」ひょろりと脚の長い若い男は言った。

ぼくの荷物で、その通りの突き当たりに置いてあるんですが、ひとつドーヴァー行きの乗合馬車出札所まで、六ペンスで運んでもらいたいんです、とぼくは言った。

「六ペンス玉で合点だ」ひょろりと脚の長い若い男は言って、車輪の上に大きな木のお盆を載っけただけの荷馬車にすぐさま跳び乗ると、ぼくの方はロバに遅れまいとついていくのが精いっぱいなほど無茶苦茶速く、がらがらと走らせたのだった。

この若い男には、とりわけぼくに話しかけながら藁《わら》を噛んでいる態度には、ふてぶてしさがあって、これがぼくは無性に嫌だった。けれども、取引は成立していたから、引き払おうとしていた二階のぼくの部屋にこいつを上げて、二人して荷物を降ろし、それからこいつの荷馬車に載せた。ところで大家さんが、ぼくが何をしでかそうとしているのか勘繰って引き止めるといけないから、宛名をそこでくっ付けたくなかった。そんなわけで、王座《キングズ・ベンチ》監獄の平壁のところに行ってから、申し訳ないけど、ちょっと止まってほしいんです、とぼくは若い男に言った。この言葉が口から洩れるやいなや、こいつもぼくの荷物も荷馬車もロバも、みんな一様に気が狂いでもしたかのようにがらがらと超特急で走らせたものだから、約束の場所で追いついたときには、ハアハア言って走ったのと、後ろから声を掛けたのとで、ぼくはすっかり息を切らしてしまった。

茹《ゆ》でダコのように真っ赤になって、頭ものぼせていたので、宛名書きをポケットから出そうとして、半ギニーがぽろりと転げ落ちた。大事を取って、お金を口にくわえ、両手はぶるぶるとひどく震えていたけれども、納得のいくようにきちんと宛名を結《ゆ》わえた。ちょうどその時、ひょろりと脚の長い若い男にあごの下からガツンと強く殴られたと思ったら、半ギニーはぼくの口から飛び出し、男の手の中にひょいと舞い落ちていったのだった。

「なんだ」ぼくの上着の襟《えり》をひっ摑まえ、おっそろしく歯をむき出して若い男は言った。「こいつは警察沙汰じゃねえのか。てめえはとんずらしようってんだろう。お巡《まわ》りのところへ行こうじゃねえか、こすいガキめ、お巡りのところへ行こうじゃねえか」

「お願いだから、ぼくのお金を返してくださいよ」すっかり怯《おび》えてぼくは言った。「それと、ぼくのことはほっといてくださいよ」

「お巡りのところへ行こうじゃねえか」若い男は言った。「お巡りに申し開きしてみろよ」

「ぼくの荷物とお金、返してくださいったら」わっと涙をこぼしながら、ぼくは叫んだ。

若い男はそれでも言い返した。「お巡りのところへ行こうじゃねえか。」そして乱暴にぐいっとぼくを引きずってロバに押しつけようとしたが、それはまるでロバと治安判事には何か似かよった点があるとでも言わんばかりだった。すると急に気を変え、荷馬車にひょいと跳び乗ると、ぼくの荷物の上にどっかりと腰をおろし、まっすぐお巡りのところへ行くからな、と叫び声をあげながら、以前にもまして一目散にがらがらと疾走させていってしまった。

ありったけの速力を振りしぼってこいつの後を追いかけたけれども、息が切れて大声で叫ぶこともできなかったし、仮に息が切れなくても、今はそんな気力も出てこなかった。たった半マイル行くうちに少なくとも二十回は危うく轢《ひ》き殺されそうになっていたからだ。いま見失ったかと思うと、姿を見つけ、また見失ったかと思うと、今度は鞭で強くパシッと打たれ、怒鳴り声を浴びせかけられたかと思うと、ぬかるみに倒れ、また起き上がってみると、今度は人の腕の中に飛び込んでみたり、また、やみくもに杭《くい》に頭から突っ込んだりもした。とうとう、恐ろしいのと暑いのとでどぎまぎしてしまい、ぼくを逮捕しようとロンドンの半数の人々がその時までには集まってきてるんじゃないかと疑心暗鬼にもなって、ぼくの荷物とお金を持ったまま、この若い男にはどこへなりと勝手に行かせてしまうことにした。そして息を切らし、わんわん泣きながら、それでも一度たりとも休むことはせず、ぼくはドーヴァー街道にたしかに沿ってあるはずと思っていたグリニッジに向けて、くるりと方向転換したのだった。ぼくが生まれたばっかりに、伯母さんをあの晩ひどく怒らせてしまったけれども、この世に生まれ出てきたあの時の姿とほとんど同じに、着たきり雀のまま、ぼくはミス・ベッツィが引きこもっている先に向けて、旅立とうとしているのだった。

デイヴィッド・コパフィールド（一）〔全5冊〕
ディケンズ作

2002年7月16日　第1刷発行
2008年6月5日　第7刷発行

訳　者　石塚裕子《いしづかひろこ》

発行者　山口昭男

発行所　株式会社　岩波書店
〒101-8002 東京都千代田区一ツ橋2-5-5
案内 03-5210-4000　販売部 03-5210-4111
文庫編集部 03-5210-4051
http://www.iwanami.co.jp/

印刷・精興社　製本・桂川製本

ISBN 4-00-322281-4　　Printed in Japan

読書子に寄す

――岩波文庫発刊に際して――

岩波茂雄

真理は万人によって求められることを自ら欲し、芸術は万人によって愛されることを自ら望む。かつては民を愚昧ならしめるために学芸が最も狭き堂宇に閉鎖されたことがあった。今や知識と美とを特権階級の独占より奪い返すことはつねに進取的なる民衆の切実なる要求である。岩波文庫はこの要求に応じそれに励まされて生まれた。それは生命ある不朽の書を少数者の書斎と研究室とより解放して街頭にくまなく立たしめ民衆に伍せしめるであろう。近時大量生産予約出版の流行を見る。その広告宣伝の狂態はしばらくおくも、後代にのこすと誇称する全集がその編集に万全の用意をなしたるか。千古の典籍の翻訳企図に敬虔の態度を欠かざりしか。さらに分売を許さず読者を繋縛して数十冊を強うるがごとき、はたしてその揚言する学芸解放のゆえんなりや。吾人は天下の名士の声に和してこれを推挙するに躊躇するものである。このときにあたって、岩波書店は自己の責務のいよいよ重大なるを思い、従来の方針の徹底を期するため、すでに十数年以前より志して来た計画を慎重審議この際断然実行することにした。吾人は範をかのレクラム文庫にとり、古今東西にわたって文芸・哲学・社会科学・自然科学等種類のいかんを問わず、いやしくも万人の必読すべき真に古典的価値ある書をきわめて簡易なる形式において逐次刊行し、あらゆる人間に須要なる生活向上の資料、生活批判の原理を提供せんと欲する。この文庫は予約出版の方法を排したるがゆえに、読者は自己の欲する時に自己の欲する書物を各個に自由に選択することができる。携帯に便にして価格の低きを最主とするがゆえに、外観を顧みざるも内容に至っては厳選最も力を尽くし、従来の岩波出版物の特色をますます発揮せしめようとする。この計画たるや世間の一時の投機的なるものと異なり、永遠の事業として吾人は微力を傾倒し、あらゆる犠牲を忍んで今後永久に継続発展せしめ、もって文庫の使命を遺憾なく果たさしめることを期する。芸術を愛し知識を求むる士の自ら進んでこの挙に参加し、希望と忠言とを寄せられることは吾人の熱望するところである。その性質上経済的には最も困難多きこの事業にあえて当たらんとする吾人の志を諒として、その達成のため世の読書子とのうるわしき共同を期待する。

昭和二年七月